温 暖

陈大伟 著

中国文联出版社

图书在版编目（ＣＩＰ）数据

温暖 / 陈大伟著． －－ 北京 ： 中国文联出版社，
2024.7. －－ ISBN 978-7-5190-5542-4

Ⅰ．Ⅰ247.5

中国国家版本馆 CIP 数据核字第 20249785M8 号

著　　者　陈大伟
责任编辑　袁　靖
责任校对　秀点校对
封面设计　海　刚　刘婉婷

出版发行　中国文联出版社有限公司
社　　址　北京市朝阳区农展馆南里 10 号　　邮编　100125
电　　话　010-85923025（发行部）　010-85923091（总编室）
经　　销　全国新华书店等
印　　刷　三河市龙大印装有限公司

开　　本　710 毫米 × 1000 毫米　　1/16
印　　张　21.5
字　　数　300 千字
版　　次　2024 年 7 月第 1 版第 1 次印刷
定　　价　59.00 元

版权所有・侵权必究
如有印装质量问题，请与本社发行部联系调换

自　序

最近，有朋友问我："为什么写书？"我答："有话要说。"朋友又问："写作很苦，为什么还要写？"我再答："热爱。""有话要说"和"热爱"是我写作最初也是最强的动力。凭着对写作近乎痴情般的热爱，我克服了一个又一个困难，把想要说出的话写出来。在一个又一个安静的夜晚，编织出一段又一段心爱的文字，和自己对话，和世界对话。文学是海纳百川的大众艺术。文学的海纳百川至少有两个含义：第一，内容可以涵盖生活的方方面面；第二，作者可以来自社会的各个阶层。我们每个人都可以用文字表达自己的情感，在文学世界里熠熠生辉，这是文学伟大之处。任何人都可以写书，但不是任何人都可以写出书。写作有两个基本条件：阅历和文字能力。如果你具备上述两个条件，再加上一颗热爱文学的心，你就可以试着写写。中华文化在五千年的发展和演变过程中，形成了自己独有的文化特色，既有唐诗宋词和四大名著为代表的中国经典传统文化，又有在民间口耳相传数千年的民间故事。中华文化丰富多彩，都是讲述做人的道理和对美好生活的向往。中华文化中的尊老爱幼、孝敬父母、勤劳善良、助人为乐的观念与我们的生活紧密相连，对维系一个家庭、家族的稳定，甚至对维系社会伦理道德都起着重要的作用，照亮了一个又一个时代。　我们正处于社会大发展、大变革时期，人们的生活方式和思想观念也随之发生了巨大的变化。不论世界怎样改变，永恒不变的是人间的真情；不论科技如何发达，永远替代不了人心底深处的守望相助和感同身受的恻隐之心。在当下的时代，人们比以往任何时候，都需要温暖。

人人都要老，总有一天，我们会老到不能动，生活不能自理，需要别人的关爱和帮助。本小说讲述了一个发生在我们身边、关于保姆的故事。农村妇女到城里做保姆，雇主夫妇将孩子和家交给保姆，而保姆则尽心尽责地关爱操持这个家。孩子把保姆当成奶奶，雇主夫妇把保姆当成母亲，俨然就是一家人。当保姆年老体衰，失去行动能力时，雇主一家关爱照顾她的生活，为她养老送终。这是一个平凡而又感人的故事，它彰显了人性的光辉，颂扬了中华民族的善良、勤劳和智慧的特质。

目 录

第 1 章　永远的奶奶　　001

第 2 章　单位分房　　003

第 3 章　家长会　　024

第 4 章　医院家属区　　042

第 5 章　讲故事　　050

第 6 章　医生的初心　　062

第 7 章　访问学者　　077

第 8 章　中国文化　　095

第 9 章　搬入新家　　115

第 10 章　保姆情　　132

第 11 章　医患沟通　　157

第 12 章　初为警察　　180

第 13 章　社区民警-1　　198

第 14 章　社区民警-2　　220

第 15 章　奶奶住院　　247

第 16 章　医学人文　　262

第 17 章　奶奶老了　　282

第 18 章　问题学生　　307

第 19 章　温暖　　327

第 1 章

永远的奶奶

在江滨市长江路派出所副所长陈小强办公室的电脑旁边,放着一张不起眼的 7 寸照片,同样一张 60 厘米大照片挂在他家的卧室里。这张照片是 3 年前的春天,全家人在秀山山顶望江亭的合影。那天天气晴朗,树梢吐出新叶,嫩绿的小草从去年的枯草丛中,探出脑袋,大地一片绿色。陈小强和他 9 岁的儿子交替推着奶奶张守芳坐的轮椅,沿着新修建的一条小径,从秀山的山脚来到山顶。在山顶的望江亭,留下了他们全家唯一的一张全家福。

张守芳坐在轮椅上,位于照片的中央,陈小强夫妻俩站在奶奶张守芳的左侧,陈小强父母站在张守芳的右侧,陈小强儿子皓亮蹲在张守芳的前方,每个人的脸上都露出幸福的笑容。位于照片中间的张守芳,虽然脸上布满了或深或浅的皱纹,不太明亮的眼睛依然溢出慈爱和善良,一脸的幸福和满足。在陈小强的大家庭中,奶奶是主心骨,全家人的精神领袖。

其实,张守芳只是陈小强母亲舒爱凌在农村的一个远房亲戚。舒爱凌是 20 世纪 70 年代末期,从农村考上大学的,大学毕业后,留在城里工作。舒爱凌有一个哥哥和两个弟弟,舒爱凌父母有严重的重男轻女的封建思想。舒爱凌父母把后半生的精力和时间，全部奉献给3个儿子以及他们的后代。

张守芳的丈夫在一次工地塌方事故中，不幸遇难。她唯一的儿子，在一年后，因为痢疾而病亡。在舒爱凌怀孕8个月的时候，张守芳从农村来到陈小强家，照顾舒爱凌，帮忙做家务。张守芳把舒爱凌当作女儿，把舒爱凌的丈夫当作女婿，就像一家人一样生活在一起。自从陈小强有记忆以来，张守芳就是他奶奶。从小到大，张守芳一直给予他无微不至的关心，用爱伴随他成长。

在陈小强小的时候，奶奶张守芳经常给他讲口耳相传的民间故事。张守芳常常告诫他好人有好报，坏人有恶报；一个人做好事，不但自己有福报，还能惠及子孙。在张守芳的教育下，陈小强从小就有一颗同情和善良的心。长大后，陈小强把张守芳的教育践行于自己的生活和工作中，成为一个对社会有益、受大家欢迎的人。

陈小强妻子曾这样评价张守芳：奶奶是中华民族智慧的化身，奶奶不仅在生活上给孩子无微不至的关怀，而且教给孩子许多做人的道理，把孩子培养成为一个有健全人格、正确价值观的人，对国家有用、受大家欢迎的人。

有些人虽然活着，其实已经死了；有些人虽然死了，其实还活着。张守芳虽然人已经走了，却永远活在陈小强家人的心中。

第 2 章
单位分房

1990年五一前夕,江滨市人民医院外科医生陈利民赶上了单位最后一批福利分房,拿到了一套两室一厅的房子。根据上幼儿园的4岁儿子小强的要求,小强和奶奶张守芳住一起。

"姑妈,我们吃饭了。"舒爱凌称呼张守芳为姑妈。

"凌凌,你们先吃,我把灶台擦一下。"张守芳回答道。

"姑妈,你来吃饭吧。小强说今天是搬到新家的第一天,一定要和奶奶一起吃饭。"

"好的,我马上就来。"张守芳用毛巾擦干手后,就坐到了孙子小强的旁边,说道,"这孩子越来越懂事了。"

"小强,这新家比以前的房子要好多了吧?!"陈利民得意地问儿子。

"奶奶的房间比以前大多了。"小强说道。

"和奶奶睡,你必须要答应我两个条件。"舒爱凌说道。

"什么条件?"小强瞪大眼睛问道。

"什么条件?"舒爱凌略想了一会儿,说道,"条件嘛,就是你每天晚上必须在9点之前上床睡觉,另外,每次吃饭,至少要吃一碗饭。"

"又是要吃饭。"小强嘟囔着嘴说道。

"你现在是长身体的时候,要多吃饭,身体才能强壮。如果你不好好吃饭,就会生病,生病就要到医院打针。你愿意到医院打针吗?"舒爱凌说道。

"我才不愿意去医院,我要在家里和奶奶在一起。"

"小强大了,自己会好好地吃饭。"张守芳无限慈爱地抚摸着小强的头。

"我知道要大口吃饭。"说着小强就张大嘴猛吃一口。

"很好,以后每天吃饭都要这样。"舒爱凌说着就夹了一块肉递给小强,"你要多吃肉,肉里有很多的蛋白质。"

"不错,小强表现很好,一块肉一口就吃下去了。"张守芳表扬小强。

"奶奶,我还想吃肉。"

"好的,我给你找一块没有肥肉的精肉。"

小家伙很喜欢吃肉,吃得很香,吃的时候还发出呼哧呼哧的声音。

"小强,素菜和荤菜要搭配吃。"陈利民说道。

"我不喜欢吃青菜。"

"这不好。人体需要各种营养,蔬菜里有大量的维生素。"陈利民教育儿子。

"小强,你要听爸爸的,爸爸是医生。好孩子是不能挑食的,什么都要吃一些。"张守芳教育小强。

"知道了。奶奶,你说了好多遍了,但是我就是喜欢吃肉。"

"吃就吃吧!"舒爱凌见小家伙能坐在桌旁安静吃饭,比起她追在儿子屁股后面一勺一勺地喂,不知道要好多少倍。搬入新家的第一顿晚饭,因为儿子吃得好,全家人都很高兴。

"姑妈,你今天做了一天的饭,我来洗碗。"舒爱凌说道。

"你和利民搬家、整理房间,也够累的。还是我来洗碗。"

第2章　单位分房

"姑妈，你不要太累着自己。"舒爱凌嘱咐道。

张守芳在厨房洗碗，陈利民和舒爱凌陪儿子在客厅看动画片《猫和老鼠》。

"我们单位几个同事说要来我们家看看，我说没什么好看的，只是比以前的房子大一点。"

"嗯。"陈利民的眼睛盯着电视机屏幕。

"他们来，我们总要准备招待他们吃顿饭。"

"嗯，那就请他们吃顿饭。"

"我们单位最近有个进修名额，你说我要不要争取？"舒爱凌征求陈利民的意见。

"那就争取吧。"陈利民心不在焉地回答妻子的话。

"陈利民，和你讲句话怎么就这么困难？！"舒爱凌提高了嗓门。

"对不起。正好看到了关键时候，猫正设计要抓老鼠。"陈利民说道。

"你多大岁数了，还看动画片？我有正经事要和你商量。"

"什么正经事？说吧。"

"我们单位的人要到我们家看看。"

"来就来吧。做好请他们吃饭的准备。"

"但我估计大半他们不会在我们家吃饭的。"

"不吃最好。"

"第二件事，就是我们单位有一个去北京学习的名额，你说我该怎么做？"

"积极申请。"陈利民不假思索地回答。

"我也是这么想的。我看了这次学习的内容，其实意思不大。但我这次必须要申请，表示我积极要求上进。"

"言之有理。你给单位领导写个申请报告。"

"这件事就这么定了。有了两间房间，晚上我们就可以看看书了。"舒爱凌说道。

"是的，这是我们搬到新房子的优点。晚上姑妈带小强睡觉，不知怎样？"

"姑妈带小强，肯定比我们强。我们太溺爱儿子，太宠儿子。姑妈带小强很有分寸，她会给小强立规矩，对小强成长有好处。"

"你们回房间，把小强交给我。"张守芳做完了厨房的活儿。

"小强，你要听奶奶的话，早点睡觉。明天早晨要早起，去幼儿园。"陈利民嘱咐儿子小强。

"小强，你看完这集就不看了，和奶奶睡觉。"舒爱凌嘱咐儿子小强。

"嗯。"小强随口应付道。

第二天清晨6点不到，张守芳就在厨房里做一家人的早饭。张守芳对这个新家最满意的地方，就是这间厨房。墙壁贴的全是白色的瓷砖，浅蓝色水晶板厨柜不仅漂亮，而且很实用。煤气灶火力很大，蓝色的火焰"哧哧"地跳跃着，不到5分钟，泡饭和鸡蛋就煮好了。张守芳离开厨房，回到房间叫醒小强。

"小强，起床了。"张守芳坐在床边给小强穿衣服，"对，就这样双手上举，很好，下次你自己就可以穿了。"

刷牙洗脸结束后，张守芳让小强坐在餐桌旁，自己去厨房把4个人的早饭端到桌子上。

"小强，抓紧时间吃饭。"张守芳说道。

"不要等爸妈啦？"

"爸妈吃得比你快，你要抓紧时间吃。吃完饭后，妈妈就要送你去幼儿园。"张守芳坐在小强旁边，催促小强吃早饭。

"奶奶，我吃完了。"小强说着就要起身。

"不行，碗里还剩下一点，不能浪费粮食，把剩下的一点吃完。你还记得我昨晚给你讲的故事吗？不能浪费粮食，现在浪费，以后就会挨饿的。"

"好的，不浪费。"说完，小强用勺子在碗里扒了几下，碗变得干干净净。

"姑妈，小强最近进步特别明显。"舒爱凌说道。

"小强是个好孩子。给他讲好道理就行了。"

吃完早饭，陈利民直接去医院，舒爱凌则是先送小强到幼儿园，然后再去工业局上班。

"舒爱凌，你每天都是第一个来单位上班的。"郭守仁是第二个来到办公室的人。

"我每天要送儿子去幼儿园，所以到办公室的时间稍微早一点。"

"我也是送儿子去幼儿园。但我要在送儿子去幼儿园后，到长江路买早点。"郭守仁一边说，一边吃他的早餐。

"其实我们俩都一样，都是送好儿子上幼儿园后，来单位上班。我只是在家吃好了早饭。"舒爱凌说道。

"早晨在家吃饭太麻烦，既要做早饭，吃完后还要洗碗收拾，我来不及。我不像你家有人做早饭、洗碗。"郭守仁说道。

"你请个保姆就可以了。"

"我也有这个想法，但一想到一个外人住在一起就头痛。"

"我看关键是你们两个人能应付，真正应付不了，你们就不得不请保姆。"

"这倒也是，我老婆工作不忙，偶尔迟到早退也没关系，下班后就更没有事了。"

"我们科室杂七杂八的事不少，如果会议时间长，就不能准时下班。陈利民是个外科医生，工作特别忙，晚下班是常事。因此，我们家必须要有个人在家里做家务。"

朱宜红踏着点，在 8 点半来到办公室，不慌不忙地倒上一杯水，开始整理她办公桌上的物品，"凌凌，赵局长要的稿子，你打算怎么写？"

"我昨天写好了。"舒爱凌回答道。

"你昨天就写好了？赵局长是快下班的时候才告诉我们的。"朱宜红说道。

"我是昨晚在家里写的。"

"凌凌，你真幸福，下班回家还能写稿子。我在家就是个马大嫂。回到家快 6 点了，做饭做菜洗碗，还有女儿要照顾，所有的事忙完都快 9 点了。"

"我们这里就数舒爱凌最幸福。老公分到大房子，家里有人做家务。"郭守仁有些酸酸地说道。

"将来我要是有个两室一厅或三室一厅的房子，我一定请个保姆，改善生活的质量。"朱宜红说道。

"宜红，其实我很羡慕你。你丈夫是老师，孩子的接送不用你操心。老师每年还有两个假期，多好啊！"舒爱凌说道。

"我看就这些优点了，如果这些优点都没有，我找他干吗！"朱宜红故意把嘴往上一翘。

"我家陈利民除了这次分房子为家里做出了贡献，其他一无是处。"

"什么一无是处，你真会说！"朱宜红不同意舒爱凌的说法。

"他工作太忙太累，家务事一点点都指望不上。四五天就要值一次班，星期天、节假日也要去病房查房、看病人，一分钱加班费也没有。如果没有姑妈给我帮忙，我和陈利民就不可能安心工作。"

"所以，我说你命好。你姑妈对你们家那么贴心，就像一家人一样。"朱宜红说道。

"我们本来就是一家人。我把儿子和家交给姑妈，比交给陈利民要放心。我儿子和我姑妈非常亲，最听我姑妈的话。"

第2章 单位分房

"你儿子管你姑妈叫奶奶?"

"是的,从我儿子会说话时,就叫我姑妈为奶奶,一直都是这样叫的。"

"孩子叫上了年纪的人爷爷、奶奶,完全正常。"郭守仁说道。

"我儿子和我姑妈很亲,而我姑妈把我儿子当成自己的亲孙子,真心地爱他,关心他。"

"等到哪天我住上大房子,希望我能找个像舒爱凌姑妈那样的保姆。"郭守仁说道。

"郭守仁,你家房子再大,也不会找保姆。"朱宜红讥讽道。

"为什么?"郭守仁觉得奇怪。

"为什么?我就是随便说说。"朱宜红心想:"你和你老婆那么小气巴拉的,谁愿意在你们家待?"

"刘科长出差有4天了,该回来了吧。"郭守仁想换个话题。

大人上班,孩子上学后,张守芳洗碗、整理厨房和客厅,把整个家收拾得漂漂亮亮的。这段时间,29寸大彩电没有什么好节目,张守芳就去菜场买菜。

张守芳下楼梯时,在楼梯口有好几个和她年龄相仿的人抱着孩子或用小车推着孩子聚在一起聊天,她们用好奇的眼光打量新来的张守芳。

张守芳每天买菜用的时间要比别人多,她要在询问每个摊位的价格后,再去买最便宜的,当然是在保证质量的前提下。张守芳每天都要买些荤菜,不是鱼就是肉,在周末很有可能买只鸡或鸭。

买好菜后,张守芳提着菜篮回到大院时,在一起闲聊的大伯或大妈又把张守芳从头到脚打量一番,其中一位大妈客气地对张守芳说道:"你好!"

张守芳礼貌地说道:"你好!"

"有空下来聊聊，不要老闷在家里。"一位大妈正式发出邀请。

"好的，谢谢。"张守芳接受邀请，这样她就可以随时加入这一组织。

医院的职工宿舍是6层楼的楼房，陈利民分到的房子是在4楼，两间卧室，均朝南。今天的阳光特别好，张守芳把所有的窗户打开通气，还把被子拿到阳台晒太阳。

张守芳慵懒地坐在阳台的椅子上，闭目养神，什么也不想，享受大自然最慷慨的馈赠。5月的阳光，带着很大的力量，使张守芳出了汗。张守芳起身伸直腰板，满意地看着新家。她满意女儿和女婿这些年辛劳地工作，把小家建设得越来越漂亮了。女儿和女婿在单位工作挣钱，她在家给他们做好后勤工作，同时和他们一起养育小强。

白天的时间，电视机属于张守芳，晚上属于小强，偶尔陈利民和舒爱凌会看看。张守芳打开电视机时，中央戏曲频道正好放映黄梅戏《七仙女》。虽然张守芳第一次在电视上看《七仙女》，但她十分熟悉故事内容。在她的家乡，几乎所有人都能讲七仙女的故事。在张守芳小的时候，在夏天的夜晚，村里的人都到屋外享受着山区清凉的晚风，孩子们围在大人的身边，听大人们讲一代又一代人传下的民间故事或神话。当张守芳看完黄梅戏《七仙女》时已是12点了，张守芳就简单地吃了一点，算是中饭。

在下午4点之前，张守芳把菜洗好切好，同时把厨房收拾干净，就离开家去幼儿园接小强。幼儿园离医院职工宿舍不远，只有七八分钟的路。就在张守芳站在幼儿园大门口睁大眼睛搜索小强的时候，小强远远就看见了张守芳，大声喊："奶奶，奶奶。"一溜烟地跑到张守芳面前。

"小强，你喜欢这个幼儿园吗？"

"喜欢。"

"为什么喜欢？"

"奶奶，我就是喜欢。"

"喜欢就好。"

"奶奶，小丽爸妈也在医院上班，她说今天也是她奶奶来接她。"

"哦，这么巧。她在哪儿？"

"刚刚还和我在一起。小丽，小丽。"小强看到了小丽，就拉着张守芳向小丽走去。接小丽的人看上去和张守芳年龄差不多大，主动和张守芳打招呼说道："你好，你是新来的？"

"是的，刚搬过来。"

"孩子他爸妈是做什么的？"

"爸爸是医生，妈妈在单位上班。"

"我儿子是医生，儿媳妇是护士。上午没有看到你。"

"早晨是他妈妈送他来幼儿园，下午我来接。"

"我儿子和儿媳妇都在医院上班，太辛苦。所以孙女的接送，都是我的事。"

"是啊，医院工作太累，我女婿吃完早饭就往医院赶。我女儿送完小家伙后，再去单位上班。"

"你女婿在医院哪个科室？"

"在外科。"

"嗯，在外科。"对方就没有吭声了。

"孩子爸妈，今天都在医院上班？"张守芳找个话题说道。

"我儿子在医院上班，媳妇在家睡觉，5点就要去医院上晚班。不论她上班或者不上班，都不能指望她接孩子或做家务。"

"两口子在医院上班，真叫人羡慕！"张守芳故意说道。

"在医院做医生好，做护士不好。你看你女儿工作多好，每天准时上下班，不用值班，星期天、节假日也都是在家里。"

"老百姓对医生和护士很羡慕的。"

"我媳妇在家就是睡觉，可怜我的儿子了。"

"你儿子和我女婿都是做医生的，工作忙又辛苦，回家后一定要好好休息。我和我女儿对女婿非常照顾,家务事都不让他做。"

"你女婿比我儿子要有福气多了。"两个人一边聊一边走,没几分钟就走到医院的职工宿舍。

"奶奶,我要去小强家里玩,他家里有最新的《猫和老鼠》。"小丽对她奶奶说道。

"小丽我家就在那里,去我家吧。"小强手指着自己家的房子。

"小丽,你爸妈说过,你到小朋友家去玩,一定要经过他们同意。"小丽奶奶严肃地说道。

"我现在就要去小强家。"

"不行。"小丽奶奶板起脸,"我们平时在家里不是说好的吗?放学后立即回家,去小朋友家必须要经过爸妈的同意,而且是你爸妈陪你去。"说完就拉着小丽的手回家了。

"小丽……"小强十分惋惜地看着小丽被她奶奶强制性地带回家,恋恋不舍地挥着小手和小丽道别。

进家门已是5点了。张守芳把电视机和录像机打开,让小强看动画片《猫和老鼠》,自己则在厨房做一家人的晚餐。由于在接小强之前,张守芳就已经把菜洗好切好,所以现在只需要往锅里一放,炒几下就可以了。在女儿和女婿下班回到家之前,张守芳把晚餐全部做好,然后坐在孙子旁边看电视。

"小强,在幼儿园,你听老师的话吗?"

"听。"小家伙头抬也没有抬说道。

"这个幼儿园好吗?"

"好。"

"老师好吗?"

"好。"

"小朋友好吗?"

"好。奶奶，我想去小丽家玩。"

"去小朋友家玩是可以的，但也必须经过爸妈的同意。就像小丽要到我们家，必须经过她爸妈同意一样。"

"爸妈一回家，我就给爸妈说。"

"小强越来越懂事讲道理了。幼儿园老师教你认字了吗？"

"教了。"

"教了哪些字？"

"我忘记了。"

"怎么会忘记呢？！你在幼儿园要专心听老师讲课，不能老想着《猫和老鼠》。"

"为什么不能想《猫和老鼠》？"

"小强，你去幼儿园，你爸妈是花了很多钱的。进了幼儿园你就能和小朋友在一起玩，听老师给你讲故事、讲知识、讲做人的道理，是不是这样？"

"是的。"

"如果你在幼儿园不听老师的话，是不是吃亏了？"

"是的，奶奶说的有道理。"

"在幼儿园，老师讲话时，你要专心听讲。如果不听老师的话，你就不是个好学生，你不是要做个好学生吗？"

"奶奶，我要做个好学生。"

"嘎吱"，客厅门打开，舒爱凌下班回家了。

"妈妈，买肯德基了吗？"

"今天没有买肯德基，后天是星期天我们全家一起去吃肯德基。"

"嗯。"小强很不情愿地噘起小嘴。

"小强，说说幼儿园的情况。"

"幼儿园都一样，老师都是要求听话。"小强显然对妈妈没有买肯德基不满。

"学生一定要听老师的话，还有什么其他事吗？"舒爱凌问道。

"小丽要到我们家来玩，她奶奶不让来。"

"小丽也住在我们院子里吗？"舒爱凌问道。

"是的。"小强回答道。

"小丽和小强在一个班上，她爸爸是医生，妈妈是护士。"张守芳对舒爱凌说道。

"妈妈，为什么小丽到我们家来玩，要经过她爸妈同意？"小强问道。

"小朋友去别人家，一定要经过爸妈同意。你一个人不许到别人家，要记住。"

"知道了。"小强极不情愿地说道。

不一会儿，陈利民下班回家。张守芳就把他们的饭菜从厨房端到客厅的餐桌上。

"陈利民，你进门后还没有洗手，赶快去洗手，一点都不像个医生。"

"利民在医院每天要用酒精洗手。"张守芳帮女婿说话。

"还是姑妈最了解我，为我说句公道话。"陈利民洗好手坐在餐桌上，一家人在一起享受这美好时光。

"再吃一块肉。"舒爱凌又给小强夹了一块肉往嘴里塞。

"嗯。"小强摇头躲避。

"小强，你不是喜欢奶奶吗？喜欢奶奶就把这块肉吃了。"

"知道啦！"

"小强是个好孩子，会好好地吃好的。"张守芳表扬孙子。

"小强，你是个小朋友，正是长身体的时候。你必须要多吃，才能长成一个男子汉。"陈利民乘机教育儿子。

"要想力气大，就必须要多吃饭。"舒爱凌说道。

"小强自己吃，不用爸妈、奶奶喂。"张守芳鼓励小强自己吃饭。

"我们科室的曹医生,吃饭时,跟在他女儿后面跑,宠得不像样子,一点也不教育。"陈利民说道。

"一比较,就知道姑妈会教育。"舒爱凌说道。

"利民工作忙又累,只要他把医院的工作做好就可以了。"张守芳护着女婿。

"姑妈如果是学师范专业,一定是伟大的教育家。"舒爱凌说道。

"读书上大学,增加的只是知识,姑妈只是知识比人家少一点,智慧和做人的道理一点不比上过大学的人少。"陈利民说道。

"姑妈,今天做的菜特别好吃。"舒爱凌说道。

"好吃就多吃一点。利民中午在医院吃饭很简单,晚上在家一定要好好吃一顿。"张守芳说道。

"我每天的营养全靠晚上这顿饭了。"陈利民实事求是地说道。

"利民是个有福之人,每天过着饭来张口、衣来伸手的日子。"舒爱凌说道。

"利民工作忙、工作累,回家还要看书写文章,真是不容易。"张守芳替陈利民说话。

"正是因为这些,我才惯着他,没有让他做家务。"

"我今天下午接小强的时候,正好遇到住在我们这里的一位奶奶接孙女。"

"医院工作人员的孩子基本上都往这家幼儿园送。"陈利民说道。

"她问我你们俩是做什么工作的,我告诉她利民是外科医生,凌凌在机关办公室上班。"

"她家人在医院做什么的?"舒爱凌问道。

"她说儿子是内科医生,儿媳妇是护士。她还说儿媳妇工作太累,经常上晚夜班,回家就睡觉。"

"谁叫她儿子娶个护士,而且她儿子是医生,知道护士工作的特点。"

舒爱凌说道。

"我说凌凌每天白天上班，星期天在家休息，她羡慕得要命。我还没有说凌凌是个大学生。"

"姑妈，家里的事尽量不要和这种人说，人都有嫉妒心。"舒爱凌提醒张守芳。

"这我知道。今天小强表现很好，一碗饭吃得干干净净，你们回房间休息吧，我来洗碗。"

"姑妈，我来洗碗。"

"你上了一天的班，也够累的，还是我来洗吧。"

"妈妈，听奶奶的话，你去休息，奶奶洗碗。"小强说话像个大人似的。

"你这个小家伙会安排大人做事了。等你长大后，家里的碗你来洗。"陈利民高兴地看着儿子小强，儿子正在一点点地长大。

星期天上午，早饭后，张守芳带着小强到楼下骑自行车。

"喂，小强，骑慢一点。"小强两条小腿拼命地蹬，轮子转得飞快，张守芳跟不上。"拐弯要慢点。"张守芳的话还没有落地，小家伙在拐弯时就摔了下来。

"痛吗？"张守芳关切地问道。小强没有搭理她，站起来继续全力蹬着小车，张守芳只得气喘吁吁地跟在后面跑。

"大姐，你眼睛看着就行了，不用跟着孩子后面跑。"邱田英是个热心肠的人。她儿子和媳妇都在医院工作。

"这院里全是水泥地，我怕小家伙把头碰破了。"张守芳说道。

"不会的，人没有那么娇气。我姓邱，叫邱田英。你好像是新来的吧？"

"我姓张，来的时间不长。"

"是和儿子,还是和女儿住一起?"邱田英问道。

"女儿。"张守芳回答道。

"我在这里带孙子。你外孙身体很好,小腿挺有劲的。"

"小家伙身体很好,从小到大没生过病。"张守芳说道。

"我们家孙子的身体可不行,三天两头就生病,好在他妈妈是医生,看病不用我管。我就不明白他妈妈是个医生,怎么把孩子的身体养成这样?"王招娣的儿媳妇在医院做医生。

"你孙子不是挺好的吗?"邱田英说道。

"和小朋友在一起疯,身体挺好,一生病就恹了。"

"谁生病不就是恹了。"邱田英说道。

"过来,过来,都一头汗了,我给你擦擦。"给孩子擦完头上的汗后,王招娣又说道,"就这么一个孩子,讲不得骂不得,反正我是老年人,不能干预得太多,随他们去。"

"嘎吱",小强一个急刹车,来到张守芳的身旁,下了自行车,抱着张守芳的腿说:"奶奶,我要每天都到这里骑自行车,这里比我们以前的地方要好骑多了。"

"这个院子大,但你不能骑得太快。骑得太快容易摔倒。上个月你到你爸爸医院,不是看到骨折的人打石膏,躺在床上是多么痛苦。"

"奶奶,我就是喜欢快骑。"

"小强,我们做任何事都不能由着性子来,要考虑后果。如果你骑得太快,摔在地上,把脸弄破了,多难看,就像电视里的坏人一样,你愿意吗?"

"不愿意。"

"这就对了。"

"小丽,小丽。"小强看到小丽来到院子里就跑过去。

"你外孙子挺听你话的。"王招娣对张守芳说道。

"从小是我带大的。他爸妈工作忙，顾不上照看他。"

"医院上班实在是太忙，除了家人看病方便一点，其他没有什么好处。"

"像我们这样年龄越来越大，越来越离不开医院，家里有个医生就方便多了。"

"是啊。年龄越来越大，毛病就越来越多了。"

"小强奶奶，你今天带孩子来到院子里玩啊。"小丽奶奶同张守芳打招呼。

"小强看到你孙女，车也不骑了，就和你孙女玩去了。"张守芳说道。

"不要整天待在家里，出来多走走，大家就熟悉了。"小丽奶奶劝张守芳。

"你们俩认识？"邱田英问道。

"她外孙和我孙女在幼儿园同一个班上，每天接孩子的时候能碰到。"小丽奶奶对邱田英说道。

"我还觉得奇怪，你们俩口音不一样，不是一个地方的人，怎么一来就认识了？"

"都住在一个院子，用不了几天大家都会认识的。"小丽奶奶说道。

"你媳妇还在睡觉？"邱田英问小丽奶奶。

"今天星期天不上班，难得有个睡懒觉的机会。儿子昨晚在医院值班还没回家。他说要查房，把病房的事处理好后，才回家，到家至少要10点半了。"

正在这时，有一对年龄在60到65岁之间的夫妻俩从他们身边走过。

"你们好，你们出去啊。"邱田英客气地同他们俩打招呼。

"我们去超市买点东西。"男的回答，女的连正眼看都不看，昂着头就走过去了。

"我说你呀，不要和他们打招呼，每次都是热脸贴冷屁股。"王招娣对邱田英说道。

"我想我们都是邻居，就应该热情一点。下次见到他们，坚决不理。"邱田英气愤地说道。

"就是，不要理他们。他们俩好像高人一等似的，其实和我们都一样，都是帮儿女带孩子。"王招娣说道。

"他们俩是什么人？"张守芳好奇地问道。

"男的叫钟道成，退休前在医院检验科工作，女的在什么单位上班。那个女的自以为是单位退休人员，就瞧不起我们从乡下来的。"小丽奶奶说道。

"过去他们在单位上班，比我们这些从乡下来的人高贵一些。现在退休在家给子女带孩子，和我们完全一样。说不定带孩子还没有我们带得好呢。"王招娣说道。

"是的，我们年纪大了，就是带孩子。"张守芳说道。

"我们给子女带孩子、做家务，就是为了他们能安心上班，算是发挥余热吧。"邱田英说道。

"我那个外孙就是一刻停不下来。"刘大妈说道。

"小孩就是要动，如果孩子不愿动，说明孩子可能生病了。"小丽奶奶说道。

"我女婿也是这么说的。"张守芳说道。

"孩子太皮，我们带孩子的老人吃不消。"王招娣说道。

"王招娣，你说得对，就是这么回事儿。"

陈利民和舒爱凌从楼上下来，准备带儿子小强去吃肯德基。

"小强，不要玩了，我们现在要走了。"

"妈妈，我想和小丽、小军再玩一会儿。"

"如果你老想玩，今天我们就不去肯德基了。"

"那不行。妈妈，小丽和我们一起去可以吗？"小强问道。

"小丽和我们一起去肯德基,是可以的,但一定要经过她爸妈同意。"舒爱凌说道。

"又是爸妈同意。"

正在这时,小丽的爸爸从医院下班回家。

"爸爸,我要和小强去肯德基。"小丽跑过去抓着她爸爸的手说道。

"谁是小强?"

"他就是小强。"小丽用手指着和爸妈站在一起的小强。

"陈利民,你好,这是你儿子?"小丽爸爸认识陈利民。

"你看这长相绝对不会错。"

"那,这位就是嫂子了?"

"你好,我是陈利民的爱人。"舒爱凌大方地和小丽爸爸打招呼。

"我和陈利民在大学是同一届的。你们准备带孩子出去玩?"

"上个星期就讲好了,今天带他去肯德基。"陈利民说道。

"爸爸,我也要去肯德基。"小丽拉着爸爸的手恳求道。

"祝向荣,就让你女儿和我儿子一起吧。有我和你嫂子照看,你就放心好了。"

"祝医生,不要犹豫了。小丽,来和阿姨一起去。"舒爱凌说道。

小丽立即松开她爸爸的手,跑到舒爱凌这里,和小强手牵着手。

"陈利民,要麻烦你了。"

"没事,孩子有个伴更好一些,放心吧。"

"小丽,要听叔叔和阿姨的话,不许乱跑。"小丽的奶奶对孙女嘱咐道。

"知道了,不乱跑。"小丽立即答应奶奶提出的要求。

"你们回家吧。"陈利民说着和祝向荣以及他的母亲挥挥手,陈利民一家4口人,带上小丽,去肯德基吃饭了。

第 2 章 单位分房

舒爱凌在市工业局企业科上班。工业局赵局长垂涎舒爱凌的美色，只是舒爱凌平时为人正直，这个赵局长和舒爱凌讲话不得不礼貌客气。

"赵局长，这是市里要的材料，我放这里了。"有一天，舒爱凌把写好的材料送到赵局长的办公室。

"好的，我看看。"赵局长随手翻了翻，"嗯，写得不错。"

"那我走了。"

"请等下。"赵局长对舒爱凌说道，"企业科的人对你的反映很好，你只要做好自己的工作，就有机会升科长。"

"谢谢赵局长，我一定做好自己的工作。"

"关于对工业局的发展你有什么想法或建议，随时到我这里谈谈。"说着手就往舒爱凌肩膀上放。舒爱凌立即往旁边一闪，躲开赵局长，并说道："赵局长，如果没有其他的事，我就走了。"

"走吧。"

3天后，赵局长到企业科参加会议，会议的中心是怎样把市政府给工业局开发区的钱，发放出去。

"园区共有18家企业，有5家是刚入园的，目前还在招聘研发人员；处于研发阶段的企业有6家；产品做出来到市场的有4家；有3家企业今年第一季度的产值有300万，利润大概在40万，发展得很好。"舒爱凌回报工业园区企业的情况。

"很好，舒爱凌对园区的企业情况掌握得很好，园区的老总对舒爱凌的反映也不错，我们做工作就应该这样。"赵局长肯定舒爱凌的工作，"刘科长，你手下有这么一个能干的大将，你的工作就轻松多了，你打算怎样安排市政府给的钱？"

"我想我们应该把资金用在刀刃上，用在缺少资金、科技含量高、有发展前途的企业。下个星期二，我们准备办个擂台赛，给每家企业15分钟汇报自己的工作，从中选出一批有发展前途的企业。"科长刘怀义说道。

"钱的使用是市委领导和企业非常关心的一个话题。打擂台请专家评审这个办法非常好。下个星期的打擂台就是我们近期工作的重点，一定要做好。"赵局长说完眼睛特地看了舒爱凌一眼，舒爱凌立即把眼光移开，表情非常严肃。

　　到了年底，单位要评先进。科长刘怀义告诉舒爱凌，赵局长要把今年的先进给她。舒爱凌听后，没有表现出应有的高兴，反而脸上添加了一些愁云。舒爱凌的心思没能逃脱姑妈张守芳的眼睛。有一天，陈利民在医院值班，吃过晚饭收拾干净后，张守芳找舒爱凌谈话。

　　"凌凌，你这几天好像有心事。"

　　"嗯，没什么。"舒爱凌想搪塞过去。

　　"说给我听听，说出来就好了。"张守芳鼓励舒爱凌把不开心的事说出来。

　　于是，舒爱凌把赵局长想打她主意的事告诉了张守芳。

　　"这个局长只是表示喜欢你，想偷腥而已。只要你坐得端、行得正，他就不敢对你怎样。"

　　"我也是这样想的，我担心他会在工作中刁难我。"

　　"只要你把自己的工作做好就行了。他最多不把好处给你，不提拔你。如果他做得过分，我们也可以向上反映。"

　　"靠和领导拉近乎，不正当关系提拔，我宁愿不要。"舒爱凌说道。

　　"说得对。做人一定要正，不能让人指着脊梁骨，要堂堂正正地做人。我们老百姓就是要做个正直的人，过个平平安安的日子、安稳的日子。"

　　"姑妈，你说得对，我一定做个正直的人，绝不让人在背后指指点点。"

　　"那些靠歪门邪道爬上去的人，都没有一个好结果，最后都是得不偿失。"

　　"姑妈是个有智慧的人，每次和你谈话都能解决心中的困惑。"

"我就是个农村的小学生，我只是把老祖宗传下来的智慧经验告诉你，最后还是靠你自己。"

"有姑妈给我当参谋，就一定没有问题。"

"凌凌，你的皮肤又白又嫩，多好看呢。这就是我不让你带小强睡觉的原因。我怕你晚上睡不好，你的皮肤就不好。"

"谢谢姑妈。利民根本想不到这些，还是姑妈好。"

"利民是个男的，他怎么能想到这些？但是我们女人一定要对自己好，要好好地保护自己，不要让自己早早地成为黄脸婆。"

第 3 章

家长会

1991年12月,工业局企业科刘怀义科长调到发改委工作,企业科的工作暂时由舒爱凌负责。

"凌凌,这段时间把工作做好,说不准哪天你就当上科长了。"在家里,陈利民对舒爱凌说道。

"我们科室的朱宜红和郭守仁,都在活动找人。"

"做医生的只要把病看好,做官无所谓。做行政的,一定要有个职务,否则别人会说你混得不好。"陈利民说道。

"我的想法就是做好自己的工作,如果上面让我做这个科长,也不拒绝。我不会为了做官而削尖脑袋投领导所好,送钱、送礼。"

"凌凌说得对,我们按原则做事,做好自己的工作。我想领导和老百姓心中有杆秤。"陈利民话锋一转说道,"话虽这么说,别人都在找人,我们不找人,行吗?"

"现在社会风气不好,我们做人做事的原则不能丢。"舒爱凌说道。

"是的,我们要有自己的原则。"陈利民附和道。

"当个领导,虽然有些权力,但也是有责任和压力的。"舒爱凌说道。

"事情都是一分为二的，有利有弊。"陈利民说道。

1992年春节后，来了一位年龄和舒爱凌相仿、叫李翔的人，到企业科做科长。

"我刚来，业务不熟悉，需要大家多多地帮助和支持。"新来的李翔科长客气地和大家说道。

"李科长有什么工作，你尽管安排，我们一定好好地做。"朱宜红说道。

"前几天，赵局长说要给我们科调入一位能干的科长。果不其然，一看就知道李科长是个精明能干的人。"郭守仁奉承道。

本来舒爱凌想和新来的科长打个招呼就算了，没有想到朱宜红和郭守仁那么奉承，舒爱凌也不得不说上两句："听说李科长要来，朱宜红昨天特地把你的办公桌擦了一遍，大家都盼你来带领我们把工作做好。"

"赵局长给我说了，企业科的事虽然多，但有你们3位能干的科员，工作一定能做好。"

"李科长，这是我一个亲戚送给我的西湖龙井，你尝尝。"郭守仁把一个比较精致的茶叶罐递给李科长。

"李科长，我们这里就数郭守仁最讲究喝茶。郭守仁说是好茶叶，那一定是好茶。"朱宜红略有讽刺地说道。

"谢谢，谢谢。听赵局长说，在我来之前，科室工作由舒爱凌负责，大家把工作做得非常好。我初来乍到，还需要大家多多指教。"李翔客气地说道。

"你没来之前，我们每天都是小心翼翼地做自己的工作。好在领导对我们比较宽容，没有批评我们。"舒爱凌谦虚地说道。

"是呀，这些天，我们就盼着你早日到来。"朱宜红讨好道。

"李科长，你来了，我们心中就有了主心骨。"郭守仁说道。

舒爱凌见朱宜红和郭守仁尽是溜须拍马、谄媚之词，就说道："李科长，这是 3 份需要你签字的文件。明天下午有个企业要召开产品发布会，他们想让我们参加。"

"李科长，我们把所有的工作全部做好了，你只需要签个字就行了。"朱宜红说道。

"好的，谢谢大家，我马上签名。"

张守芳知道了舒爱凌科室调来了一个新科长，起初张守芳担心舒爱凌不开心，毕竟局里让她负责科室工作有两个月了。后来她发现凌凌并不在意这件事，就放下心来。晚上下班回到家，全家人在一起吃晚饭。张守芳问舒爱凌："凌凌，你们新来的科长怎样？"

"刚来嘛，还可以吧。"

"科室里其他人是什么态度？"陈利民问道。

"朱宜红和郭守仁拍马屁，我对他公事公办、文明礼貌。"

"凌凌做得对。你们是同事，同事在一起主要是要把工作做好。"

"做好自己的工作，对得起良心。"舒爱凌说道。

一天上午，李翔陪同赵局长去市里开会，朱宜红和郭守仁到园区调研。办公室只有舒爱凌一个人，突然有个年龄和她相仿的女子进入办公室。舒爱凌问道："请问，你找谁？"

"我叫顾思文，是李翔的爱人，顺便过来看看。"来人自我介绍。

"你好，请坐。我叫舒爱凌，李科长去市里开会了。"

"我就是顺路过来看看。"顾思文再次说明只是顺便来看看。

"这是李科长的办公桌，我就用他的杯子给您倒杯水。"

"不用，谢谢，我一会儿就走。"

"我们企业科加上李科长共 4 个人，全在这间办公室内。另外两个人，去企业做调研了。"舒爱凌向顾思文介绍科室情况。

"我今天到旁边的荣创大厦参加一个会议，会议要10点才开始，我就先到李翔的新单位来看看。"

"你也在机关工作？"

"我在市经济委员会，我大学一毕业就在经委工作。"

"经委是个好单位，很多人都想进去。"

"千万不要去经委，都是一些老的把持在那儿，思想观念陈旧。你要想做一件事，会有让你想不到的阻力。"

"这个在哪里都一样。"

"你这里就不一样，工作人员年轻，思想活跃，能接受新事物。"

"我们平时只是完成领导布置的任务。"

"这需要和别的单位相比才能知道。李翔给我说了，你们几个人特别好，给他很多的帮助，还说你是这里唯一的一个大学生。对了，你是哪个大学毕业的？"

"理工大学。"

"我是滨江大学毕业的，我和李翔是大学同学。"

"李科长之前在哪个单位上班？"舒爱凌问道。

"交通局，做了两年的科长了。"

"李科长很能干，早早就当上了科长。"

"去年交通局安排了几个军队转业干部，占据了不少位置。李翔在交通局没有上升的空间。"

舒爱凌心想这家人能耐挺大，不然怎么可能随便换单位。舒爱凌就换了个话题，问道："你孩子多大了？"

"我有一个女儿，今年上中班。"

"我儿子也是中班。"

就在这时，朱宜红和郭守仁从企业调研回到办公室。

"舒爱凌，你的朋友？"郭守仁问舒爱凌。朱宜红没有说话，用眼睛把顾思文从头到脚打量了一遍。

"她是李科长的爱人，这是我们科室的朱宜红和郭守仁。"舒爱凌给他们互相介绍。

"你们好。我是李翔的妻子，今天路过这里，顺便过来看看。"

"你好，嫂子真年轻漂亮。"郭守仁说道。

"一看就是气质不一样，大家闺秀，有教养。"朱宜红满脸笑容地说道。

"怪不得李科长这么年轻就当上领导了，因为有嫂子这样的贤内助啊！"郭守仁说道。

"贤内助固然重要，李科长自身优秀也很关键啊！"

郭守仁和朱宜红一唱一和地恭维李翔妻子。

"李翔在家里给我说，你们3个人非常好，工作能力又强，给他帮了很大的忙。"

"李科长来之前，我们不知该怎么做工作。现在李科长来了，我们做任何事心里都踏实了。"郭守仁说道。

"李科长是个有思路、有想法的人，我们跟在他后面工作，很舒心，很开心。"朱宜红说道。

朱宜红和郭守仁继续阿谀奉承。

"李翔没有你们俩说得那么好，我们要尽可能地少表扬，免得他感觉太好飘起来。大家在一起工作，只要开心就行了。"顾思文说道。

"今天上午，李翔老婆突然来到办公室。"晚上吃晚饭的时候，舒爱凌说道。

"她去找李科长？"陈利民问道。

"李科长今天去市里开会，在三天前就定下的，我想她早就知道，她说是顺便过来看看，我看她是特地来到企业科实地考察的。"舒爱凌说道。

"李科长一定在家里给他老婆说过科室情况。"陈利民说道。

"他老婆人怎样?"张守芳问舒爱凌。

"他老婆是大学生,整体素质还不错。我感觉他老婆家很有权势。"

"李科长是个乘龙快婿啊!"

"应该是。朱宜红和郭守仁那个阿谀奉承,叫人恶心。"

"这种人医院也有。"陈利民说道。

"不管在哪里,做人都要诚实。"张守芳又给他们俩讲做人的基本原则。

"他老婆长得怎样,漂亮吗?"陈利民问道。

"他老婆长得还可以,不丑。"舒爱凌答道。

"那她为什么不放心?我以为他老婆长得太丑,怕李科长在外面找一个。"

"利民,不管老婆是长得漂亮或是丑,结了婚,心就只能放在家里,好好地过日子。"张守芳说道。

"他们男子都是馋嘴的猫。利民,你可不要抱着侥幸的心理,做出伤害我的事。"舒爱凌对陈利民说道。

"不会,不会,你这么好,是我上辈子修来的福气。"

"凌凌多好,漂亮又贤惠,打着灯笼也找不着。利民,你要好好地珍惜。利民是外科医生,凌凌在国家单位工作,小强又聪明,是多么幸福的一家啊!"

1992年5月中旬的星期天,李翔夫妇请科室三位同事到他们家做客,李翔家在市政府家属区的大院内。郭守仁带着夫人,朱宜红带着丈夫在10点50分到了李翔家。舒爱凌和他们也只是前后脚,但她是一个人来的,这天陈利民在医院里值班。

"舒爱凌,你怎么一个人来了?"朱宜红略带责备的口气说道。

"舒爱凌，你老公怎么没有来？"李翔妻子顾思文问道。

"他今天值班，医院就是三天两头值班。"舒爱凌答道。

"你家房子好大啊！"郭守仁感叹地对顾思文说道。

"这房子是组织分配给我爸妈的。"顾思文说道。

"大家随便坐，思文，你招待一下，我去厨房。"李翔说道。

"李科长，简单一点，我们来主要是到你家看看。"朱宜红说道。

"李科长，不要准备太多的菜，我们主要是聚聚。"郭守仁说道。

"菜昨天就准备好了，今天只需要加热一下就行了。"

"李科长家里家外都是一把好手。"郭守仁说道。

"我万万没有想到李科长还会做家务。"朱宜红挑顾思文喜欢听的说。

"家务事都是阿姨做的。我只要求他把工作做好。"顾思文说道。

"思文，你和李科长是天造地设的一对，真叫人羡慕。"朱宜红奉承道。

"李翔虽然参加工作都8年了，总是有些理想主义。我和我爸爸天天给他提醒。"

"李科长做事，非常踏实。"舒爱凌说道。

"李科长能力强，又有你这么好的贤内助，李科长的事业一定会顺利的。"郭守仁说道。

"思文，你孩子多大了？"朱宜红问道。

"我女儿今年6岁。今天一早，我爸妈带她出去玩了。"

"舒爱凌，你儿子也是6岁，你们两家正好可以做个亲家。"朱宜红说道。

"朱宜红，你瞎说什么，我儿子怎么能娶到李科长的女儿？两家门不当户不对呀。"

"我看是正正好，你是个大学生，你丈夫在医院做外科医生，是多好的一对。"朱宜红说道。

第3章 家长会

"我丈夫做外科医生,太辛苦。家里大小事,他从来都不过问。"

"外科医生很吃香的,谁能保证自己这一辈子不生病?"朱宜红说道。

"思文,你把桌子收拾一下,马上就要上菜了。"李翔对妻子说道。

"李科长,想不到你还能做出一手好菜。"郭守仁奉承道。

"主要是阿姨做的,我只是给阿姨打个下手。"

"我要是有思文这样的福气就好了,我下班回到家就是马大嫂,洗菜、做饭、洗碗,最后还要把儿子哄上床睡觉,一个晚上就差不多了。"朱宜红说道。

"过日子就这么回事。我婆婆曾给我帮忙,可是我们家小得可怜,连站的地方都没有。"郭守仁的妻子说道。

"没有你说的那么可怜。"郭守仁不同意他妻子说的话,"不过我家的房子是确实小了点,只有一室一厅。"

"今天做的都是家常菜,大家随便吃。"李翔招呼大家吃菜。

"这个红烧鲈鱼是李翔的拿手好菜。鲈鱼的优点就是刺少。"顾思文说道。

"嗯,味道真不错,想不到李科长还有这么一手好厨艺。"舒爱凌夹了一块鲈鱼肉送到口中。

"郭守仁,你要向领导学习,不要到家就像老爷一样,什么事都不做,什么事也不会做。"郭守仁老婆说道。

"思文是个有福之人,我敬敬你。"朱宜红拿起酒杯敬顾思文。

"谢谢,大家随便吃。"

"我们敬李科长夫妻俩一杯。"郭守仁和妻子站起来敬酒。

"坐下,坐下,我们只是随便聚聚。去年,我们科室在局里评比,获得第一名,赵局长在会议上表扬了我们。这个成绩属于大家辛苦干出来的,我今天真诚地谢谢大家。"

"我们科室的第一名首先归功于李科长,是李科长领导得好。"郭守仁说道。

"郭守仁说得对，是李科长领导得好。"朱宜红跟着郭守仁说道。

"我们去年工作做得不错，希望今年的工作做得更好一些，让园区里的企业更加满意。"舒爱凌说道。

"明年，你们争取拿个市先进。"顾思文鼓励道。

"市里的先进不好拿吧？"郭守仁没有把握地说道。

"只要有拿得出手的成绩，就有可能。"顾思文说话，像一个经过大场面的人。

"既然有人能评上市里的先进，为什么我们不可以。自从李科长来后，我们的进步多快啊，今年是局里的先进，明年一定是市里的先进。"朱宜红说道。

"首先，我们要把自己的工作做好。现在，国家大力发展高科技产业，还有市里要加大招商的力度，市里对我们给予很大的希望。我们是企业科，要做好政府和企业之间的桥梁，帮助企业解决困难，使他们安心创业、搞研发。我们科室还是大有可为的。"李翔说道。

"工作上的事到单位聊，今天我们就是吃饭聊家常。"顾思文说道。

"自从李科长来到我们科室，我们就像一家人一样，今天李科长带了个头，以后我们定期或者不定期就像今天这样聚一次。"郭守仁建议道。

"这个主意不错。"舒爱凌说道。

"我也同意，只是我家太小了。国强，你要努力争取给我们家弄个大房子。"朱宜红对他的丈夫说道。

"我们家的房子和李科长家的房子不能比，但坐七八个人没有任何问题。"舒爱凌说道。

"下一站就定在舒爱凌家。"郭守仁建议道。

"很好，正好我们可以见见舒爱凌当医生的老公。"朱宜红说道。

"你见他干吗？"舒爱凌问道。

"你还怕我把他抢了？"朱宜红反问道。

"我才不稀罕他，你要抢就拿去。"舒爱凌把朱宜红的话挡回去。

"朱宜红，你是肯定抢不了舒爱凌的老公的。不过认识一个外科医生也不错，谁能保证这一辈子不生病？"郭守仁说道。

"对，我们需要交个医生朋友。"郭守仁老婆说道。

"下次聚餐的地点，就定在舒爱凌家，具体时间到时候再商量，大家说怎样？"顾思文说道。

"很好，我同意。"

"我也同意。"

1992年10月第二个星期天，按5月在李翔科长家讲好的约定，科室其他三位成员来到舒爱凌家。

当他们来到舒爱凌家的时候，桌子上已摆满了各式的荤菜和素菜。

"舒爱凌，你太厉害了，做了这么多的菜。"朱宜红说道。

"都是大厨，厉害、厉害。"郭守仁说道。

"大家坐，这些菜都是我姑妈做的。我姑妈听说你们要来，两天前就想怎样做今天的饭菜。"

"李科长，你抽烟吗？"陈利民问李翔。

"他不抽烟。"顾思文立即说道。

"你们两位抽烟吗？"

"不抽。"朱宜红替她丈夫答道。

"我也不抽烟。"郭守仁说道。

"喝什么酒？我准备了红酒和白酒。"陈利民又问道。

"李科长，你喝什么酒？"郭守仁问李翔。

"我随便。这样吧，我喝点红酒，增加点气氛。"

"李科长，你来说两句。"舒爱凌请李翔讲话。

"你是主人，要么请陈医生讲话。"李翔建议道。

"你是领导，还是你讲话。"陈利民谦让道。

"那我就不推辞了。首先，感谢陈医生和舒爱凌，准备了这么丰盛的午餐，真心感谢，干杯。"

"干杯。"大伙齐声说道。

"舒爱凌，你家这房子不错，挺大的。"朱宜红说道。

"我家的房子大什么？李科长家的房子那才叫作大。"舒爱凌说道。

"李科长家的房子是我们老百姓可望而不可即的。我现在最大的愿望，就是增加一间房间。"朱宜红说道。

"房子是个大问题，我们局里是不会解决的。"郭守仁说道。

"听说赵局长的房子也很小。他还要托人在外面借一间房间给他儿子结婚用。"朱宜红说道。

"医院还是不错的，给每个人分房了。"郭守仁羡慕地说道。

"我只是运气比较好，分到了房子。以后就没有分房子的事了。"陈利民说道。

"听舒爱凌说你是外科医生，工作很忙？"顾思文问陈利民。

"我在外科工作，忙吗？反正都习惯了。"陈利民说道。

"医生要经常值班？"郭守仁老婆问道。

"三天两头要值班，即使不值班，星期六或星期天也要去医院看病人。"舒爱凌说道，"今天一大早他去医院查房，到10点才回家。"

"值班后可以休息了吧？"

"他是前天值班，昨天快到中午才回家。回家后他就上床睡觉，今天早晨一起床，他就去医院查房、看病人。我们家的事全靠我姑妈操持。"舒爱凌表扬她的姑妈。

"舒爱凌有姑妈，真是太幸福了。"

"最幸福的是我们家的陈医生。他在家，我姑妈不让他做任何事，比心疼我还要心疼他。"舒爱凌说道。

"我姑妈不但包揽了家务事，还负责我儿子的教育，我儿子最听我姑妈的话。"陈利民补充道。

"陈医生，请问普外科和外科有什么区别？"李翔问陈利民。

"医院的临床科室大致分为外科和内科，需要做手术的是外科，不需要做手术的，用药治疗的是内科。我们医院目前外科系统有脑外科、胸外科、泌尿外科和普外科。普外科医生，看病的范围主要是腹部，比如胆囊、阑尾、胃等。"

"谢谢，我明白了。"李翔说道。

"陈医生，我妈妈经常头昏头痛，哪天我带我妈找你看看。"

"头昏头痛，要看神经内科。如果你妈到医院找我，我可以帮你找个好的神经内科医生。"陈利民回答道。

"好的，太谢谢了。陈医生，恐怕以后我们会经常麻烦你。"

"我在医院工作，找人看个病是举手之劳的事。"

"他是个热心人，你们有事尽管找他。"舒爱凌说道。

"好的，谢谢。"

工业局企业科在以后的3年中，年年都是先进，其中拿到一次市里的先进。李翔如愿以偿地得到了提拔，当上了工业局的副局长，留下的科长空缺由舒爱凌顶上。

小强上小学后，张守芳还是和以往一样，每天下午去学校接小强。一天下午2点，张守芳下楼，去菜场买菜，这时院子里已经聚集了好几位大妈。

"张大姐，去买菜？"邱田英给张守芳打招呼。

"我现在去菜场买菜，接孙子回来后，我们好好聊聊。"张守芳说道。

"去吧，快去吧。"小丽奶奶说道。

"整天孙子、孙子的。有个孙子好像多了不起。"刘大妈说道。

"小强不是她孙子，张大姐是孩子妈妈的姑妈。"小丽奶奶说道。

"张大姐是孩子妈妈的姑妈。"邱田英说道。

"孩子从小是张大姐带大的。"小丽奶奶说道。

"不过，陈医生夫妻俩对她就像对待母亲一样。"邱田英说道。

"是的，他们就像一家人一样。"小丽奶奶说道。

张守芳去菜场买好菜，回到家就把菜洗好切好，到了3点半就下楼去学校接小强。学校离医院家属区很近，医院大部分职工都把孩子放在这个学校上小学。

"奶奶，我在院子里和小朋友玩会儿，可以吗？"小强问张守芳。

"可以。"

"小丽、小军，我奶奶说了，今天我可以在院子里玩一会儿。"小强高兴地对小伙伴们说道。

孩子们把书包往大人的身上一扔，就欢天喜地、活蹦乱跳地冲到院子的中央，快乐地玩起来。孩子们在玩，大人们在一旁聊天。

"张大姐，我中午看到你女婿回来了，你女婿怎么没接孩子？"小丽奶奶说道。

"他昨天在医院值班，回到家都快11点了。吃过中饭，就睡觉了。"张守芳说道。

"医生值班，可以在值班室睡觉。我女儿上夜班那才是辛苦，一分钟也睡不到。我现在在女儿家，帮她做些家务事，让她下夜班后，能睡一会儿。"刘大妈说道。

"医生和护士工作都辛苦，根本不能指望他们做什么家务事。只要他们把班上好就可以了。"张守芳说道。

"张大姐，不能对女儿女婿太宠，家务事不能靠你一个人做，谁有空谁做家务事。"邱田英说道。

"就应该这样，我们不是给他们做保姆的。"小丽奶奶说道。

"话虽然这么说，如果我们不给孩子们帮忙，他们就没有办法上班了。和孩子们在一起虽然累一点，但还是有不少乐趣。"张守芳说道。

"人老了就是给子女帮忙、带孩子。"刘大妈说道。

"老人给子女做家务，带孩子，极其正常。但子女要体谅老人的辛苦，不要认为是天经地义的。"邱田英说道。

"邱大姐说得对。在家里就是要互相关心，把孩子带好、教育好。"小丽奶奶说道。

"我女儿和女婿对我很照顾，下班回来总是和我抢着做家务，我对他们说，这几年我能做得动就多做些，等老了做不动了，你们来做家务。"张守芳说道。

"张大姐，如果我们这里要评五好家庭，我一定评你们家。"小丽奶奶说道。

"比我们家好的家庭多得是，我们家就是普通人家。"张守芳谦虚地说道。

"我在他们家，就是个保姆，每个月挣800块钱。他们恨不得我一天到晚不休息，给他们家做事。"董珍菊说道。

"小妹妹，既然做了保姆，就要好好地做。把东家当成自己家，当成一家人。"张守芳劝道。

"他们根本没有把我当成一家人，在他们眼里，我仅仅是他们花钱雇来的保姆。他们还处处防着我，就像防贼一样，虽然我穷一些，但绝不会偷他们家任何东西。"董珍菊说道。

"董珍菊，你在这家时间长了，双方互相了解后，就信任了。"邱田英说道。

"我把小强当成我自己的孙子，把小强妈妈和爸爸当成我女儿和女婿，把这个家当成自己的家，做好自己的事，而不是完成任务。"张守芳给董珍菊现身说法。

"张大姐，我没有你那么好的福气，遇到这么好的东家。既然在他们家做保姆了，就好好地做吧。"董珍菊说道。

"这个态度就对了。"张守芳高兴地说道。

张守芳见小强一脸汗水，就对小强说："小强，我们回家吧。"

"奶奶，我还要玩一会儿，小丽和小军还没有回家。"

"你全身都是汗，该洗个澡换衣服了。"

"小军和小丽也是满头大汗，他们都没有回家。"

"唉，小家伙，奶奶讲不过你了，玩就玩一会儿吧，你妈妈也快要下班了。"

"那我就等妈妈下班，我们一起回家。"小强反应极快，说着就跑到小朋友当中去了。

下午5点，舒爱凌准时下班。"姑妈。"舒爱凌和张守芳打个招呼。

"妈妈。"小强看到妈妈就冲过来。

"小强，我们回家吧。"舒爱凌说道。

"小强，我们回家，你说了待妈妈回家，我们就回家。"张守芳说道。

"嗯，就回家吧。"小强一脸不情愿地说道。

"这就对了。做一个好孩子必须要说话算话。"张守芳教育小强做人的道理。

"陈利民，你才起床啊！"舒爱凌进到家门，看到陈利民在卫生间洗脸。

"吃完中饭后才睡觉的。"

"睡到下午5点才起床，你真是太幸福了。孩子不用接，晚饭也不用做，起床吃现成的饭，我看你现在就是个陈老爷了。"

"嘿嘿，陈老爷。"小强学舒爱凌的口气说道。

"利民昨天在医院值班，今天中午才回到家，睡的时间也不多。"张守芳护着陈利民。

"姑妈，你不要总宠着他，他是一家之主，要为家里做些贡献。"

"利民为家里做了很大的贡献，我每次接小强，别人问我，我说孩子爸爸是个外科医生，人家都好羡慕。"

"以后下班早点回家，不要让姑妈一个人做家务事。"

"病房里有几个重病人，处理重病人多用了一些时间。"

"是应该把病人处理好才能回家。你天天加班，医院应该给你发加班费。"

"这些都是应该做的，是自己分内的工作。医院从来没有发过加班费，其他医院也是这样。"陈利民说道。

"你能上好班，安心上班，完全是姑妈和我给你的支持。"

"知道，知道。"陈利民连声说道。

"爸爸，老师说明天下午3点半要开家长会。"

"明天是星期四，我要上班。"

"我明天下午在市里参加一个会议，会议很重要，只有姑妈你去参加家长会了。"舒爱凌对张守芳说道。

"明天下午3点半，到小强学校去开会，知道了，你们就不要管了。"

"我就知道这次又是奶奶去开家长会。"小强说道。

"奶奶去开家长会比你爸爸去好。上次你爸爸参加家长会时打瞌睡，什么也没有听见，白去。还有，开家长会的，大部分是爷爷奶奶。"舒爱凌说道。

第二天下午，张守芳来到学校，参加小强的学生家长会。3点半，小强班主任钱老师准时宣布开会。

"今天下午，我们利用半小时的时间开个家长会，家长会是我们工作的一个重要部分，学校要求每个班级每个学期或学年，要组织一次家长会，就是让学生家长了解学校、了解老师的工作以及孩子们在学校的表现。

"我们学校是个有优秀传统的学校,我们学校的宗旨是,让学生在校内接受知识和文明的教育,使他们在德、智、体三方面得到发展,成为一个学习好、身体好以及有优秀思想品格的学生。

"家长永远是学生的第一任老师。我希望各位家长在家里要关注学生的成长,要教育学生做一个诚实的、孝敬父母和长辈的、关心他人的人。学生的健康成长是学校和学生家长的共同目标。

"今天的会议主要是建立老师和家长的交流平台,各位家长可以畅所欲言,对我们的工作提出一些好的建议。"

"今天下午,我特地请假来参加这次家长会议。来参加这次会议主要是想知道孩子在学校的表现,以及家长在家里怎么配合老师做好孩子的教育工作。"一位家长说道。

"现在的孩子都是独生子女,我们做父母的对孩子寄予莫大的希望……"另一位家长说道。

大家七嘴八舌讲起来,张守芳没有说话,只是静静地听别人说,她觉得所有的人讲得都很好。

"请问你是谁的家长?"钱老师问张守芳。

"我是陈小强的奶奶。"张守芳紧张地答道。

"陈小强在学校表现很好,老师都很喜欢他。昨天我和数学老师黄老师商量,让陈小强家长讲讲在家里是怎样教育孩子的,让其他同学的家长向你们学习。"

一听到老师要让她介绍经验,并向她学习,张守芳急了。她从来没有经历过这种事,她急忙向老师说道:"老师,我在家没有教育小强,也不会教育。"

"陈小强是你带的吗?"

"小强从小到大都是我带的。"

"你们经常在一起聊天?"

"我给他讲要做个好人,好人有好报。"

"这就非常好,教育孩子就应该像你这样。在家里,家长就要教育孩子怎样做人。"

"小强经常给我讲学校的事,他说他喜欢学校的老师和同学。"

"陈小强和同学相处得非常好,同学们都喜欢和他在一起玩。陈小强为人善良、讲道理,我想这与家庭教育有关。"

"小强是个善良懂事的孩子。在家里,他最听我的话,我经常给他讲做人的道理。"张守芳慢慢地放松下来,和老师说话。

"小强奶奶,我看你很会教育孩子。其实在家里,就要像你这样教育孩子。你今天就给大家讲讲平时你是怎样教育小强的,你是怎么做的就怎么说。"

"老师,下次让小强妈妈来讲,她妈妈经常开会,知道开会该怎么讲话。"张守芳心想,她一定不能讲,万一讲不好,给小强丢脸,对小强不好。

家长会在4点结束,张守芳领着小强一起回家。

晚上,舒爱凌问张守芳下午家长会的情况。

"老师说小强在学校表现很好,还说我们在家教得很好,要我介绍经验。"

"那你就给他们说几句。"

"要我在院子里和大伙随便说说,那倒可以。在家长会上要我说,那不行。应该是你和利民去讲。"

"平时都是你教育小强的,让我和利民讲,真讲不出什么。"

"讲不讲无所谓,只要有姑妈在,小强的教育就没有任何问题。"陈利民说道。

第 4 章

医院家属区

1995年10月17日，天晴。这天上午，张守芳把小强和自己的几件衣服洗好后，才下楼倒垃圾。

"张大姐，你今天下来得晚啊！"邱田英说道。

"今天天好，我抓紧时间把衣服洗了。"张守芳说道。

"好长时间没有看到崔小花了。张大姐，你最近看到过她吗？"邱田英问张守芳。

"没有。"

"刘大妈，你最近见过崔小花吗？"邱田英又问刘大妈。

"没有。肯定是和儿媳妇处不好，回家了。"刘大妈说道。

"那他们家就要请人带孩子、做家务了。"张守芳觉得很可惜。

"崔小花最好能回来，和儿媳妇处不好，但总要心疼儿子。还有，崔小花带孙女有几年了，她很喜欢她的孙女。"邱田英说道。

"是啊，我若不是心疼我女儿，我早就回家了。"刘大妈说道。

"医院里的人工作太忙太累，回家后就想睡觉，一点家务事也不做。给医院人家做保姆真不划算。"董珍菊说道。

"怎么是不划算?"王招娣问道。

"钱和外面一样,带小孩和干活的时间比人家长。"董珍菊回答王招娣的话。

小丽奶奶突然明白董珍菊就是个保姆,就像社会上大多数保姆一样,总是希望工作轻松,挣钱多。于是,小丽奶奶把话题转回来。"婆媳矛盾永远是存在的,不过现在的媳妇比过去不知道要娇气多少倍,一点都讲不得。"

"婆媳矛盾不能完全怪媳妇,我女儿刚生孩子的时候,是婆婆带孩子的,不到3个月,婆婆甩手不做了,说看不惯。我们不能用老眼光看新时代的人,我女儿要工作,每个月挣的钱一点不比他儿子少。"刘大妈说道。

"在城里,女人上班,和男人一样挣钱。我们这些做老人、长辈的就是帮他们带孩子,让他们安心上班。"张守芳说道。

不一会儿,钟道成夫妻俩带着外孙来到他们中间。钟道成夫妇和女儿住在一起,女儿在医院做护士。

"钟医生,你外孙要上幼儿园了吗?"邱田英客气地和钟道成说道。

"明年9月上小班。"

"上幼儿园你们俩就要轻松一点了。"张守芳说道。

"不轻松,接送还是我们的事。"

"你的外孙养得很好。"

"是啊,就是一刻也停不下来。"

"老钟,你不要站着不动。小宝吵着要到小朋友那边。"钟大妈催他离开。

"好。现在就带小宝去那边。"钟道成快快地离开。

"赵红霞,你可以把孩子放下来,让她自己走走。"张守芳对赵红霞说道。

"小家伙到外面来有些胆小,就是要我抱。"赵红霞说道。

"这小姑娘眼睛多水灵,皮肤多白呀!长大一定是个大美女。"刘大妈说道。

"孩子现在还小,女大十八变,长大后不知会变成什么样呢?"赵红霞谦虚地说道。

"再怎么说,大眼睛是不会变的,白皮肤也是不变的。有这两点,孩子长大就不会丑。"邱田英说道。

"的确这样。"

"小亮过来,我给你擦擦汗。"刘大妈见外孙一头的大汗,"我这个外孙在家里吃饭吃得也不错,就是不长肉。"

"你外孙动得太多,消耗太大。"赵红霞说道。

"孩子主要是精神要好,胖瘦是次要问题。"张守芳说道。

"好像我们院里的孩子身体都不错。"刘大妈说道。

"他们爸妈都是医生和护士,身体一定会很好的。"邱田英说道。

"你家孩子多大了?"赵红霞问小丽奶奶。

"上小学3年级了。"

"真羡慕。"

"这有什么羡慕,只要把孩子生出来,孩子自然就会长大。"小丽奶奶说道。

"话是这么说,我那个儿媳妇把她女儿当成公主一样。"赵红霞说道。

"现在每个家庭只有一个孩子,都是望子成龙,望女成凤。"王招娣说道。

"我们是老一代,和现在年轻人的观点不一样,尽量少讲。"邱田英说道。

邱田英看到钟道成夫妇要带外孙回家,就对他们俩说道:"天气好的时候,应该到户外晒晒太阳,晒太阳不仅对孩子成长有益,对我们老年人身体健康也有帮助。"

"待在家里,容易生病,还有容易得老年痴呆。"王招娣故意大声说道。

"没有办法,家里有很多活儿要做。"钟道成无奈地说道。

到了中午吃饭时间,大伙儿各回各的家。下午2点半,张守芳离家去菜市场买菜。院子里的爷爷奶奶辈的人比上午要少一些。

"张大姐,你去买菜?"董珍菊说道。

"我现在去买菜,然后接孙子放学。"

"是啊,我也希望晚上早点吃饭,洗完碗后我就可以早点睡觉。"

"那你现在就去买菜,把晚饭早点准备起来。"

"张大姐,我家的情况不一样,我从来不碰他们家里的一分钱。我给他们家买过一次菜,说我买贵了,就差没有明说我贪污钱了。所以,我再也不给他们家买菜了。"

"我也不给我儿子买菜,只给他们做事。我儿子也说了,家里任何东西不要我们买。"马大伯夫妇退休了,帮儿子做家务。

"你儿子、儿媳工资高?"董珍菊问道。

"单位上班,工资能高到哪里去。我老婆有一次买菜回来,随口说了一声菜贵,我儿媳说菜没有那么贵。从此我老婆就不开心了。嗨,太敏感。"

"老马,你老婆也真是,菜买也买了,还抱怨什么贵。说者无心,听者有意。你儿媳还以为你们要向她要钱呢。"

"我老婆只是随便说说,根本没有让他们给钱的意思。"

"你们是一家人,买菜都不放心,何况,我是保姆,他们根本就不会把钱交给我,或许还会防着我偷他们家的钱呢。"董珍菊说道。

这时,钟道成夫妇俩带着外孙子来到院中。

"你们来了。"王招娣不冷不热地和他们俩打招呼。

"我外孙非要到院子里来,和孩子们在一起玩。"钟道成说道。

"老钟,你到菜场买条鱼,买大点的鱼,至少一斤以上的,知道吗?不要舍不得花钱。"

"知道、知道,买大鱼,尽大的买。"钟道成说道。

钟大妈摇头说道:"每次买菜,还要我交代。"

"你们是和儿女住在一起?"老马问道。

"和女儿住在一起,给女儿帮忙。"钟大妈说道。

"我们这些人就是因为心疼儿女,才给他们带孩子做家务。"

"谁说不是呢?"

下午4点半,张守芳就把陈小强从学校接回家。小丽在幼儿园就和小强是同学,现在,在同一个年级,但不在同一个班上。

"奶奶,我要和小丽在院子里玩一会儿。"小强对张守芳说道。

"玩去吧,不要和小朋友打架。"张守芳嘱咐小强。

"小丽,等我一下。"小强把书包往地上一扔,就跑到小朋友中间。

张守芳心不在焉地和老人们聊天,眼睛时刻盯着小强。突然,她发现小丽在哭泣,小强和一个小男孩在吵架。

"小强,什么事?"张守芳立即过去,生怕小强和小朋友打架。

"奶奶,胡小军骑车撞了小丽。"

"我不是故意撞的。"胡小军小朋友说道,"小强把我从自行车上往下推。"

"小军,你摔倒了?"张守芳关心地问道。

"没有,小强推我。"

"同学在一起,要团结,要互相帮助。小强,你为什么要推小军?"

"他撞了小丽,我才推他的。"

"我刚才说了同学在一起要团结,推人对吗?"

"不对。"

"以后怎么做？"

"以后不推了。"

"现在，你向小军说声对不起，做了错事就要改正。"

"小军，对不起。"

"这就对了，你们在学校一定要互相帮助，不许打架。"

到 5 点的时候，大人们陆续下班回家了。张守芳对小强说道："小强，我们回家吧。"

"奶奶，我想再玩一会儿。"

"不行。明天再来玩。"

"好吧，回家吧。"小强噘着小嘴，不情愿地跟着张守芳回家。小家伙"噔噔"地一口气跑到 4 楼，张守芳喘着气也跟不上孙子的步伐。进入家门后，张守芳对小强说道："你先做作业，等爸妈回来再看电视。"

"奶奶，我现在就要看电视。小军说《名侦探柯南》很好看，我现在就要看。"在院子里玩的时候，小朋友之间经常交流动画片。

"那这样，你现在看动画片，吃过晚饭后，你必须要写作业、看书。"

"好的。"

小强非常熟练地打开电视机和 DVD 机器，播放动画片《名侦探柯南》，而这时张守芳在做一家人的晚餐。

"小强，来洗手。"吃晚饭前，舒爱凌叫小强洗手。

"嗯。"小强来到卫生间洗手，舒爱凌站在旁边看着。

"不行，两只手要互相搓洗，用点力气。"

"妈妈，我洗得很干净了。"

"吃饭之前一定要洗手。你在外有一天的时间了，手上有很多的细菌。如果你不洗手，这些细菌就会跑到你身体里，你就会生病，发热、呕吐、拉肚子。你想到医院打针吗？"

"不想。"

"不想就要好好洗手。"

"小强是个懂事讲道理的孩子，只要你把道理讲清楚了，小强一定会听的。"张守芳说道。

"我听奶奶的。"

"你爸爸在医院，每天给病人打针、开刀。这些病人就是没有好好洗手。"张守芳趁机教育小强。

"小强，坐好。奶奶又给我们做了很多好吃的。"舒爱凌说道。

"小强，你把老师教你的那首诗歌念给我们听听。"陈利民说道。

"锄禾日当午，汗滴禾下土。谁知盘中餐，粒粒皆辛苦。"小强非常熟练地背出来。

"背得很好。这首诗告诉我们要珍惜粮食，不能浪费。"舒爱凌说道。

"农民伯伯种粮食很辛苦，奶奶每天给我们把饭做好，我们一回家就有现成的饭吃，多幸福啊！"陈利民说道。

吃完饭后，张守芳对舒爱凌和陈利民说道："你们两个人回房间看书吧，我来收拾厨房。"

"姑妈，辛苦了。"

"你们上班辛苦，厨房这些活儿很简单，不用动脑筋。"

"小强，你要做作业，不许玩。"舒爱凌对小强说道。

"凌凌，你看书去吧。我来管小强。"

张守芳把饭碗洗干净，厨房收拾整齐，就坐在小强旁边，陪小强做功课。

"奶奶，做完了。"

"做完了？你今天的作业不多啊！"

"每天都这些，天天都一样。"

"我来看看你写的作业。"张守芳拿起小强的作业本。

"嗯,今天写的字比昨天要好看一些。总之,写字不能太急,要一笔一画地写。只要你认真写,你的字就会越来越漂亮。"

"奶奶,为什么要把字写好?"

"写一手好字对一个人很重要,字就相当于一个人的门面。如果你字写得好,留给人的第一印象就好,还有字写得好,你自己看得也很舒服。"

"知道了,我以后一定要好好地写字。我爸写的字,我为什么看不懂。"

"你爸写得太快,太潦草,让人无法辨认,医生都这样。"

"为什么医生写的字难认?"小强好奇地问。

"医生工作太忙,每天要写的东西太多,故写得很快,写得快就潦草了。所以,老师不许你们写得太快。今天学校有什么事吗?"

"什么事?老师要我明天给同学讲一个故事。"

"讲什么故事?"张守芳问道。

"好听的故事。"小强回答道。

"好听的故事,奶奶就给你讲一个好听的故事。"

第 5 章

讲故事

"讲什么好听的故事呢？"张守芳想了想，决定给小强讲《夜明珠》的故事。

在很久以前，东海住着一位美丽的公主，她的父亲东海龙王给她找了很多有钱有势的男的，公主一个也不喜欢。公主说：她要找个诚实、勇敢、善良的人。

有一天公主听说有个村庄，住着一位诚实勇敢的年轻人，公主就想亲自见见这个人，是否像传说中的那样。

村庄有户人家有两个儿子：哥哥大宝和弟弟小明，两个人都到了该结婚成家的年龄。一天下午，俩人从田里劳动回家，突然有位老先生对小明说，明天有个漂亮的公主要在河边见他。

小明半信半疑，就把这事告诉了哥哥大宝。大宝知道弟弟小明是个诚实的人，而且运气一直都很好，大宝心想这事说不定是真的。于是第二天一大早，大宝一个人悄悄地起床，往河边走。小明起床后，发现哥哥不在，这时老先生来了，催他快去见公主。由于大宝走了弯路，虽然早走，但几乎和小明同时来到河边。公主心想："我是来见一位的，怎么来了两位？"公主想出一个主意，就对他们兄弟俩说："东海龙宫里有一颗美丽的夜明珠，谁把夜明珠拿回来给我，我就嫁给他。"

为了到东海龙宫拿到夜明珠，大宝借了一匹马奔向大海，小明则从家里步行前往海边。他们先后走到一个村庄，正好遇上洪水，洪水淹没了村庄。村民们只得逃到山上，躲避洪水。村民们告诉他们，只要到龙王那里拿到金瓢子，就能把洪水全部舀干。兄弟俩都答应村民们到龙宫里去借金瓢来抗洪救灾。大宝骑着马先于小明来到海边，海上风大浪急，大宝站在海边，愁眉苦脸，一筹莫展。小明来到海边，见汹涌的海水，不免心中有些害怕，但一想到村民需要帮助，小明就奋不顾身地跳入大海。很奇怪，大海齐刷刷地给小明闪出一条路，大宝见势也跟在小明的后面到达龙宫。龙宫的桌上摆着数不尽的奇珍异宝，大宝拿了一颗闪闪发亮的夜明珠，而小明则拿了一个金瓢子。

大宝满心欢喜，带着闪闪发亮的夜明珠坐在河边等公主，而小明拿到金瓢后立即奔赴遭受洪灾的村庄。他用金瓢奋力地舀水，洪水全退了。村民们对小明万分感激，但是村民十分贫穷，拿不出像样子的物品送给小明。忽然有位村民看见田里有一只大河蚌，河蚌里面有一颗黑色珍珠，村民们就把这颗珍珠送给小明作为纪念。小明就拿着村民们送给他的黑珍珠急忙赶到河边见公主。

到了晚上，大宝和小明见到了公主。大宝拿出夜明珠，那颗夜明珠居然一点光泽也没有，更不要说发亮了。大宝气愤地往地下一扔，把夜明珠摔个粉碎。公主让小明拿出他的宝贝，小明难为情地把黑珍珠拿出来，神奇的事发生了。黑珍珠慢慢发亮，越来越亮，发出灿烂的光芒，直刺人的眼睛。公主把黑珍珠拿在手中，用力向上一抛。在黑珍珠光芒的照耀下，不远处矗立着一座宫殿，那颗珍珠高高地坐落在宫殿的尖顶上，十分美丽。

这时，从天上飘来两件美丽的礼服，小明和公主穿上，手拉手走进宫殿，举行隆重的婚礼。

"那大宝呢？"小强问张守芳。

"大宝只能眼睁睁地看着小明和美丽的公主成亲。所以，我们要向小明学习，做一个诚实、勇敢、守信的人。"

一天，小强做完作业后，张守芳和小强聊天。张守芳问小强："学校发生什么事情了？"

"今天中午，张建军和刘爱民在教室里打架。"

"为什么打架？"

"为什么打架？我不知道。"

"老师知道了吗？"

"李老师批评了张建军和刘爱民，说下次他们俩再打架，就不准他们到学校上学了。"

"小朋友在学校要互相帮助，不能打架。如果有同学做得不对或欺负你，你不要和他们争吵或打架，要告诉老师，无论如何都不能打架。"

"老师说打架不是好学生。"

"爸妈花钱送你去学校，是让你学习科学文化知识，不是去打架的。同学们在一起，要互相帮助。"

"在学校，要好好地学习，不准和同学打架。"小强重复奶奶的话。

"对，睡觉去吧。"

"奶奶，给我讲一个故事，我就睡觉。"

"奶奶的故事，都讲完了。"

"奶奶，你好好地想一想，就会有故事。"

"你这小家伙。"张守芳十分喜爱地看着小强，用手抚摸小强的脑袋，

"好吧，奶奶就给你讲一个故事。"

"我就知道，奶奶只要一想就会有故事。"

"那我就给你讲一个《狼来了》的故事。"

　　古时候有个村庄，大人在田里劳动，小朋友在山上放羊。一天早上，牛牛小朋友吃过早饭后，就赶着羊群去山坡上吃草。

　　山坡上的小草长得绿油油的，连成一大片。羊儿们欢快地吃着，不时地发出"咩咩"的愉快的声音。

　　牛牛慵懒地躺在松软的青草地上，看着蓝天白云和专心致志吃草的羊群，牛牛突然产生一个奇怪的想法，如果我大声喊"狼来了"，大人们会怎样？于是他站起来，对着村庄大声喊："狼来了，狼来了！"

　　听到牛牛叫喊狼来了，大人们放下农活，拿起铁锹和锄头，火速赶到山坡。看到羊群们在享受着鲜美的青草，而牛牛则若无其事地坐在草地上，吃着从家里带来的午饭。张大伯气不打一处来，责问牛牛："狼在哪？"

　　"没有狼，我喊着好玩。"

　　"牛牛，这可不是件好玩的事。如果狼真的来了，大人不来帮你，你会有生命危险，知道吗？"张大伯严肃地批评他。

　　"知道了，我以后不喊狼来了。"

　　大人们气鼓鼓地，回到田里继续干活。

　　大人们走后，牛牛根本没有当回事，自认为聪明。第二天在放羊时，又大声喊："狼来了，狼来了！"

　　大人们听到牛牛呼喊狼来了，一分钟也没有犹豫，就拿着劳动工具冲到山坡上，准备保护牛牛和羊群。张大伯第一个冲到放羊的山坡，看见和上次情况一样，恨不得把牛牛痛打一顿。

　　"牛牛，你知道我们听到狼来了有多么急吗？你讲假话，以后让大家怎么信任你？"

"我只是觉得好玩。"牛牛还是不以为然。

"我告诉你，这是最后一次，下次你再叫狼来了。我们就不管你了，就当成你开玩笑。"张大伯无奈地对大伙说道，"我们回去干活去吧！"

第三天，牛牛在山坡放羊时故技重演。张大伯欲上山救牛牛，旁边的郭大叔说："说不定又是牛牛在捉弄我们。"

"万一是狼真的来了，我们不去救，岂不是酿成大祸？最后去一次吧！"张大伯说服郭大叔一起去救牛牛和羊群。

当张大伯等乡亲们赶到山坡上时，牛牛就像没有发生任何事情，吃着从家里带来的午饭。郭大叔气愤至极，上去就要揍牛牛。张大伯一把拦住他说："算了，他还是个孩子，下次他再叫狼来了，我们不再理他。"他劝怒气冲冲的乡亲们回到田里继续干活。乡亲们走后，牛牛十分得意。到太阳快要落山时，牛牛赶着羊群回家了。

一天，牛牛又来到山坡放羊，吃过中饭后牛牛找一个平坦之处躺下来闭目养神。就在他迷迷糊糊的时候，忽然被羊群的尖叫声惊醒了，原来一只凶恶的狼正撕咬一只羊，羊发出痛苦的叫声，其他羊吓得四处逃窜。

牛牛第一次见到狼吃羊，被吓哭了，就冲在田里干活的大人们呼救："狼、狼来了……"任凭牛牛怎么呼叫狼来了，也没有一个人前来。因为村里的人早已对他失去了信任，结果狼吃了很多羊。

张守芳一口气把《狼来了》的故事讲完，问小强："小强，你说说这个故事讲了什么道理？"

"讲什么道理？狼是个坏东西，狼吃羊。"

"还有呢？"张守芳问小强。

"还有什么，奶奶，还有什么？"

"小朋友要诚实，不能说谎。如果牛牛是个诚实的孩子，这次牛牛呼叫狼来了，大人们一定会过来驱赶狼的，羊就不会被吃掉。所以要做一个诚实的孩子，这个故事和夜明珠故事的道理一样，要求小朋友要做一个诚实、善良的孩子。"

"奶奶，你为什么有这么多的故事？"

"小强，你长大以后知道的故事一定比奶奶多。"

"为什么？"

"奶奶知道的故事都是听别人说的。你识字，能读书，能从书本上知道更多的故事。"

"奶奶，你为什么不识字？"

"奶奶生长在农村，家里很穷，只上了两年小学，认识几个字，只会写自己的名字。"

"奶奶，我们家有钱买书吗？"

"有，当然有。只要你想看书，你爸妈一定会给你买回来的。"

"太好了。"

一个星期五，陈利民不值班，全家人在一起吃晚饭。

"最近小强吃饭有进步了。"陈利民表扬小强。

"小强每次都能把碗里的饭吃得干干净净，而且不挑食。"张守芳表扬小强。

"都是姑妈教育得好。老师说小强很有礼貌，在学校里老师和同学们都喜欢他。"舒爱凌说道。

"姑妈教育出来的孩子，一定是优秀的。"陈利民说道。

"小强这孩子本质好，像你们俩。"张守芳说道。

"爸爸，你今天洗碗。"小强突然说道。

"为什么？"舒爱凌立即问道。

"奶奶要给我讲故事。"

"小强，你先看《名侦探柯南》，我洗好碗后，就给你讲故事。"

"爸爸，你的故事为什么没有奶奶多？你不是上了大学，看了很多书吗？"小强天真地说道。

"我看的全是专业书，教人怎样看病和开刀的书，没有看讲故事的书。"

"你爸爸工作多忙啊，哪有时间看故事书？"张守芳说道。

"奶奶，你肚子里那么多故事，是谁告诉你的？"

"奶奶小时候在农村，家里没有电风扇，更没有空调。夏天的晚上，全家都到屋外乘凉，乘凉的时候，孩子围着大人，要大人讲故事。我知道的故事都是小时候听大人讲的。"

"那大人又听谁讲的？"小强追问道。

"听他们的爸爸妈妈讲的。"

"哦。"小强似乎明白了。

"我小时候也听老人讲过故事，但大部分都忘记了，奶奶记性好。"陈利民说道。

"奶奶人聪明，只是可惜读书太少，如果奶奶上个大学，我们家谁也比不上奶奶。"舒爱凌说道。

"我就是个农村家庭妇女，你和利民都是大学生，特别是利民，每天给人看病、做手术，多么了不起！"张守芳说道。

"利民在我们家是最没用的人，孩子的事不管，家务事不做，在家里就像个老爷，饭来张口，衣来伸手。"舒爱凌说道。

"利民是个医生，要让他全身心放在工作学习上。"张守芳说道。

"妈妈，你说爸爸是最没用的人，那我呢？"小强天真地问道。

"你嘛，你是我们家最幸福的人。"舒爱凌说道。

"小强，我们一家人的努力就是为了你的幸福。"陈利民说道。

"你们吃完了就离开吧,我来收拾。"张守芳说道。

"妈妈,陪我看电视。"

"我也来陪你看。"陈利民说道。

第二天,星期六,上午9点,小丽妈妈把小丽送到舒爱凌家,临走时交代小丽要听小强奶奶和小强爸妈的话。

张守芳早已把饭碗洗好,桌子擦干净,特地换上一件舒爱凌给她买的新衣服准备出门。

这时陈利民腰间的BB机响了,陈利民一看是医院总值班的电话号码,陈利民立即回话。电话那头说普外科有3个急诊病人,需要紧急手术,希望他能到医院参与抢救。

"谁打来的电话?"舒爱凌问陈利民。

"医院总值班。说有3台急诊手术,让我立即去医院。"陈利民就像一个犯错误的孩子,为难地看着舒爱凌。

"怎么老是叫你?"

"能找到的都找了,他们也是没有办法,才叫我去。"

"你和他们讲了你今天要带孩子去玩吗?"

"讲了呀,所以今天我没有去病房查房。"

"算了,反正家里什么事都指望不上你。你赶紧去吧,把病人处理好。"

"小强,听妈妈和奶奶的话,和小丽好好地在一起玩。"陈利民嘱咐儿子。

"爸爸,你说好的今天陪我去玩。"

"爸爸如果不去,病人就有可能会死掉,你说爸爸不去医院抢救病人行吗?小强是个懂事讲道理的好孩子,下次爸爸带你出去玩。"

"利民,你快走吧。"舒爱凌知道丈夫工作的性质。

天气预报今天是多云，但是现在天阴得很厉害。舒爱凌担心要下雨，就对张守芳说："姑妈，天突然阴下来了。"

"会不会要下雨？"张守芳担心地说道。

"小强，天要下雨了，今天我们不能出去了。你和小丽在家里看动画片怎么样？"舒爱凌征求儿子的意见。

"好吧。"小强无奈地说道。

"你家里有什么动画片？"小丽问小强。

"有《猫和老鼠》《名侦探柯南》《灌篮高手》和《美少女战士》。"

"我喜欢看《美少女战士》。"小丽说出自己喜欢的动画片。

两个小朋友非常熟练地打开电视机和DVD机器，播放动画片《美少女战士》。两个孩子在看动画片《美少女战士》时，舒爱凌和张守芳商量中饭做哪些菜。

"这样姑妈，我去菜场买些菜。"

"你去也好，我在家看着两个孩子。"

"我快去快回。"说完，舒爱凌离开了家。

张守芳只是伸头向房间看了看，只见两个孩子全神贯注地看电视，就没有打扰他们。当舒爱凌买菜回来的时候，小强和小丽仍在安静地看动画片。

"凌凌，你先休息一会儿，我来洗菜。"

"姑妈，我们俩一起做，这样快些。"

就在舒爱凌和张守芳在厨房做中午饭菜的时候，两个小朋友发生了争吵。

"这个人是坏人。"小强说道。

"不对，他是好人。"小丽不同意小强的观点。

"他就是个坏人。"小强坚持自己的观点。

"小强，小丽，你们俩怎么吵起来了？"

"奶奶，我说那个人是个坏蛋，小丽偏要说他是个好人。"

"那个人就是个好人。"小丽说道。

"这里面没什么好人和坏人，只是男孩子和女孩子喜欢的人不一样。小丽是客人，小强，你要让着她点。小强，你说奶奶说的对不对？"

"为什么我要让着小丽？"

"我刚不是说了，小丽是客人，我们对客人要客气、礼貌，还有你是个男孩，男孩就应该让着女孩。"

"奶奶，我不想看电视了。奶奶，你给我讲个故事吧。"小强说道。

"奶奶，我也喜欢听故事。小强说你最会讲故事了。"小丽说道。

"好吧，奶奶今天就给你们俩讲个《田螺姑娘》的故事，你们喜欢听吗？"

"喜欢。"

于是，张守芳就给两位小朋友讲《田螺姑娘》的故事。

在古时候，有个叫谢瑞的人，在他很小的时候父母就去世了，好心的邻居收留了他。等到谢瑞16岁的时候，他觉得自己已经长大了，可以自己劳动养活自己，就回到他父母的老房子，耕种其父母留下来的两亩地。耕田种地虽然很辛苦，但劳动带来的丰收还是给谢瑞很大的喜悦。只是他太孤单了，每天晚上只有他一个人在屋里，看着满天的星星和屋顶发呆。

有一天，谢瑞在一个田沟里看到一个外壳发亮的大田螺，谢瑞心想这么好的田螺，若是长时间放在这没有水的田沟里，肯定会死掉。于是谢瑞小心翼翼地把田螺抱回家，放到一个干净的水瓮里，并盛放清水，只要水变脏水，谢瑞就立刻换上干净的水。

有一天傍晚，谢瑞从田里干活回家，惊喜地发现桌子上放着热气腾腾的饭菜，还有一条鱼。谢瑞心想，一定是哪位好心的邻居见到他生活太清苦，就帮他做了一桌子好吃的饭菜。

第二天从田地里收工回家，又是一桌子丰富的晚餐，谢瑞就觉得奇怪，锅盖是热的，灶台的灰烬还有火星，说明有人刚刚把他的晚饭做好。这位好心的人是谁呢？

"小强，小丽，你们猜猜是谁？"
"谢瑞的邻居大娘。"小强说道。
"会不会是七仙女？我妈给我讲过《七仙女》的故事。"小丽说道。

到底是谁帮助谢瑞做了晚饭呢？谢瑞吃过晚饭后，就到村里所有的人家挨家挨户地问，都说没有。

"你们说奇怪不奇怪？"
"奇怪。"

第二天下午，谢瑞早早地从田地回到自己家，伏在窗户向屋内张望，屋内静悄悄的，没有任何声响，更没有人。突然从水罐里发出奇怪的声音，只见从水罐里走出一位漂亮的姑娘，乌黑长发，高高的个儿，身上的衣服就像天上的云彩一样漂亮。这个美丽姑娘从田螺壳里出来后，先是从水罐里取出一条鱼，又取出两个鸡蛋，一会儿又拿出一把青菜，就像变戏法一样，谢瑞看得目瞪口呆。谢瑞怕姑娘回到田螺壳里不出来，就蹑手蹑脚地进了房间，悄无声息地把田螺壳拿走。田螺姑娘做事很麻利，不一会儿就把一桌饭菜做好了，就准备回到田螺壳里，这时她突然发现田螺壳不在了。她找了房间所有的角落，都没有找到田螺壳。

"在我这里。"谢瑞抱着田螺壳走到屋内。

姑娘知道瞒不了啦,就把她的身份一五一十地告诉了谢瑞。

"你们想知道她的身份吗?"

"想。"

原来这个田螺姑娘是天帝的女儿,也是一位女神。因为有一天不小心从天上掉到人间,落到田沟里,因为田沟里没有水,田螺快要渴死了。恰巧这天好心的谢瑞在田间劳动时发现了她,就把田螺带回家精心养护。待田螺恢复元气后,天帝女儿为了报答谢瑞的救命之恩,就每天给他做饭。

谢瑞十分感激田螺姑娘,希望田螺姑娘能留下,和他永远在一起。田螺姑娘说:"村里的人很快就会知道我在这里,也会知道我的身份。我的父王一旦发现我破坏了天规,就会发怒人间。为了不让你和乡亲们受连累,我必须回去。我把这个田螺留给你,你把它保存好。如果遇到灾荒之年,你可以从田螺里取出粮食,保你和你全家人的性命。"说毕,田螺姑娘就化作一股青烟,飘升到天上去了。

谢瑞急匆匆冲出屋子,抬头向天上看,直到什么也看不见才回到房间。后来,谢瑞失魂落魄地过了好几天。由于田螺姑娘的保佑,谢瑞的生活越来越好,而且谢瑞邻居的生活也越来越好。为了表达对田螺姑娘的感谢,谢瑞和乡亲们给田螺姑娘造了一座庙。而谢瑞则把田螺像宝贝一样保护得非常好,一代一代地相传。

"故事讲完了,你们觉得这个故事好听吗?"

"好听。"

"是的,这个故事很好听。这个故事告诉我们要做个善良的人,能给别人帮助时,就给别人提供一些方便。说不准在哪天,你的这些善举可以得到丰盛的回报。"

第 6 章

医生的初心

普外科赵朝荣主任1964年大学毕业，工作一贯认真，对下面医生要求很严格，在医院有很高的威望。

早晨7点20分，陈利民就来到了办公室。今天有两台手术，其中有一台是本院职工的父亲，赵朝荣主任要亲自上台。陈利民先把病人的检查结果看了一遍，然后到病人的床旁和病人聊几句，安慰病人说："今天赵主任亲自给你做手术，不要紧张。"

7点50分，陈利民大学同学曹建新慌里慌张地来到科室，换上了工作服和赵主任打个招呼，赵主任板着脸，哼了一声，继续和陈利民讲话。

"27床病人怎样？"

"术前检查结果都正常。"陈利民回答道。

"字签了吗？"赵主任又问道。

"昨天下午签了。"

"我马上去院办开会。你们自己查房，查房后就去手术室。我会议结束后直接去手术室。"说完，赵主任就赶去开会了。

"利民，今天主任又给我脸色了。"曹建新说道。

"建新，你别往心里去。"陈利民劝道。

"稍微一点不满意就绷着脸。"

"这个月赵主任带你开了不少刀，关键地方还让你动手。如果赵主任对你不好，他就不给你做手术的机会。"陈利民说道。

"这的确也是。我的手术都是赵主任手把手教出来的，但他要求太严格，不近情理。我是上有老下有小，不可能整天泡在病房里，不要家。"曹建新抱怨道。

"赵主任那代人就是这样过来的，这也是我们科室多年的传统。我也是被他逼得没办法，每天早早就来到病房，很晚才回家。"

"我也想早来，晚回去，但我无法做到。我老婆在神经内科上班，我们下班第一任务就是去菜场买菜，然后就像打仗一样，洗、切、做，吃晚饭就像是完成任务。早晨的时间更紧，每天早晨天不亮就起床做早饭，吃完早饭后，我骑车送女儿去学校，然后我再来科室。我能在8点之前到办公室，就十分不容易，赵主任再不满意，我就没有办法了。"

"其实，我们俩差不多。"陈利民安慰曹建新。

"你老婆在机关上班，没有晚夜班。你家里还有个保姆，你不用做家务，比我省力多了。"

"不是保姆，是我老婆的姑妈。"陈利民纠正曹建新的说法。

"反正有人给你们带孩子做家务。"

"的确是这样。家里有个人帮助带孩子做家务，我就轻松了。"

"我就特别地羡慕你，不管家里的事，完全按照主任的要求上班。"

相比同学曹建新，陈利民的确幸福多了。家里大大小小的事全部由舒爱凌和她姑妈包下来，他在家里就像舒爱凌说的，像老爷一样，饭来张口，衣来伸手。陈利民有今天的成绩，和家人的大力支持是分不开的。

20世纪90年代初期，腹腔镜技术传入中国，从而引发了外科技术以及外科理念上的一场革命。由于解剖上的原因，腹腔镜技术首先应用到胆囊切除手术上。由于腹腔镜胆囊切除术创伤小，手术后恢复快，病人疼痛程度轻，深受广大病人的欢迎。腹腔镜胆囊切除手术成为微创手术的代表，外科由此进入微创时代。

一天下午，赵主任找陈利民谈话："最近几年，以腹腔镜为代表的微创技术在迅猛发展。现在，腹腔镜只是用在胆囊切除术上，但以后腹腔镜肯定能用在胃肠、肝脏等手术，这一天迟早会到来的。你还年轻，一定要把握住这个机会，跟上时代的发展。我有一个想法就是送年轻医生出去进修，看看别人在开展哪些工作。"

"主任讲的极是。"

"我想你去北京协和医院，看看协和医院在开展哪些新技术。"

2000年3月，陈利民来到北京协和医院进修。刚开始进入协和医院病房的时候，陈利民有些失望，因为协和医院开展的手术和江滨医院差不多。一个月后，细心的陈利民发现，北京协和医院外科医生的外科基础知识十分扎实。让任何一位协和医院外科医生讲解输液、抗生素的使用，张口就来，可以讲上个把小时；手术切开、缝合、打结这些外科最基础的工作，十分讲究，一丝不苟。让陈利民印象深刻的还有这里的人文氛围，反映一家医院深厚的文化底蕴。

虽然北京协和医院外科目前还没有开展腹腔镜胃切除、腹腔镜肝切除术，也没有开展肝移植等手术，但他们有一个很好的基础，医院派出大量的人到海外进修，可以随时起飞。5月上旬，有一位叫作Kenneth K.W. Lee的美籍华人医师来到协和医院参加学术活动。Kenneth是他的英文名字，K.W.是广东话国华的缩写，Lee是李姓，他的中文名叫作：李国华。李国华医生身高有一米八，相貌堂堂，一表人才，面相十分和善，脸上总是挂着淡淡的微笑。

李国华医生首先感谢协和医院的邀请，使他有机会踏上他祖先的故土。他的曾祖父在一百多年前从广东到美国，他父亲曾在 20 世纪 40 年代初期，作为美国空军地勤人员来到中国，帮助中国人民抗击日本帝国主义侵略者，还受到西南战区司令官的嘉奖。二战结束后，美国政府给他父亲一笔钱，他父亲用这笔钱读了医学院，毕业后当了一名内科医生。后来他父亲和从北京来的女士结婚，生育了二女一子。三个孩子个个都优秀，大女儿麻省理工大学毕业，二女儿耶鲁大学毕业，儿子李国华考上哈佛大学。哈佛大学毕业后上了医学院，现在是一位外科医生。

讲课结束后，陈利民索要了李国华医生的邮箱，并经过慎重考虑后给他写了一封邮件，大意是他很想到美国医院参观学习，希望李国华能给予帮助。邮件发出后，陈利民就不想这件事了，因为这个医生根本不认识他，或许协和医院也有不少医生请他帮忙。

到了 6 月，陈利民认为再在协和医院待下去意义不大，7 月就回到江滨医院外科上班了。

在赵主任的支持下，陈利民着手安排科室的业务学习，每两个星期科室举办一次业务学习，讲课的题目可以自己定，时间为一小时，讲课的人从主任医师开始，科室所有的医生都要上台讲课，并作为个人年终考评的指标。另外，科室还鼓励医生们写文章、申请科研课题，也作为个人年终考评的重要指标。陈利民希望以协和医院为榜样，在科室内营造出一种爱学习、积极向上的氛围。

一次范院长在早交班时间来到普外科，给全科人员讲话，讲"怎样做一名外科医生"，大意如下：

> 医生的责任就是为了解决病人的病痛，给病人以帮助。所以，做医生必须要有一颗善良、同情的心。我们给病人看病，是为了给病人解决病痛，而不是我能从这个病人身上得到多少好处。

医生的初衷是什么？怎样做一名医生？1948 年世界医师协会，在古希腊希波克拉底誓言的基础上，制定了《日内瓦医生誓言》，作为医生的道德行为规范，医生誓言全文如下：

值此就医生职业之际，我庄严宣誓为服务于人类而献身。我对施我以教的师友表示衷心感激。我在行医中，一定要保持端庄和良心。我一定要把病人的健康和生命放在一切的首位，病人吐露的一切秘密，我一定严加信守，决不泄露。我一定要保持医生职业的荣誉和高尚的传统。我待同事如同弟兄。我决不让我对病人的义务受到种族、宗教、国籍、政党和政治或社会地位等方面的考虑干扰。对于病人的生命，自其孕育之始，就保持高度的尊重。即使在威胁之下，我也决不用我的知识做逆于人道法规的事情。我出自内心以荣誉保证履行以上诺言。

医生服务的对象是人，包括富人和穷人、城里人和乡下人、当官的和老百姓。在行医过程中，医生对病人要有同情心，要把病人的健康和生命放在一切的首位。这就是我们医生的誓言。

最后我给大家强调一下，我们在给病人治疗时，要考虑病人的经济承受能力，千万不要治疗一个病人，使其家庭成员活不下去。因为我们现在医疗不是免费的，病人要自费承担一部分。如果病人经济条件差，这笔医疗费用对病人家庭是个沉重的经济负担。我曾记得有一位农民在我院做手术花了很多钱，这年他女儿高中毕业考上了大学，但她的家无力支付她的大学费用，就让她嫁人，缓解家里的经济窘境。当然了，这是社会问题，但是我们不得不考虑。

范院长的讲话在普外科引起很大的震动，让忙碌的外科医生思考一下如何做一名医生。

陈利民 1984 年大学毕业，1990 年晋升主治医师，1997 年当上副主任医师，到2000年，陈利民带组有3年了，这时他的大学同学曹建新才刚刚带组。赵主任把他收的病人都放陈利民这组，只有陈利民床位满了，才放其他医生那里。在医院，不仅老医生喜欢陈利民，年轻医生也喜欢他。因为陈利民总是手把手教年轻医生，帮助他们成长。

有一天，有位双侧腹股沟疝的病人要做手术，做这种手术要用补片，每张补片要有1600元，是自费的。手术当天，医院临时把陈利民叫去开会。陈利民让手下的郭凯和刘刚峰两名医生先做起来，他开完会直接来手术室。待会议结束，陈利民来到手术室时，手术做了一半。陈利民表扬手下两位医生，但看到用了两张补片，陈利民脸上立即露出不悦之色。

"郭凯，我们现在用的补片很大，从中央裁剪开，就可以用到双侧。这样我们就给病人节省1600元钱。上个星期，我带你做过一个双侧腹股沟疝，就是把补片一分为二，分别用在两侧。你还记得吗？"

"记得。"

"那你为什么还要用两张补片？"

"陈主任，病人双侧疝，我们用两张补片是天经地义，没有人会说我们做得不对。科室其他医生做双侧疝的手术都是用两张补片。多用一张补片，可以增加我们科室和我们小组的收入。"

"别的医生怎么做，我管不到，但是在我这组，我们一定要把病人的利益放在第一位，做任何事都要为病人考虑。现在高值医疗耗材用得越来越多，动辄就几千上万。我昨天中午看到19床的病人家属在走廊上吃了一个馒头，5毛钱一顿饭，省下的钱给她丈夫看病做手术。我看到后十分心酸。所以，能给病人省钱，就尽量给病人省钱。不要病人因为住一次院，而倾家荡产，生活水平急剧下降。"

"陈主任，今后我一定注意。"郭凯说道。

"陈主任，你真是个一心为病人着想的大好人，其他医生都是为自己着想，想着怎样多挣钱。"手术室护士张琳琳说道。手术室护士天天和外科医生打交道，她们最清楚哪个外科医生手术做得好，哪个外科医生用的耗材最多。

"下台胃癌病人的血红蛋白是多少？"陈利民问道。

"11 克。"

"白蛋白是多少？"

"35 克。"郭凯回答道。

"好的。"陈利民心想郭凯管理病人还是不错，就让郭凯在胃癌手术担任主刀，陈利民给他做助手。

"郭凯，你老兄有福气啊！陈主任亲自带你做胃癌手术。"和郭凯同年毕业的王荣华医生羡慕地说道。

"王荣华，你们今天做什么手术？"陈利民问王荣华。

"陈主任，我们今天有两台胆囊手术，第一台手术刚刚结束。下次有机会到陈主任这组，跟着陈主任后面好好地学学。"

"王荣华，你可要把陈主任的马屁拍好，想到陈主任这组的医生太多，要排队。"护士张琳琳说道。

"那是肯定的。"王荣华说道。

"王荣华，你的手术开始了，快回到你的手术间。"有人在手术室内走廊大声喊王荣华回他的手术间。

每天下午 3 点半，陈利民都会把自己床位上的病人巡视一遍。

"陈主任好！"胃切除术病人及病人家属看到陈利民来到病房，就热情地和陈利民打招呼。

"老管，你好。拔除胃管后，现在好多了吧？"

"好多了，特别是喉咙舒服多了。"病人如实说道。

"陈主任，我爸爸可以吃些什么？"病人女儿问道。

"今天刚拔除胃管，暂时喝些水吧。"

"知道了,谢谢。"

"今天是手术后第 3 天,你明天就可以多吃一点。你吃东西了,我就可以少给你输液。"

"陈主任,我特别希望少输些液体,输液每天要到晚上八九点才结束。"

"因为手术,你不能吃饭,我们必须要从静脉补充你一天的营养需要量。一旦你能吃饭了,我就会减少每天的输液量。"

"知道了,陈主任对我真关心,每天都来看我,比你下面两个年轻医生还要关心病人。"

"他们两个比我更忙。"

"医生真不容易,真是很辛苦。"

"老管,你有什么不舒服就立刻告诉我。"

"知道了,谢谢陈主任。"

"你是今天新来的病人?"陈利民问旁边一个病人。

"是的,我是前天上午看你的专家门诊。"

"你是胆囊结石?"陈利民突然想起来了。

"是的,是胆囊结石。"

"好的,今天和明天要做手术前常规检查。明天所有的检查结果出来后,我和你详细谈治疗方案。"

"陈主任,我们来江滨医院就是冲你来的,我们全家都相信你。"站在一旁的病人妻子说道。

"你们找陈主任是找对人了,陈主任不仅技术好,而且人更好,对病人非常关心。"病人老管妻子说道。

"谢谢你的肯定,如果我有哪里没有做好或做得不够的地方,请告诉我,我一定改正。"

"我在门诊一见到陈主任,就觉得陈主任是个好人,家里一致同意找陈主任做手术。"胆囊病人说道。

陈利民把他的病人在下班之前看了一遍，回到办公室，对王荣华说道："王荣华，你今天值班？"

"是的，陈主任，有什么指示？"

"19床病人说有心前区不舒服，我用听诊器听了一会儿，没有发现问题。你给他做个心电图，如果心电图有问题，就请内科医生会诊。"

"知道了，我马上就给病人做心电图。"

"还有，如果病人有什么情况或不好，随时给我打电话。"

"陈主任你放心吧，今天晚上我一定守护好你的病人。"

"大老爷回来了，赶快洗手。"陈利民一回到家，舒爱凌就让陈利民立即洗手。

"小老爷，你也去洗手准备吃饭。"舒爱凌对小强说道。

"马上。"

"什么马上？！就是现在。不要看动画片了，你再看，我就把动画片没收了。"

"小强听妈妈的话，去洗手。"张守芳劝小强洗手。

"好吧。"小强很不情愿地把电视关了。

"小强坐好，今天奶奶做了很多好吃的。"

"利民，你多吃些肉。"张守芳说道。

张守芳每天做鱼做肉，就是希望孙子和女婿，增加一些营养。

"利民，朱宜红说你这次给她妈妈做的胆囊切除术非常好，一点也不痛，她妈妈在手术当天就下床了，他们全家非常感谢你。"

"最主要是采取腹腔镜胆囊切除术，手术创伤小、恢复快。"

"她妈妈还说你人特别好，对她非常关心，比她亲儿子都好。"

"是不是你的同事长得漂亮？"张守芳拿舒爱凌寻开心。

"我对她妈妈和所有的病人都一样。"陈利民说道。

"凌凌,你可要小心点,当心陈利民被别人抢了。"张守芳笑着说道。

"抢了更好,我还巴不得他被人抢了,什么家务事也不做,也不想学,在家里就是个老爷。我要找一个关心我、疼爱我的人。"

"做家务事算什么,利民人好,有本事。"张守芳说道。

"现在好,不知道将来怎样?"

"利民人老实,你们又有这么一个聪明可爱的儿子。"张守芳说道。

"社会上越来越多的人抱怨看病贵,都承受不起了。"舒爱凌说道。

"医疗费增加的原因是多方面的:一是所有的医疗收费都增加了,我觉得这也应该,否则医生的劳动太不值钱了;二是医生自己做得不好,为了多点奖金,就让病人多用药和做一些不必要的检查。"

"你不能那么做。"舒爱凌对陈利民下指示。

"大部分病人是普通老百姓,看病住院的花销还是很大的,能给病人省点就省点。俗话说:人在做,天在看,头顶三尺有神明。我们做任何事,老天都知道的,账都记在那里。利民是个好医生,将来一定会有好的报应。"张守芳说道。

"什么是报应?"小强问道。

"就是老天保护你爸爸。"

"那爸爸,你一定要做好事。"小强一本正经地对利民说道。

一天上午,陈利民没有手术,查完房后,就对下面的医生说道:"在10年前,医院的药物品种很少,没有选择。现在的药物太多,让人无所适从。"

大家不知道陈利民为什么突然讲这种话,谁也没有接话。

"现在的问题是我们怎样选择药品,怎样合理用药。上个星期我给大家上了一课:抗生素的合理使用,那节课是从药理学和疗效上讲选择抗生素。正确使用抗生素反映一个医生的医疗水平，还反映一个医生的医德。我希望大家在确保疗效的情况下，用最便宜的药物。还有，现在可选择的检查项目越来越多，只有与手术相关的的检查才能做。每天要给病人抽十几管的血，病人敢怒不敢言，护士也到我们这里反映，说增加她们的工作量。我今天讲的话希望大家都记住，按我讲的去做。"

2000年11月，陈利民突然接到美籍华人李国华医生给他发来的邮件，说陈利民要求到匹兹堡大学医学中心进修的申请已批准，邀请函将在近期内发出。7月从北京回来后，陈利民把这件事给忘了。谁知在4个月后，他突然接到美国华人医生从美国寄给他的邮件，说近期会把正式邀请函发给他。这封邀请信对陈利民来说，就是个意外之喜，天上掉下来的馅饼。陈利民知道这是一次难得的学习机会，他将和全国最顶级的医生一起在美国学习，这将对提高他的医学水平和学术地位起到巨大的作用。

当陈利民把这一消息告诉家人，张守芳高兴地说道："我们家利民也要出国留学了！"

"姑妈，是出国进修。"舒爱凌纠正张守芳的说法。

"在老百姓眼里，进修和留学都一样，都要到美国学习。"

"爸爸，我也要跟你一起去，我要去美国玩。我们班上的张小虎去过美国，他说美国的迪士尼非常好玩。"

"你怎么整天就想着玩？你要好好地看书学习，到暑假带你去美国。"舒爱凌说道。

"这次去美国进修的时间比较长，有一年的时间，家里就帮不上忙了。"陈利民愧疚地说着。

"你到美国后，安心学习就行了，家里有我和姑妈。"舒爱凌坚定支持陈利民的事业，让他专心做他的工作和学问。

两周后，陈利民接到从美国寄来的信件。这是陈利民生平第一次接到从外国寄来的邮件，在字典的帮助下，陈利民把信件认认真真地看一遍，确认完全理解信件的内容，美国方面要求他在 2 月 1 日到匹兹堡报道。陈利民拿着邀请函询问院办负责外事的盛小范主任，盛主任告诉他申请护照和签证的流程，说两个月的时间足够办理这些手续。

12 月初，陈利民在检查郭凯和刘刚峰给病人做的检查和用的药物时，发现郭凯给病人用价格高的药物，而且给病人做了一些可做可不做的检查。陈利民恨不得把郭凯训斥一顿，但转念一想，科室其他医生个个都是这样，批评郭凯要讲究方式方法。于是陈利民把刘刚峰叫到他的办公室。

"我看了最近你和郭凯开的医嘱，你觉得怎么样？"

"陈主任，我一直都是按你的要求做的。"

"我发现郭凯给病人用贵的药而且做了一些不必要的检查。"陈利民严肃地说道。

刘刚峰听到陈利民不是讲他，紧绷的神经立即松弛下来，说道："我给郭凯提醒过，他说别的医生都这么做，我们不做太亏了。"刘刚峰替郭凯辩解。

"我多次跟你和郭凯说过，别的医生怎么做，我们不管，也管不了。但我们可以通过我们自己好的行为影响别人。在我们这组，必须要把病人的利益放在第一位，要处处为病人着想，这是做一名医生的基本原则。"

"陈主任，我知道了。"

"我希望我在美国期间，你能按我的要求做，坚持做医生的原则。"

"陈主任，我一定会记住你的话，按你的要求做。"

1 月 29 日晚，陈利民请科室全体医生和护士，到医院附近的餐馆吃饭，总共 4 桌。

吃饭之前，陈利民请赵朝荣主任讲话，赵朝荣主任立起身，清了两嗓子说道："首先，感谢陈利民把全科室人召集起来，让大家有这么一个在一起欢聚的机会；其次，我希望陈利民在美国学有所成，把美国先进的医疗理念和技术带回来，带动我们科室水平的提高。"

"谢谢赵主任的讲话。我来到我们科室第一天起，赵主任就是我的老师，手把手教我做手术。赵主任在教我外科技术的同时，还教我怎样做个外科医生，怎样做人。我这次去美国一年的时间，我一定要好好地学习掌握先进的外科技术。回来后和大家一起把我们科室建设成为我们国家最好的科室，谢谢大家。请各位拿起酒杯，干杯！"

"干杯！"大家齐声呼应。

大家开怀畅饮，觥筹交错，好不热闹。平时大家工作非常忙，压力又大，现在难得有机会放松一次，桌上的酒瓶很快就见底了，马上又打开一瓶，喝多了大脑兴奋，话也多。

"陈利民，不，陈主任，"曹建新摇摇晃晃地来到陈利民身旁，"恭喜你，我们干一杯！"

"谢谢，干杯。"陈利民象征性地用舌头舔了一下，而曹建新则"咕噜"一声，把一杯酒灌进胃内。陈利民见状说道："曹建新，你喝得太多了，我们都是老同学，随便喝喝就可以了。"

"没事，我已经给老婆说了，今天你请客，我要晚点回家，家里的事不管了。今天高兴，为你高兴，我们再喝一杯。"

"喝了这杯，你就不要再喝了。"

曹建新又是一杯，说道："虽然我们是同学，但在赵主任眼里，你是个好医生，我就是一个不求上进的人。"

"你瞎说什么，我们俩都是给赵主任打工的。"

"你早早地就当上了副主任，现在又去美国进修。赵主任退休，主任的位置肯定就是你的。"

"你又瞎说，我和你一样都是干活的。"

"陈主任，我们来敬你一杯。"郭凯、刘刚峰、王荣华等几个年轻医生给陈利民敬酒。

"谢谢，谢谢。"陈利民客气说道。

"陈利民，你是我们科室的未来。我和赵主任过几年就要退休了，科室的未来就要靠你们这代人了。"黄主任来敬酒。

"黄主任，我们科室的发展永远需要像你和赵主任这样的老专家。"

"新陈代谢是大自然的规律，长江后浪推前浪，一代总比一代强。"

"黄主任出口成章，我们怎么努力也追赶不上啊。"

"陈主任，我们也来敬敬你。"护士宋汉琴扶着有些摇晃的鲁婷婷走过来。

"鲁婷婷，你喝多了。"陈利民说道。

"哎呀，陈主任，你还知道我的名字？我以为你连我姓什么还搞不清楚。平时总是'喂''小她'这样叫我们。"鲁婷婷把心中的积怨说了出来。

"好像没有吧，我怎么一点没有意识到。"

"你心中一点也没有我们护士，你整天就是病人、病人，一点也没有我们。今天我们俩把这杯酒喝了。"

"谢谢，谢谢。"陈利民还是和前面一样，只是用舌头舔了一点。

"喂，陈主任，这可不行，我把酒喝干了。"宋汉琴一饮而尽，把酒杯高高举起给大伙看。

"陈主任，你一定要喝完，否则就是看不起我们。"鲁婷婷说道。

"我从不喝酒，我酒量不行。"

"平时你喝不喝酒，我们不管，但是今天你一定要把这杯酒喝了。"

"陈主任是真的不能喝酒，平时我们在一起，他就从来没有喝过酒。"郭凯给陈利民解围。

"郭凯你走开，这里没有你的事。"鲁婷婷示意郭凯不要多话。

"陈主任，你是不是看不起我们？"宋汉琴说道。

"没有啊，从来没有啊。"陈利民立即否认。陈利民说的是实话，他和科室护士的关系就是同事关系，也就是说"公事公办"。

"陈主任，是不是我不漂亮，你看不上我。"鲁婷婷晃悠悠地往陈利民身上靠。

"鲁婷婷，你很漂亮，你今天最漂亮。"参加工作以来，陈利民从来没有刻意注意护士长得怎样，漂亮不漂亮，今天鲁婷婷的话反倒提醒了他。陈利民突然间发现，鲁婷婷以及科室其他护士都很漂亮，特别是鲁婷婷，在酒精的作用下，洁白漂亮的脸蛋泛出红色，就像一朵娇艳欲滴的红玫瑰，娇媚无比。陈利民突然有股想拥抱，甚至亲吻鲁婷婷的冲动，幸亏陈利民大脑十分清醒。

"陈主任，你说我漂亮？！陈主任说我漂亮。"鲁婷婷激动得流出眼泪。

"陈主任终于说鲁婷婷漂亮了。陈主任，你早就应该说，鲁婷婷是多么的喜欢你，这么多年来她一直埋藏在心里，对你可是一往情深。"宋汉琴说道。

陈利民心想不能再和这些喝醉酒的护士多说话了，就找个借口说道："我要和赵主任说几句话。"

"陈主任，你去美国后，可一定要回来，我们都会想你的。"宋汉琴说完，肆意地大笑。

1月31日，舒爱凌、张守芳带着小强一起来到了上海浦东国际机场，送陈利民去美国进修。这是张守芳人生第一次进入飞机场，知道机场是怎么回事。舒爱凌、张守芳和小强三个人一直目送陈利民过了海关、安检，才回家。

第 7 章

访问学者

2001年2月1日,陈利民一个40岁出头的人第一次坐飞机,而且是一飞万里。下午5点半飞机降落在匹兹堡机场,美籍华人李国华医生已在出口处等他。

寒暄几句后,李国华和陈利民一起来到飞机场外的停车场。这时夜幕已经完全降临,墨蓝色深邃的天空,布满了大大小小的星星,天空飘着零星的雪花,空气十分清新。

大约1小时15分钟后,汽车来到李国华家。李国华太太带着3个女儿在客厅内等候。李国华太太叫作莎伦,是个漂亮的中年白人女性,3个相差各两岁的混血女儿宛如天仙,一个比一个漂亮。非常巧的是李国华大女儿和陈利民的儿子同岁。

莎伦早已准备好了丰盛的晚餐,一个约有50平方米的客厅,中间放了一张长方形的餐桌。餐桌上放了一大盘三文鱼、一大盘蔬菜沙拉、每人一块牛排,还有一道中国菜:土豆胡萝卜红烧鸡块。莎伦说土豆胡萝卜红烧鸡块是她向丈夫学的。

2001年,中国人的住房还比较紧张,比较小。陈利民第一次见到一个美国医生拥有这么大的房子。客厅的正中央悬吊着一盏古铜色看上去很有年头的吊灯,把整个客厅照得灯火通明。客厅有两排壁橱,一个壁橱里面放了各种红酒,另一个壁橱则是整齐地摆放着各种精美的餐具,有一面墙挂着家人的照片和一幅中国书法作品:4个毛笔字,水平实在是不敢恭维。陈利民看了半天,也不解其意。后来陈利民知道,这4个毛笔字是李国华母亲在纽约请了一位华人书法家,根据她孙女维罗尼卡的发音,写出的中文。

李国华全家人称陈利民为 Dr.Chen。这天晚上,陈利民第一次在一个美国医生家里吃饭,吃得很饱。在饭席中,陈利民称赞李国华他们家的房子很大,李国华很得意地说,美国人的房子都很大,尤其是医生家。由于第二天李国华要上班,3个孩子要上学。晚饭后,陈利民就到李国华给他安排的单独的一室一厅的房子去住了。

由于旅途的时间太长,陈利民简单洗漱后,倒床便呼呼大睡了。

一觉醒来是凌晨4点30分,陈利民仔细打量他在美国的新家。李国华家的房子是一幢三层楼的别墅,后面有个大院子,一人高的木栅栏做成的院墙,院子里几乎呈正方形。院子的一角是一个两层楼的小屋子,楼下是可以停放两辆汽车的车库,楼上是一室一厅的房子,就是陈利民在美国的住房。

客厅有沙发和电视机,电视只有4个频道。后来陈利民才知道这4个频道叫作公共频道,是免费的。如果客人需要看电影或体育节目,可以向电视管理部门付费开通这些频道。陈利民打开电视机,画面里出现一位金发美女和一位帅哥在报道当天的天气预报。匹兹堡冬季很冷,而且又长,在冬天起床第一件事,就是了解当天的天气。

虽然是个简易的一室一厅住房,但厨房非常大,设施十分齐全。厨房里有两个灶台,一个是煤气灶台,另一个是电灶台,灶台上有脱排油烟机,叫作"Air Care",厨房还有一张可供8人吃饭的餐桌。

厨房的冰箱很大，足有 300 升。陈利民打开冰箱，冰箱塞满了各种吃的和喝的，里面有牛肉、牛排、猪肉、饼干和面包。陈利民还惊喜地发现灶台上有个做米饭的电饭煲，地面还放了一箱啤酒和一箱葡萄酒。李国华为他考虑得太周到了。后来陈利民在匹兹堡遇到一位华人，说起他在美国医生家的情况，这位华人说李国华一家把他当作家人看待了，作为一个 family member（家庭成员）。

根据昨晚吃饭时讲好的时间，上午 9 点，莎伦开车带陈利民去匹兹堡大学医学中心外科（University of Pittsburgh Medical Center，UPMC）报到。在办理完各种手续后，莎伦带陈利民开了一张银行卡和银行支票，地址就用李国华家的地址。

第二天，李国华开车带陈利民到 UPMC 的 Presbyterian 医院和李国华医生的办公室。办公室的外间是他秘书的。秘书这间没有门，是敞开的，平时李国华办公室的门也不锁，只有在下班时他才把门锁上。隔壁外科医生的妻子是位韩裔麻醉科医生，而他的秘书是位 50 多岁的白人女性，对人非常友好，每天上午见到陈利民总是客客气气地说声："Good morning, Dr.Chen."在她的办公桌上摆放着一张十六七岁黑人女孩照片。后来莎伦对陈利民说 UPMC 外科有不少人是 mixed marriage（不同种族之间的通婚）。陈利民才明白秘书的丈夫是黑人，他们生了一个黑白混血的女儿，因为黑人的基因太强大，孩子的皮肤完全是黑色的。

李国华讲话总是很柔和，似乎是一位没有脾气的人。一次做手术时，有个护士连续两次递错手术器械，陈利民以为李国华要发脾气，只见李国华停下来望着手术护士轻声地说："John？"意思是 John 你怎么啦？John 是个 50 出头的黑人男护士，连忙说："I'm sorry, I'm really sorry！"可是过了 10 分钟，John 又犯了错误。陈利民心想，这下 John 完了，李国华一定要发脾气了，但李国华只是轻轻地说了一声："John，John."

John 再次抱歉地对李国华说："I'm sorry."。

晚上，陈利民坐李国华的车回家，特地问到手术台上护士递错器械的事，李国华淡淡地说道："John 工作一贯都很好，今天有些不正常，可能是遇上什么不愉快的事了。"

"如果在中国，医生肯定要训斥护士了。"

"我们这里有些医生也会责备护士的。John 今天不正常。"李国华表示很无奈。

不一会儿汽车便到了李国华的家，莎伦已经准备好了晚餐，她和 3 个女儿一起等待李国华回家吃饭，并邀请陈利民一同吃饭。这天晚上，正好是美国橄榄球总决赛，匹兹堡铁人队对阵西雅图海鹰队，比赛地点在底特律福特体育场。橄榄球总决赛是美国一年一度最大的体育赛事。橄榄球总决赛英文叫作 Supper Bowl，翻译成中文叫作"超级碗"。"超级碗"是美国一年一度最疯狂、最重要的体育赛事，比赛之前有美国乃至世界各地的歌手和演员表演节目，几乎所有行业的名人、大佬都到了现场。现场的气氛极其热烈，有人把"超级碗"的文艺演出，称为"中国的春晚"。

李国华 3 个女儿一边看，一边挥舞着手中的黄色小毛巾。

"陈医生，今晚是美国橄榄球的年度总决赛，橄榄球是美国的第一体育运动。"

"在中国，篮球是第一体育运动，几乎所有的城镇，所有的学校都有篮球场，中国人很喜欢看美国 NBA 比赛，能如数家珍地说出 NBA 球星的名字。"

"只有在美国，橄榄球才是第一运动。"莎伦说道。莎伦是英国人，虽然她一直在美国工作生活，但并没有入美国籍。

"我爸爸最喜欢打棒球。"李国华大女儿维罗尼卡说道。

"我在中学和大学，参加过学校的棒球队，工作以后就很少打了。"李国华说道。

"中国没有棒球这个运动。"陈利民说道。

"匹兹堡的棒球队也很不错。每年气温转暖后,商店里的棒球运动器械销售一空,操场上,到处是打棒球的人。"

"棒球在美国,排第几名?"

"第三名。"维罗尼卡抢着说。

"不,第二名。"李国华说道。

"篮球在美国排名是第几?"陈利民问道。

"篮球在美国排名第三位吧。"

平时李国华一家就在厨房的餐桌上吃饭,只是在有重要客人或举行party(派对)之类的活动,才到客厅里吃饭。吃饭的时候,莎伦问陈利民,中国人什么时候开始谈恋爱。

陈利民不肯定地说:"少数人在高中或大学时谈恋爱,绝大部分人是在参加工作后,才谈恋爱。"

"美国人谈恋爱比较早,大部分的人在中学时就有男、女朋友了。"

"那将来工作不在一起怎么办?"陈利民问道。

"他们不管将来,只管现在。"

"在中国,谈恋爱往往是和结婚联系在一起,为结婚而恋爱。"

"在美国,特别是中学生,他们谈恋爱就是谈恋爱,根本考虑不到将来两个人怎样生活。"

"维罗尼卡有男朋友了,那天我在学校看到了。"二女儿卡瑞安说道。

"恭喜呀!你怎么没有告诉我?"莎伦对大女儿说道。

"不是谈恋爱。马克说喜欢我,可我不喜欢他,就是这样。"维罗尼卡说道。

"追求我们家维罗尼卡的人不少啊。"李国华说道。

"我不想理他,我只是想把学习搞好,考个好大学,像爸爸这样。"维罗尼卡眼睛斜着看着李国华,高傲地说着。

"我可不想等到上大学再谈恋爱，如果这时有人追求我，我一定很开心的。"卡瑞安说道。

"你这么小，什么都不懂，过几年再说吧。"老大对老二的话不屑一顾。

小女儿艾玛专心吃她的晚饭，对两个姐姐说的话一点兴趣也没有。

三个孩子三下五除二就吃完了，跑到一边去玩。陈利民对李国华说道："你大女儿非常像你，长得很漂亮。"

"他妈妈最喜欢这个大孙女。"莎伦说道。

"嘿嘿。"李国华得意地笑了。

"他妈妈四年前病故了，否则他妈妈要亲自教育这个孙女。"莎伦说道。

"我妈妈是从哥伦比亚大学教育系毕业的，一直从事教育工作。"李国华说道。

"他妈妈把国华姐弟三个，教育得非常优秀。大姐姐是麻省理工大学毕业的，小姐姐是耶鲁大学毕业的，国华是哈佛大学的，都是美国的名牌大学。当年，美国有个杂志曾采访国华爸妈是如何培养出这三位学霸。现在，维罗尼卡、卡瑞安和艾玛在学校的成绩也很好。"莎伦说道。

"有这么好的基因，孩子一定很聪明，学习成绩一定也很好。"陈利民说道。

"我父亲是位医生，内科医生，平时工作非常忙，家里的事主要靠我妈妈。我出生后，我妈妈因为要照顾三个孩子，就辞职在家带我们姐弟三人。我妈说她是做教育工作的，在家教育和在外教育都是一样的。每天早晚两顿饭、学校的接送都是我妈妈，我妈还教育我们怎样做人，一家人要团结爱护，互相帮助。所以，我们姐弟的感情都特别好，小时候两个姐姐对我非常疼爱。"

"国华一说起他们家就特别地自豪、骄傲。"莎伦说道。

"我妈严格按照中国的传统教育我们，我们姐弟三人都十分听父母的话，邻居看到后都十分地羡慕。我们姐弟三人在学校是遵纪守法、听话的好学生。"

匹兹堡位于宾夕法尼亚州的西南部，是宾夕法尼亚州的第二大城市。市中心位于三条河流汇合之处，河面上有数不清的钢铁大桥。每到黄昏，金色的夕阳照耀着市中心的高楼大厦，泛出各种不同的光辉。当夜幕降临时，河水倒映五色斑斓的色彩和流动汽车的灯光，是世界上最美的夜景之一。

在二战期间，匹兹堡的钢铁产量占美国的一半，是个名副其实的钢铁之都。到了20世纪70年代，由于政府强调环境保护，陆陆续续关闭了匹兹堡众多的炼钢厂，造成大量的人员失业，人口外移，经济急剧下滑。好在匹兹堡迅速从产业结构转型的阵痛中走出来，现在的匹兹堡已成为集现代医疗、教育、计算机、生物医药、金融的中心，已成为一座山清水秀、蓝天白云、适合人居住的城市。

匹兹堡城市有两所著名的大学：卡耐基梅隆大学和匹兹堡大学。匹兹堡大学的医学中心是全美国最著名的十大医学中心之一。如器官移植、神经科学等多个学科，引领世界同行向前发展。UPMC每年吸引大量中国医生来参观学习和在实验室做实验研究。有些在匹兹堡的中国人戏称汉语是匹兹堡第二语言。

匹兹堡的奥克兰地区被称为大学城，是匹兹堡大学和卡耐基梅隆大学的所在地。在匹兹堡，有一半人直接或间接地为UPMC工作。在两个大学之间的Dithrop街道有一座中文教堂，是当地华人周末聚会的重要场所。平时，华人分散在各个公司，各忙各的事，只有星期天的上午，在匹兹堡的华人来到华人教堂和朋友们见面聊天，交流各种信息。在匹兹堡华人教堂可以听到各种中国方言。来的人有家庭主妇、工人、科研人员、公司职员、律师和医生，大家团结一心，共同维护在匹兹堡华人的利益。

俞瑞良和唐卫娟夫妇是河南省人。1982年，俞瑞良从北京理工大学毕业后，分配到郑州的一家科研所工作。妻子唐卫娟学的是经济学，在一家单位做财务工作。1984年，他们俩结婚，1985年有了一个儿子。

1985年年底，派出所民警带着一位近70岁，自称是俞瑞良祖父的人，来到俞瑞良祖母的住所。尽管已经分散37年，彼此容貌发生了很大的变化，双方还是在第一时间认出了对方。原来，俞瑞良的祖父在1949年去了台湾，在20世纪60年代又去了美国。1986年，俞瑞良的祖母和父母移民去了美国。到1988年，俞瑞良夫妻俩又因亲属移民来到美国。

俞瑞良的父母只有小学文化水平，英语知识为零。俞瑞良父亲在纽约唐人街一家华人开的公司里做装修工，而俞瑞良的母亲在一家制衣厂做缝纫工作。

俞瑞良夫妇是大学生，很快适应了美国的生活。又通过自己的努力，俞瑞良在匹兹堡PPG公司找到一份工作，而他的妻子唐卫娟也找到一份会计工作。在1990年和1992年先后又生了一个儿子和一个女儿。由于两个人都在大公司工作，有稳定的收入，俞瑞良夫妇俩在匹兹堡的Regent区域买地盖了一栋大别墅。因为家中有3个孩子，需要有人照顾。俞瑞良的父母就来到匹兹堡，帮助他们照顾孩子和做家务。2000年，俞瑞良祖母因病过世，当时俞瑞良祖父可以住到由政府资助的养老院。因怕老人孤单，俞瑞良就把祖父接到自己家，全家人住在一起，四代同堂。

陈利民在匹兹堡的华人教会认识了俞瑞良。

星期天，俞瑞良一家四代人乘坐两辆汽车来到教堂。来到教堂后，孩子们找小伙伴们去玩，老人们则和他们同龄的人坐在一起聊天。俞瑞良是个热心的人，在他得知陈利民是新来匹兹堡的访问学者，就对陈利民说，如果在生活上有什么需求，尽管和他说。一天，教堂活动之后，俞瑞良开车带陈利民去沃尔玛等大型购物中心集中的地方，美国这些购物中心一般距离市区都比较远。

"瑞良，谢谢你，特地为我跑这么远。"

"你这是什么话？我自己也要去超市买些生活用品，即使我不买东西，帮你跑一趟也是应该的。在匹兹堡，我们华人都很团结，大家互相帮忙。"

"我以前在国内，没有这种体会。这次到美国后，才感到中华民族和祖国的含义。"陈利民动情地说着。

"只有在外国的中国人才能深刻体会到祖国的意义。只有中国强大，外国同事才对你尊重。如果我们在公司和同事有矛盾，但我们的身后有强大的祖国，我们的底气就足了、不怵任何人。"

"好，我们共同祝愿中国越来越好。"

"匹兹堡有很多山丘和连绵不断的山岭，地貌应该和中国的丘陵地区差不多。我们正在穿过两山之间的公路，这里非常地安静，空气特别地清新。现在是初春，新的枝叶还没有完全长出来。"

"你看这山中的溪水多么清啊！"陈利民眼睛通过车窗看到外面的景色。

"华盛顿山是看匹兹堡风景最好的地方。华盛顿山不高，但站在华盛顿山上可以看到整个市中心。傍晚夕阳西下的时候，是它最美的时候。待你太太和孩子来的时候，我带你们全家去华盛顿山。"

"谢谢，太好了，俞瑞良，你真是太热心了，我万万没想到在美国遇到两个大好人。"

"我算不上什么好人，能帮人就帮一把吧。李国华在我们华人圈中有些名气。前年有个中国人得了胰腺癌，就是请他做的手术。李国华很优秀，非常有教养。"

"他给人一种和蔼友善的印象。"

"听说他太太是白人。"

"是的。他太太是位白人，以前是医院的护士。现在，在家里做全职太太。"

"在美国，不少女性结婚生孩子后，特别是孩子多的，就辞职在家带孩子。美国医生工资高、工作忙，美国医生太太在家做家庭主妇的，就更多了。"

"是的，我看到李医生每天都是天不亮就离家了，晚上七八点才回家。在没有来美国之前，我只知道美国医生工资高，没有想到美国医生工作非常非常地辛苦。"

"在美国做一名医生很难。所以，大家都非常珍惜、努力地工作。"俞瑞良说道。

"中国人勤奋、聪明。在公司，中国人一定是领导最喜欢的员工。"陈利民说道。

"领导一定是喜欢聪明勤奋的员工。我住的社区在匹兹堡算是中高档的地方，什么种族的人都有，大家都和睦相处。"

"那些老外对中国人印象好吗？友好吗？"陈利民问道。

"老外对我们的印象怎样，首先是我们自己做得怎样。第一，中国人勤奋聪明。第二，中国人遵纪守法，从不给警察找麻烦，几乎没有犯罪。第三，中国人家庭观念特别强，祖孙三代、像我这样祖孙四代同堂，老外羡慕得要命。去年4月，匹兹堡电视台还有CNN电视台到我家来采访，让美国人见证奇迹。第四，华人家庭特别重视子女教育。"

"由于中国人在各方面表现很好，就赢得社会和各族人民的尊重。"

6月第二个星期六，俞瑞良邀请部分在匹兹堡的中国人到他家做客。陈利民搭UPMC一位工作人员的汽车，前往俞瑞良家。

从UPMC开车约40分钟后，来到俞瑞良家附近的三岔路口，陈利民问一位上了年纪的白人，到俞瑞良家走哪一条路。

"你是中国人？中国人好，俞先生的家就在前面。"这位美国老人指向右前方,"就是前面的房子,沿这条路,到路口向右转弯就到了。"

"谢谢你,谢谢你!你是怎么知道俞瑞良的?"

"我们这里的人都知道。俞先生家四代人住在一起,他们家里所有的人对老人都很孝敬。我们很羡慕。"

"哦,知道了。谢谢您。"

"怎么样?一路顺利吗?"俞瑞良站在门口等客人们的到来。

"顺利,很顺利。就按你告诉我的路线一路开过来,很好找。"

"这块草地是你家的?"陈利民指着正门口方向约有一个足球场大的草地说道。

"是的。太大了,每次剪草太费力气、太费时间。"

"真够大的,这在中国是不可想象的。"

"美国的面积和中国差不多,但人口只有中国的零头。到房间坐坐。"俞瑞良请大家到室内看看。

"爷爷,我的朋友看你来了。"俞瑞良带领陈利民等人来到他爷爷的房间。

房间向南,灿烂的阳光透过明亮的玻璃窗照到室内,一片光亮和温暖。房间很大,足有20平方米,写字台上除了一盏台灯之外,还有一台收音机。墙壁上挂着俞瑞良奶奶的照片,老人坐在椅子上,一脸的慈祥。

"你们都是新来的吧?我以前没有见过。"

"爷爷,我叫陈利民,是今年2月来到匹兹堡的。"

"你家在中国什么地方?"

"江滨市。"

"江滨是个好地方。我年轻时,去过一次。我是河南省人,我在1962年来到美国,瑞良是在河南出生,在河南长大的。我经常教育瑞良的三个孩子,我们是中国人,要保持中国文化。"

"我爷爷生怕我的三个孩子丢了中华文化,逮到机会就给他们讲中国民间故事。"俞瑞良说道。

"只有到了国外，你才知道中国文化对中国人有多么重要，中国文化有多么好。"俞瑞良爷爷说道。

"爷爷，您讲得太对了。"陈利民说道。

"爷爷，我带他们到楼下客厅看看。"

不一会儿，所有的客人都到齐了，其中有一位带有浓厚河南口音的人。

"你是河南人？"俞瑞良母亲问道。

"伯母，我家在河南南阳。"

"南阳离我家很近。"俞瑞良母亲遇到一个老乡马上来了精神，"听说河南最近几年发展特别好，老百姓富裕了。"

"是这样的。最近几年，河南的经济有了很大的发展，很多的外商到河南投资建厂。河南人去南方打工的人越来越少了，就在河南本地打工了。"

"好、好。"俞瑞良母亲一连说了两个好。

"爸爸，今年放假，你要带我到中国去旅游。"俞瑞良大儿子说道。

"我也要去。"女儿说道。

"我也要去。"小儿子也说道。

"你们要听话，就带你们三个人一起去中国，带你们去北京、西安还有苏州。"

"我还要去老家看看。"大儿子说道。

"当然要去老家，老家有一棵大槐树，大槐树旁边有一座池塘，夏天有很多的小朋友在池塘里游泳。"

"爸爸，我也想在池塘里游泳。"

"可以，当然可以。你现在给叔叔阿姨弹一首曲子。"

"弹什么曲子？"

"《我的祖国》。"

"钢琴是在美国学的吗?"陈利民问道。

"在美国学的。《我的祖国》曲谱是我从网上下载的。"俞瑞良说道。

Party 结束后,陈利民和其他三个同伴坐许丽娜的车离开。许丽娜先是把陈利民送到 Trenton Ave,然后再送另外三个人到奥克兰大学城区。

"妈妈,还有 15 天,我就能见到爸爸了。"小强说道。

"你要好好学习,表现好,我才带你去。"

"你不会不带我去的,我的签证都办好,而且机票也买了。"小强说道。

"你这小家伙,聪明就是不放在学习上。"舒爱凌说道。

"小强是个很有感情的孩子,将来你们老了,就有福气了。"张守芳说道。

"姑妈,因为要去美国,我感到我自己就像个孩子一样离不开你。你不在我身边,我就不知该怎么做。"

"你怎么说话像个孩子似的,你在单位都做领导了。你英语好,还有利民在那里可以帮助你。你就放心地去吧。"

"这个该死的领事馆,为什么不给你签证呢?"

"人家自然有人家的道理。你们夫妻好好团聚。"

"妈妈,我明天不上学,我去找他们理论。"小强说道。

"你只要在美国玩得开心,平安回来就行了。"张守芳对小强说道。

"姑妈,我和小强坐东方航空公司的飞机去美国,飞机上的工作人员都是中国人。"

"讲中国话?"

"当然讲中国话,还有飞机上提供的饭菜都是中国饭菜。"

"妈妈,我要吃肯德基。"小强嚷着说。

"到了美国，肯德基天天有你吃的。"

"飞机上的饭，很贵吧？"张守芳问道。

"不要钱，每人一份。"

"那太好了。我这几天，天天在想，你和小强在飞机上吃什么？那就不用带饭上飞机了。"

"肯定不用。姑妈，我和小强去美国，把你一个人放在家里，我有些不放心。你一个人在家，千万要小心。如果有身体不舒服或家里有什么事找郭凯或刘刚峰，利民都和他们详细交代过了。"

"我身体好得很，上楼梯比你都快。"张守芳说道。

"姑妈，自从小强出生以来，我们一家人从来就没有分开过。姑妈，我们真是舍不得你。"舒爱凌抱住张守芳，竟然哭出声来。

"哭什么，过两个星期就回来了，到美国后给我打个电话，报个平安。"张守芳的眼睛也流出滚烫的泪水。

"奶奶，我一定会给你打电话的。"

2001年7月12日，舒爱凌带着小强乘坐东方航空公司的飞机，准时、稳稳地停落在洛杉矶国际机场。当舒爱凌和小强到达出口时，陈利民早已在那里等待他们母子俩了。

"爸爸，爸爸。"小强最先看到陈利民，便向陈利民跑去。舒爱凌加快了脚步。

"一路上怎么样？"陈利民问舒爱凌。

"飞机上还好，就是时间长了点。小强在飞机上呼呼大睡了一觉，现在精神非常好。"

"你怎样？"

"我在飞机上只是断断续续地睡了一会儿。"

"把行李给我，我们现在去宾馆。"

大约 40 分钟后，出租车来到了陈利民预定的宾馆。宾馆是由 4 幢 3 层高的建筑构成，前后有很大的停车场，中央是个游泳池，游泳池旁边还有个简易的儿童乐园。

"凌凌，你是休息一会儿，还是我们现在去吃晚饭？"

"我们先去吃晚饭，吃完晚饭我们就不出去了。"

"爸爸，我们先给奶奶打电话。"小强提议道。

"小强惦记着奶奶。"舒爱凌说道，"这么多年来，我们从没有分开过，快打电话吧，姑妈正守在电话旁等我们的电话呢！"舒爱凌心里也惦记着张守芳。

"爸爸，快打电话。"

"好的，我现在就给姑妈打电话。"陈利民拿起手机，拨了长长的一串号码，最后是家里的电话号码。

"凌凌，电话打通了，你来讲话。"

"姑妈，我是凌凌。姑妈，你不要哭，我和小强平安到了，利民到飞机场接我们的。一到宾馆，小强就是说要给奶奶打电话，小强可惦记你了，我和利民也想你，过几天我和小强就回来了，你放心好了。喂，姑妈，你不要哭，喂喂……我挂了，过几天我和小强就回家了。"舒爱凌一把眼泪一把鼻涕地打完电话，对陈利民和小强说，"姑妈太激动了，一听到我的电话就哭了，控制不住地哭了。我一直认为姑妈是个比较理智的人。没有想到……"

"奶奶一定是想我们了。爸爸，下次打电话，把电话给我，我要和奶奶讲几句话。"

"好，下次电话一打通，我就把电话交给你。"陈利民对小强说道。

在两个星期前，陈利民就给舒爱凌和小强订好了迪士尼和环球影城游玩的门票。来到美国后，第一天的早晨，汽车来到宾馆接他们上车，开始了在美国的游玩活动。

本来，陈利民和舒爱凌主要是陪小强玩，但他们自己玩得也很开心，也是大开眼界。环球影城的地震场景，把他们两个大人都吓出了冷汗。他们在坐小火车时突然出现地陷，电闪雷鸣，火光四射。一辆汽车滑入火车的轨道，汹涌的洪水涌入地道。四周燃起熊熊大火，顿时周围的空气变热，一切非常逼真，一家人玩得非常开心，大呼过瘾。热带雨林大猩猩金刚给他们留下了极深的印象。

第二天去迪士尼乐园，由于这天不是周末，来公园的游客不多。他们三个人首先在公园标志性雕塑前照相，先是一人照一张，然后是合影。里面有米老鼠、白雪公主、睡美人、城堡、明日世界。小强不停地东奔西跑，陈利民则是跟在他后面，给他照相，一直到公园关门，小强才不得不离开。

第三天，陈利民、舒爱凌带着小强来到好莱坞大道。洛杉矶市区的高楼远没有中国上海、北京的高楼密集，大部分建筑物也不高。到这来的人都是冲着好莱坞的名气来的。

"爸爸，我认识这个单词。Theatre 是剧院、剧场的意思。"

"小强说得对。这个剧场叫作柯达剧场。每年 3 月电影奥斯卡颁奖仪式就在柯达剧场举行。"陈利民说道。

"这里是演员梦寐以求的地方。"舒爱凌说道。

"小强，这个字你认识吗？"紧挨着柯达剧场，也是一家影剧院。

"妈妈，我认识。Chinese Theatre，中国剧院，对吗？"

"对，十分正确，Chinese Theatre 翻译成中文就是中国剧场，很多电影的首映式就在这家剧场举行。"

下了台阶就是星光大道，立即遇到三个穿演出服的美国人。一个卓别林打扮的人示意和陈利民一家三口照相。陈利民就让小强和他们合影，照完像后给他 5 美元。

人行道上有很多著名演员的脚印，脚印旁边写着演员的名字，所以这条道路称为星光大道。在一堵墙上画满了演员的头像。突然,小强兴奋地叫起来:"爸爸妈妈,这是成龙,这里有成龙的画像。"

"在哪里?"陈利民也来了兴趣。

"在这里。"小强用手指着墙上成龙的画像。成龙在好莱坞演过电影,这幅画把成龙画得惟妙惟肖,把成龙的特点全部画出来了。

"现在我们向前看,这幢大楼有个广告牌,小强,你读一读。"

"读一读?"小强不解地问道。

"是啊,读一读。"

"就是三个字母,有什么好读的?"

"我就是要你读这三个字母。"

"CNN。"小强大声读出来。

"小强,你知道 CNN 是什么意思吗?"

"不知道。"小强摇头说道。

"CNN 是 Cable News Network 的缩写,翻译成中文叫作美国有线电视新闻网。在美国所有的家庭都能收到它的节目,是全世界影响力最大的新闻机构,在世界上任何国家都能收看到它的节目。"

"我们家能看到吗?"

"我们家收不到 CNN,但在北京和上海大的宾馆,可以看到 CNN 节目。小强,沿着这条马路,一直向前看,看到了什么?"

"远处是一座山。"

"山上有几个白色的大字,小强,你再读一遍给爸妈听听。"

"H O L L Y W O O D,读完了。"

"你把它连起来读,它是一个单词。"

"Hollywood。"

"读得很好,翻译成中文就是好莱坞,好莱坞是个地名,现在成了美国电影的代名词了。"

在回宾馆的路上，陈利民问儿子小强："美国好玩吗？"

"迪士尼和环球影城十分好玩，在环球影城，我还以为真的起火、发大水了。"

"这就是为什么来玩的人这么多，就是因为它做得逼真、惊险、刺激。"

"奶奶要是来看看就好了。"小强心系着奶奶张守芳。

"小强心里永远有奶奶。奶奶听到你这句话，比她亲自来玩都要高兴。"舒爱凌说道。

"小强，你要写个日记，把去的地方，看到事物记下来，回家后告诉奶奶。"

"好的，我一定要把我所到的地方，看到的东西全部告诉奶奶。"

洛杉矶游玩结束后，他们三个人还去了风景如画的优美胜地，最后去赌城拉斯维加斯，一座建立在荒漠上的现代化旅游度假胜地，也是美国的一个奇迹。

第 8 章

中国文化

　　11月的感恩节，陈利民应邀到华人李启明家做客。李启明是个热心的人，每逢过节总是把一些单身在匹兹堡的中国人请到他的家。李启明在8年前就来到了美国，现在已经拿到了绿卡，在匹兹堡有了自己的房子。因为李启明的房子就在城市的边缘，他的房子没有俞瑞良的房子大，院子就更小了。当陈利民到他家的时候，客厅已坐满了人，大家在一起聊天。李启明的太太安排陈利民坐在许丽娜的旁边。

　　"你好，陈医生。"许丽娜和陈利民打招呼。

　　"Judy，你们认识？"李启明的太太惊讶于许丽娜认识陈利民。

　　"是的，上次在俞瑞良家见过陈医生。"

　　"谢谢你上次送我回家。"陈利民对许丽娜客气地说道。

　　"这有什么好谢的，在匹兹堡的中国人很团结。你以后需要用车，比如去超市，尽管给我说。"

　　"跑一趟超市要用半天的时间。"

　　"我也需要去超市买东西啊。"

　　"Judy，好久没见了，工作好吗？"一位客人和许丽娜说道。

"工作挺好的，谢谢！"

"Judy，你有段时间没有去教堂了。"又一位客人和许丽娜说道。

"只是最近3个星期没有去，以后每个星期天一定去。"

"欢迎你来教堂。"

"Judy，"陈利民也随着众人叫许丽娜为Judy，"你和他们都很熟？"

"我来匹兹堡有4年了，这里的人我都认识。匹兹堡是个好地方，在这里住的时间越长，你就会越喜欢它。"

"我现在已经十分喜爱匹兹堡了。"

"你住的地方是匹兹堡比较好的社区，只是上班远了点。"

"上班还可以，每天有公共汽车。UPMC给我办了一张卡，坐车是免费的，绝大部分学生或者访问学者在Squirrel Hill就下车了，我还有一半的路。"

"你怎么住那么远的地方？"

"美国医生的家。"

"这个美国医生对你真不错。"

"是的，他是个华裔第三代，人非常好。只要提到他，认识或不认识都说He is very nice 或 He has a nice family。"

"你们以前认识吗？"

"一年前，他到北京参加学术会议，我认识了他。是他帮我到匹兹堡进修的。"

"只有中国人才会这样做，虽然有些中国人在美国是第二代或第三代，或来美国很多年了，但他们那颗热爱家乡、热爱祖国的心一点没有变。"李启明的太太说道。

"这位医生就是想通过帮助你，来帮助中国。"许丽娜说道。

"李国华家庭文化绝对是中国文化，就连他的老婆也受到影响，比如长辈对子女的关心，子女听父母的话等。"

"是的,就像我们身边或在教会见到的中国人,虽然他们来美国已有很多年了,能说一口标准的美国话,但骨子里还是个中国人,中国文化深深地浸透到他们身体的每一个细胞。"许丽娜说道。

"中国人有很多的优点。"

"是的,中国人有很多优点,至于你说的华人医生娶了个白人女子做妻子,我总觉得多少有些可惜。"许丽娜说道。

"我看他们一家很幸福,夫妻感情很好。"

"人种不一样,相处总会有一些别扭。陈医生,你在国内做什么科室的医生?"

"普外科。"

"你这次来匹兹堡是……"

"我这次来匹兹堡是参观学习,主要是在临床参观学习。"陈利民回答道。

"在匹兹堡,很多的中国医生是在实验室做的。在这里做研究的中国医生,不到一年的时间,就写出了科研论文。很快,他们就从访问学者的J-1签证换成了工作签证,然后再申请绿卡。"

"很多在匹兹堡的中国人把拿绿卡作为他们的奋斗目标。但我认为为了拿绿卡,而放弃做医生挺可惜的。"陈利民说道。

"放弃做医生,在实验室做固然有些可惜,但是为了下一代只能是这样。"

"我也想过在美国扎根,但我来美国的年龄太大了,等我拿到绿卡人都老了。还有在实验室做收入不高,只能勉强养活一家人,生活一点也不宽裕。"

陈利民和许丽娜的年龄差不多,两人聊得也很投机,旁人看他们聊得热络,也就没有加入。感恩节 party 结束后,许丽娜送陈利民回家。

陈利民平时和家里的联系主要是 Email,偶尔也打电话。用 IP 电话卡打国际长途很便宜，100美元的电话卡，陈利民可以用3个月。陈利民往往是在手术室或李国华的办公室用他们的固定电话拨打IP电话，每次打IP电话时要拨出长长的一串数字，并按提示音一直拨下去，最后是家里的电话。陈利民偶尔通过邮局寄信，一个来回要用大半个月的时间，太慢。

Email是最好的联系方式，不花钱而且还能传递照片。陈利民最近给舒爱凌写了一封较长的信件，说他对留在美国有些心动，但考虑到要放弃做外科医生，在实验室里做研究工作，又心不甘，还有实验室的工资不高。

舒爱凌接到陈利民的信后，首先是告诉陈利民家里一切都很好。至于陈利民想在美国工作，舒爱凌也有些心动，但困难也正如陈利民所说的，一是不能做医生；二是一个人的收入养活全家，日子很不宽裕。所以舒爱凌回信让他自己做主。

接到舒爱凌的信后，陈利民给舒爱凌说想在美国工作只是个一过性的念头，最后说明日期一到，就立即回国。

10月底的一天，陈利民收到许丽娜的邮件，邀请他星期六到她家做客。

按许丽娜提供的地址，陈利民转了2次车，在10点50分找到许丽娜在Shadyside附近的家。

许丽娜的家在公寓楼的7楼，是个两室一厅的房子。室内布置十分简洁，但不乏温馨。墙壁上有一个小的装饰物件，上面写着God bless my home（上帝保佑我的家）。

这天，许丽娜邀请了7个人来她的家，加上她自己正好8人一桌。

"这房子我买了有2年了，是典型的公寓楼。我很喜欢公寓房，第一，它位于市中心，到哪里都方便；第二，我这是7楼，几乎没有蚊虫、蟑螂、老鼠等，家小打扫卫生也就比较简单；第三，价格便宜，持有成本也低。我一个人住在这里很舒服，大家到我房间来看看，这是我的卧室，这是书房。"

"你家的书房很大，住一个人没有问题。"

"书房本来就是卧室，我现在把它当作书房。"

"美国人的住房条件比国内要好多了，我想这主要是因为美国地广人稀。"

陈利民没有说话，面对这个年龄和他差不多大的北京女子，心里想她怎么一个人生活在匹兹堡，一个人在匹兹堡有车有房、有滋有味地生活着。

"许小姐，你在匹兹堡过着神仙生活，我们好羡慕啊！"一位客人说道。

"没什么好羡慕的，我爸妈整天催我回北京，说全家人要在一起。我正在动脑筋把我爸妈接过来，过个简单的生活，而且这里的医疗条件好。"

"UPMC 的医疗水平绝对是一流的。我最初来这里，抱着学习先进技术的目的来的。现在我发现，值得我们学习的还有医院的管理。在国内，若家里有一个人生病需要住院，首先要找人办理住院，住院后购买医生和护士指定的物品，一会儿叫你买这个一会儿叫你买那个，把病人家属折腾够呛；其次要做手术，谁是主刀、谁是麻醉师都要想到，生怕任何环节做不到位，对病人不好；最后，还有手术后的陪护，陪一个晚上还可以，陪护多了，陪护的人自己也要生出毛病来。"一位中国访问学者说道。

"说起生病住院，美国医院为病人考虑得非常周全，有营养师为病人制定术前和术后专门的饮食。术前有护士陪病人做各种检查，手术后还有康复护士帮助指导病人康复。"陈利民说道。

"你们讲的这些都是美国好的方面，但美国也有很多缺点，至少打麻将不方便，打麻将不是三缺一，有的时候甚至一缺三。"有位客人开玩笑地说道。

"来匹兹堡的中国人都是知识分子，打麻将的人很少，即使个别人在国内经常打麻将，到美国后，受环境的影响也把打麻将渐渐地忘了。只有在纽约和旧金山的唐人街，中国人居住相对集中的地方才有人打麻将，而且都是一些做生意的人。"

"我都快40岁的人了。"一位和陈利民年龄差不多的中国人说道，"不过，小刘你还年轻争取留在美国。"

"想是想，但一想到留在美国要那么多的条件就给give up（放弃）了。"小刘说道。

"这不行。你年纪轻轻的，不能就这么轻易地放弃梦想。"

"娜姐，你是怎么来到美国的？"小刘问出陈利民一直想要问的问题。

"大家听我的口音就知道我是北京人。我爸妈是老干部，我哥哥和姐姐是凭我爸妈的关系，在'文化大革命'期间推荐上大学的。我是'文化大革命'结束后，考上大学的，1978年考上了中国人民大学。"

"娜姐很厉害。"

"我那届同学来自全国各地，什么样的家庭都有。我毕业后分配到中国人民银行工作，在那里，我遇到了我的前夫。在中国人民银行工作3年后，我们被派到纽约工作。在纽约我的工资几乎是国内的10倍。因为我们的工资是按当地银行职员的工资标准发放的。我来美国的时候，就是拿工作签证，工作两年后申请的美国的绿卡。为了更好的发展，我后来申请了卡耐基梅隆大学的金融系。"

"听说卡耐基梅隆大学的金融系很厉害。"

"是的，卡耐基梅隆大学有两个在全美叫得响的学科，一个是计算机专业，另一个就是金融专业。金融专业的学费一点不比医学院的便宜。为什么这么贵的学费，大家都抢着来？就是因为从卡耐基梅隆大学毕业后，能找到好的工作，能挣大钱。"

"你前夫也来卡耐基梅隆大学了吗？"

"卡耐基梅隆大学又没有录取他。最近几年，中国经济发展非常迅猛。

很多有背景的人，下海做生意。我前夫回到北京和他几个狐朋狗友开了个公司，赚了不少钱。"

"你们俩相距太远了。"

"国内的风气，你们都是知道的，就是请客、喝酒，每次给他打电话总是醉醺醺的。有一天我打电话给他，是个女的接的，我就问她是谁，对方居然问我是谁，态度还极其恶劣，我气愤地把电话挂了。后来我给在北京的朋友打电话，询问我前夫的情况，他们都以为我和前夫已经分手了。因为他早就和别的女人在一起了。到了这个份上，我和他离婚了。"

"国内现在风气的确不好，做生意的老板有点钱了，就不知天南地北了。"

"丽娜，你条件好，长得漂亮，再找一个。"

"我爸妈天天催我要抓紧时间解决个人问题，但我想这种事不能急，要看准人。要找就找个能踏踏实实过一辈子、可靠的人。"

"丽娜，我问一句，你有没有找老外的可能性？"

"公司里有个白人，年龄比我小两岁，多次向我献殷勤，我没有理睬他。"

"为什么？"

"我不想找个外国人，人种不一样，生活习惯不一样，文化不一样，在一起生活，肯定会有很多的矛盾。"

"UPMC 的外科李医生，找的是位白人女的，两个人处得很好，生养了三个女儿。"陈利民说道。

"陈医生，他的情况和我不一样。他是在美国出生长大的，而且他是第三代移民，骨子里也是美国文化了。我是中国人，骨子里是中国文化，我一定要找个中国人。"许丽娜坚持自己的标准。

"或许，和老外做同事没有问题，但组成家庭，则是另外一回事。"小刘说道。

"完全是这样。尽管我来美国已经 10 年了，又是部门经理，依然是个外人。"

"此话怎讲？"

"比如，他们在聊总统、明星八卦故事的时候，会笑得前仰后合，而我只是像个傻子似的站在旁边一句也插不上。这就是因为我不是在美国长大的，没有融入美国文化。"

"明白了。丽娜，如果你要找中国人，你可一定要小心一点，防止有些人动机不纯。"小刘说道。

"怎么会动机不纯？"许丽娜问道。

"娜姐，你不是刚入美国籍吗？"

"是啊！"

"和一个美国人结婚，不是就能来美国，拥有美国身份。"

"是的。"

"这要防止有些人想利用你是美国人身份和你结婚，结婚拿到身份了，又和你离婚。"

"这个不会吧？！当然，我要看准人。"

是啊，和许丽娜这样的美籍华人结婚，至少可以少奋斗10年。陈利民在心里暗暗对自己说一定要帮许丽娜找个优秀的中国人。

11月1日是万圣节，孩子们欢乐的节日，大人给孩子们穿上华丽古怪的衣服。几乎家家户户都会买上几个南瓜，把南瓜掏空，在南瓜外面雕刻人的面部，在南瓜里面点上蜡烛或放入个小灯泡，做成Jack-O'-Lantern（南瓜灯）。

在下午的时候，李国华的3个女儿就把Jack-O'-Lantern做好了，就等着李国华回家吃晚饭。陈利民只是在节假日才和他们一家人在一起吃饭。由于医院有事，李国华要比平时晚一个小时才能回家。陈利民在客厅和莎伦聊天。

"李国华工作太认真、太辛苦。"莎伦说道。

"是的，美国医生比中国医生要辛苦得多，但美国医生的收入高。"

"今天又晚下班了。维罗尼卡，你赶快给你爷爷打个电话。每逢过节，李国华总会给住在养老院的父亲打电话说几句话。"

大女儿维罗尼卡顺从母亲的话，拿起电话机，就给爷爷打电话。

李国华曾祖父是从中国广东到美国的第一代移民，李国华父亲在美国出生，在美国长大。20世纪40年代初，李国华父亲作为空军地勤人员，被派到中国云南抗击日本侵略者。李国华母亲是大户人家的小姐，从北京移民到美国，是第一代移民。

"卡瑞安、艾玛，你们俩过来跟爷爷说几句话。"莎伦催促另外两个孩子，也跟她们的爷爷说说话。

三个孙女轮流跟爷爷说话，莎伦对陈利民说道："中国这个传统很好。"

"是的，在中国特别强调孝，百善孝为先。"陈利民万万没有想到李国华他们家来到美国有一百年了，仍然保持着中华民族孝文化的传统。"待你老了以后，你的3个女儿将对你非常孝顺。"

"只要能像李国华对他父母一半，我就满足了。"莎伦说道。

"你和李国华的父母相处得好吗？"这是陈利民一直想问的问题。

"李国华父母人很好，对子女非常无私。"

"中国父母能为子女牺牲一切，甚至他们活着的目的就是为了子女。"

"我以前也听说过一些关于中国人的家庭观以及父母教育子女的故事，直到我和李国华结婚，特别是我和李国华有了孩子后，才感到中国老人对子女的关爱，真是无微不至。"

"这是中国文化的一个特色，中国老人对孙子辈特别地溺爱。"

"李国华妈妈是信佛教的。"

"你认为佛教怎样？"陈利民很想知道外国人对佛教的看法。

"佛教很好，很温和。佛教要求人要善良、要帮助别人。"

"哦。"陈利民悬着的一块石头落地了，"佛教在中国有一定的群众基础。"

"李国华爸爸信基督教，他妈妈信佛教。李国华爸妈非常地恩爱，很有意思。"莎伦说道。

"中国人的文化主要是道教、佛教和儒家文化。"陈利民继续说道。

"我看过一些关于中国文化的书，孔夫子是一个伟大的思想家。"

"莎伦，你对中国的文化很了解。"陈利民说道。

"当然，我是中国人的媳妇。"

陈利民对莎伦肃然起敬，一个普通的白人女子对中国文化有这么深入的了解，或许正如她自己所说，她是中国人的媳妇，或许是她热爱中国文化才嫁给一个中国人。相比，一些在美国的中国人，特别是陈利民在教堂遇到的某些华人，他们努力地学习《圣经》，但对自己民族的历史了解则不多。这时，在陈利民大脑里萌生了一个想法，给中国教堂的负责人提个建议宣讲中国文化，特别是儒家文化，这是中国人文化的根。

自从感恩节后，陈利民一直注意身边未婚的中国男子。陈利民注意到有位在读 PhD，十分想在博士毕业后留在美国工作的未婚中国男子。陈利民觉得这个人和许丽娜挺适合的，就把他介绍给了许丽娜。两个星期后，一次陈利民在教堂遇到许丽娜，问两个人相处得怎样，许丽娜说两个人见了两次面后就没见面了。陈利民觉得有些可惜，后来陈利民又帮许丽娜介绍了一位中国单身男子，这次，许丽娜连见都没见，找个借口推掉了。

这让陈利民有些蒙圈了。明明是许丽娜清清楚楚地对他说，希望找个中国人，当真正帮她介绍个中国人，她又没兴趣了。上次和陈利民一起去许丽娜家的小刘开玩笑地和陈利民说道："许丽娜看上你了。"

"看上我？！不可能，我儿子都上高中了。"

"陈利民，我说说玩的。"小刘说道。

小刘虽然说是说说玩的，却在陈利民心中掀起了巨大的波浪。陈利民和舒爱凌感情很好，他们俩自结婚以来，一直为他们的小家努力工作，一点一滴地经营自己的小家。为了支持他来美国学习，舒爱凌一个人承担了所有的家庭重担，而且陈利民多次在匹兹堡的朋友中说起过他的婚姻。他认为许丽娜不应该对他有这种想法，但转念一想，许丽娜并没有做任何伤害过他的事，以后尽可能避开她就是了。从那以后，陈利民就没有和许丽娜见过一次面，说过一句话。

　　一天俞瑞良对陈利民说，美国人又要他介绍中国人家庭的事。俞瑞良觉得自己已经讲过多次了，希望陈利民这次能替他讲讲，讲出一些新的东西，不要永远是四代同堂。

　　"中国文化有很多的优点，只是我们习以为常了。这次来美国，把中国文化和美国文化一对比，发现中国文化还真是了不起。"

　　"'不识庐山真面目，只缘身在此山中'，就是这个道理。中华文化博大精深、源远流长，可以讲的东西实在是太多。你好好地准备一下，并设想听众可能问的问题。"俞瑞良给予陈利民热情的鼓励。

　　虽然讲中国文化是陈利民喜欢的话题，平时和人聊天没有任何问题，但上台正儿八经地给别人讲，还是有些不一样的，陈利民必须要好好地准备。

　　四代同堂是中华文化的特色之一，而且俞瑞良已经讲过很多次了。这次陈利民必须讲一些不同的内容、新鲜的东西，陈利民决定讲"教育"。中国人对学习的渴望，刻苦的程度是其他任何民族所不具有的，陈利民首先列出提纲：

1. 中国人崇尚知识，尊重有文化的人，深入骨髓里。
2. 新中国成立前中国人很穷，但只要有条件就让孩子读书。
3. 同一个祖父的孩子，几个叔父共同资助一个孩子读书。

4. 孩子学习非常用功。(头悬梁、锥刺股)

5. 父母为了孩子读书 3 次搬家。(孟母三迁)

6. 现代,父母陪孩子上课外辅导班。

提纲拟好后,陈利民就按提纲的内容开始写发言稿,前后花了 4 天的时间,陈利民完成了讲稿。

12 月 19 日,在匹兹堡大学国际部礼堂内,陈利民站在礼堂的讲台上给美国人讲"中国文化"。

尊敬的大会主席、各位来宾,下午好。今天我非常高兴地站在这里和大家讲中国文化。

中国和美国分别位于地球的两端,中国午夜的 12 点,就是美国中午的 12 点。中国和美国的地理位置有很大的不同,中国文化和美国文化也有很大的差异。

中国是世界公认的四大文明古国之一,在这四大文明古国中,只有中华文明从没有间断过,这是个巨大的奇迹。中国文化涉及社会、生活、教育等方方面面,今天我专门讲中国人的教育。

会场上鸦雀无声,人们安静地坐着,聚精会神地听陈利民演讲。

首先,我给大家讲一个真实的故事,在 100 年前,那时的中国还十分地贫穷,绝大部分人生活在偏远的农村,过着简朴的、自给自足的生活,勉强吃饱肚子,教育几乎是空白。村子里只有极少数有钱人家的孩子,在私塾认识几个字。在我的老家有位老先生十分渴望读书,但经济能力不够,读书的梦想只能让位于生存,他的 3 个儿子都没有能进学堂,这是这位老先生心中永远的痛。后来他的 3 个儿子长大结婚生育儿女,当时,中国的社会正在发生深刻的变革,西方文化开始传入中国。这位老先生敏锐地感觉到世道正在变化，读书是改变他们命运唯一的途径。于是他把他的3个儿子召集在一起，语重心长地对3个儿子说："现在世道变了，唯有通过读书，才能抓住这次机会，通过读书来改变命运。我们现在的经济能力还不能送所有的孩子出去读书，但我们家人可以团结拧成一股绳，我们共同出钱，资助一个孩子读书。"全家人都认同老父亲的观点，讨论下来，决定送老二的大儿子去城里读书，三个家庭节衣缩食共同培养一个孩子。

这位老先生的孙子到县城读书成绩非常好，考上了中国最好的大学。大学毕业后在大学做教授、办杂志，成为中国现代一位杰出的人物，成为他们家族的荣耀。

如今中国社会和经济发生了翻天覆地的变化，任何一个家庭都有能力送孩子去读书。父母十分关心孩子的学习，一大早起床给孩子准备好早饭，吃完饭后送孩子去学校，晚上回家父母一定会问孩子在学校的情况，学了什么知识。晚上，爸妈总会有个人陪孩子做作业。

进入新世纪后，中国人对教育的重视更是空前绝后。每到周末，各种培训机构、辅导班、学习班是最热闹的地方，孩子们在里面学习、上课，父母耐心地在教室外等。各种学习班和培训班的费用，要用去一个家庭的一大半收入，教育是这个家庭最大的开支。父母再苦再累，也要让孩子接受好的教育，父母愿为孩子的教育付出一切。

这种父母对子女教育的重视是世界上非常少有的，对教育的重视是中华文明最优秀的一部分。我的讲话就到这里，谢谢大家。

陈利民讲话结束后，会场响起热烈的掌声，大会主持人对于陈利民的讲话给予了很高的评价，说陈利民把中国优秀文化介绍给了美国人民，增进了美国人民对中国人民的了解和友谊。

从美国回来，舒爱凌和小强几乎每天都给张守芳讲美国的见闻。张守芳每次都认真听，而且听得十分着迷。特别是当小强说："奶奶，等我长大后我一定要带你到美国去玩。"张守芳激动得要流眼泪，连声说："小强是个好孩子，听了这话，比我去了还要高兴。"

星期二下午，小强放学回家和往常一样，在自己房间写作业，张守芳在厨房做晚饭，突然小强来到厨房问需不需要帮忙，张守芳先是一愣，问道："小强，你说什么？"

"奶奶，你需要帮忙吗？"

"不要，我一个人够了。"

"奶奶，你需要帮忙就叫我一声。"

"小强，你只要把作业做好，让你妈放心、安心，就是给我最大的帮助。"张守芳说话的时候都流出了眼泪，感到小强瞬间长大懂事了。

晚上回家，张守芳把这事告诉了舒爱凌，舒爱凌也先是一愣，然后大笑着说道："这孩子突然懂事、开窍了。"

"小强一直都是个懂事的孩子。"张守芳说道。

"比他爸爸强。不管我们在厨房有多忙，利民从来不到厨房伸个手。"

"利民是个医生，他太忙，只要他把病人治好就行了。"

"妈妈，爸爸是不是还有两个月就回来了？"小强问道。

"你想你爸爸了？"张守芳说道。

"嗯……"

"你爸爸说了，准时回家。"舒爱凌说道。

"不会延期吧？我班上有个同学的爸爸回国的时间延期了。"

"你爸说了，他想你了，会准时回来。"

"小强，你和李医生的女儿还写信吗？"张守芳问道。

"写了几封信，但没什么好聊的。"小强说道。

"写信的目的不是为了和她聊天，主要是锻炼你英语的写作能力，下次把你写的信给我看看。"舒爱凌说道。

"为什么要给你看？"小强不以为然地问道。

"人家小强长大了，有自己的秘密了。"张守芳说道。

"我不是为了看你的隐私，就是想知道你英语写作能力怎样。"舒爱凌说道。

"我的水平很一般，没什么好看的。"

"小强有自己的心事了，不想让大人知道。"张守芳说道。

"你也可以用英语给你爸爸写信。"舒爱凌建议道。

"又要用英语写信？"小强很为难说道。

"小强，听你妈妈的话。"张守芳劝小强。

"好的，我写写看。"

"小强聪明，一定行。"张守芳鼓励道。

一天赵局长又来到舒爱凌的办公室说："舒爱凌，上级领导说以后要从年轻人中提拔一批干部。你是我们局里表现最好的年轻同志，大家对你的反映都很好，你自己也要努力啊！"

"谢谢领导，我尽可能地做好自己的本职工作。"舒爱凌谦虚地说道。

"工作上，还要积极主动一些，有什么想法及时告诉领导。"

"好的，我若有想法，一定向您汇报。"

"今天晚上有个兄弟单位请客，我们一起去参加，我们代表工业局参加。"

"赵局长，谢谢您让我参加。我丈夫在美国学习，我一个人要抓儿子学习和做家务，实在是没有空，谢谢了。"

"能不能克服一下困难。"赵局长希望舒爱凌参加。

"赵局长，我家里事太多，无法参加饭局。还有我不能喝酒，不会饭桌上的那一套。"

"那你不去就不去吧,别人还要抢着去呢。"赵局长的脸立马阴沉下来。

晚上,张守芳洗碗,舒爱凌站在张守芳旁边和她说话。

"今天赵局长又来到我办公室,说要我陪他到外面吃饭,我没答应。"

"你做得对,就应该这样。只要你做得正,一身正气,他也就不会有非分之想了。"

"平时我和同事相处得非常好,从不和男同事打打闹闹。工作上的事一是一,二是二。做好自己的工作,下班走人回家。"

"古话说:'男女授受不亲。'虽然是新社会,但在男女方面,还是要有一定的界限。凌凌,你工作能力强,工作努力,得到提拔实属应该。如果你和领导在一起吃喝,就会有人在背后说你是靠不正当的途径或手段得到的。做女人不容易,不管怎样,我们做人一定要清清白白。"

"姑妈,有你在我就有了主心骨。"

"利民真是有福气,娶到了你这么一个优秀的媳妇。"

洗漱好后,舒爱凌来到阳台,仰望苍茫的夜空。今晚的夜色很美,静谧墨蓝的天空就像水洗过一样的干净。天空中布满了大小不等或明或暗的星星,银色的月光温柔地洒在大地上,给大地万物镀上一层圣洁的光。

舒爱凌出神地望着浩瀚深邃的夜空,一些不太明亮的星星,或明或暗,就像眨着眼和她说话似的。她从农村考入大学,大学毕业后,在城里工作,然后和勤奋老实的陈利民结婚,再后来,有了儿子小强。她和陈利民一起经营着他们的小家,儿子小强很可爱,现在长大了成为了一位高中生,是一位受老师和同学喜欢的学生。舒爱凌还努力培养打造她的丈夫,为了丈夫的事业,她没有让陈利民做过一分钟的家务。为了陈利民能在美国安心学习,她从没有向陈利民抱怨过一个苦字。每次打电话都说家里的一切都很好,舒爱凌无怨无悔地为自己的小家付出一切。在她的支持下,陈利民的事业逐步有了起色。有人托舒爱凌找陈利民看病做手术,对陈利民的反映都非常好,说陈利民人好,医术高。

让所有人都敬佩的是她和她姑妈的关系。如果在别的人家，舒爱凌和张守芳的关系就是雇主和保姆的关系，张守芳和一个普通的保姆无异，而张守芳在舒爱凌家，就是个奶奶辈的人物存在。张守芳把舒爱凌当作女儿、把小强当作亲孙子，而舒爱凌则把张守芳当作妈妈，在小强心中张守芳就是自己的亲奶奶。虽然张守芳只有小学文化水平，但张守芳是个有智慧的中国妇女。她能给小强讲很多的中国民间故事、从祖宗传下来的做人道理。

这次陈利民出国，舒爱凌一人在家，遇到苦闷的时候，舒爱凌总是找张守芳倾诉，而张守芳总是能帮助舒爱凌排解心中的苦闷，坚定做人的原则。她总是给舒爱凌讲女人一定要坐得端、行得正，一定要抵得住诱惑，否则到后来倒霉的一定是女人自己。

有一天，陈利民去 UPMC 普外科的小会议室参加会议，会议室可以容纳 20 个人。会议室两边墙上挂着历任外科主任或科室杰出的医生画像，正中央的墙上是装饰精美的医生格言："To cure sometimes, to relieve often, to comfort always."翻译成中文是："有时去治愈，常常去帮助，总是去安慰。"非常简洁而富有哲理。陈利民被这句话深深地吸引，讲得实在是太好了。陈利民从医这么多年，从来没有见到哪本书、哪段话能像这句话一样把医生以及医疗行为的本质讲得这么透彻。会议开了一个小时，陈利民一句话也没有听进去，他的思绪完完全全停留在医生的格言上，思考它的伟大意义，如获珍宝一样。

12 月 25 日是圣诞节，李国华邀请陈利民参加他们的家宴。暖气开得很足，李国华 3 个女儿赤足穿着短袖衬衫，李国华夫妇也只是在衬衫外面披上一件夹克。今天他们又在客厅的大餐桌上吃饭，看到摆在餐桌上的饭菜，陈利民知道莎伦准备了不少时间，非常辛苦。这天晚上，陈利民吃的蛋白质比他一个星期吃的蛋白质都要多，还喝了一点加州红酒。

酒增加了饭桌上的气氛，兴奋了人的中枢神经系统。李国华告诉陈利民，明天早晨他全家要去夏威夷看他的父亲。夏威夷天气暖和适合老年人居住，而且李国华的姐姐在夏威夷大学做副校长。

"陈医生，我父亲在退休之前是内科医生。退休后，他和我妈到佛罗里达住了6年（佛罗里达的天气和中国的广东差不多）。我母亲过世后，我父亲就搬到了夏威夷。"

"和你姐姐住在一起？"陈利民问道。

"不，我父亲住在距离我姐姐家很近的养老院，是当地最好的养老院。我姐姐每个星期都会给我父亲带一些广东菜。"

"你姐姐对你父亲很孝顺。"

"养老院的老人十分羡慕我父亲，有女儿经常来看他，还给他带来吃的东西。"

"这些都是中国的好传统，没想到你们离开中国这么多年都没有忘，而且做得很好。"陈利民说道。

"李国华对他父亲可孝顺了。每年的节假日，我们都去看他的父亲。如果匹兹堡像佛罗里达或夏威夷一样暖和，李国华一定会安排他父亲住在我们这里。"

"1942年，我父亲参军，随美国空军一起来到中国云南。我父亲是空军地勤人员，当时中国空军缺乏，靠美国空军和日本空军战斗。自从美国空军到达中国后，日本的飞机就不敢肆意地在中国的天空上飞行了。"

"你父亲为中国抗日战争做出了很大的贡献。"

"这段经历对我父亲来说非常珍贵。我的曾祖父是从广东台山去美国的，我父亲是在美国出生长大的，自从我父亲懂事以来，我父亲就想到中国看看。正好赶上第二次世界大战，我父亲报名参军来到了中国，帮助中国人打击日本人。"

"对中国人来说，你父亲就是个英雄。不管在国外生活了多少年，拥有什么护照，海外华人对祖国总有一种特殊的情结。"

"虽然是在战争年代，但我父亲在中国的3年过得非常愉快。他觉得他为自己的祖国做出了贡献，他在中国期间还得到了嘉奖。"李国华从柜子里拿了一张珍贵的奖状，是用毛笔写的嘉奖令，非常工整的正楷毛笔字。奖状上写着嘉奖美军李少尉，落款是西南地区司令长官。

"哟，这简直就是珍贵的历史文物，那时候人写的字多漂亮啊。"

"我父亲特别珍惜它，现在我父亲老了，他让我保存。"

"这个奖状太珍贵了，一定要好好保留。"

"我父亲多次给我说，不要忘记自己是个中国人，不要忘记自己的文化。我把你住在我家的事告诉了我的父亲，我父亲特别高兴。"

"谢谢李医生，谢谢你父亲，你们一家人实在是太好了。我一辈子也不会忘记你们，你们一家是我遇见的最好的贵人。"直到今天晚上，陈利民才知道李国华一家为什么给他这么大的帮助，在旁人看来是不可思议的事，原来李国华要帮助中国人，陈利民就成了那个幸运儿。

晚饭结束后，莎伦拿了三个大饭盒装了各种菜，还有一大袋的曲奇饼干，陈利民足可以吃两个星期。

1月29日，在匹兹堡大学国际交流中心举行一年一度的"中国新年晚会"。国际交流中心大礼堂挤满了从匹兹堡各地来的华人，当然人数最多的是在匹兹堡大学和卡耐基梅隆大学的中国留学生。

晚上7点，晚会准时开始。匹兹堡华人联谊会会长杜国豪先生穿着一件纯黑的西装，满脸喜悦地站在舞台上大声说道："今天晚上，我们在匹兹堡的华人，欢聚在这里，欢庆中国新年。虽然我们远离故土，生活在遥远的美国，但我们的心一刻也没有忘记我们是中国人，龙的传人。中国是个历史悠久的国家，在五千多年的历史长河里，形成了我们自己优秀的民族文化。不论我们走到哪里，中国永远是我们的故乡，我们的根永远在中国。我们中国人有对故乡强烈的爱，有强烈的家庭观念，以及对子女教育的重视，这些是我们中国人优秀的品质，令生活在匹兹堡的其他民族的人们非常羡慕。今天在这里庆祝春节，向其他民族展示中华民族的传统文化，增加我们华人的凝聚力。祝兄弟姐妹们春节快乐！"

"春节快乐！"声音似乎能把国际交流中心的屋顶掀开。

第一个上台演出的是钢琴独奏《梁祝》。音乐非常地优美，演奏者的双手在键盘上欢乐地跳跃着，特别是左手手指抵右手手指，先敲击钢琴键，一个音带出另一个的音，就像一只蝴蝶带着另一只蝴蝶在花丛中，在大自然中翩翩起舞。在场的华人都熟悉梁山伯与祝英台的故事，熟悉这优美的旋律。演奏结束时大礼堂响起热烈的掌声。

第二个节目是女生小合唱《茉莉花》。四位身着中国传统旗袍的姐妹来到舞台的中央，伴奏的乐声响起。"好一朵美丽的茉莉花，芬芳美丽满枝桠……"甜美轻柔的歌声把人们带回到万里之外的中国江南水乡，撩起中国人特有的乡愁，和对远在万里之外亲人的思念。

第 9 章

搬入新家

2002年2月18日，陈利民完成了一年的美国学习回到江滨市人民医院。在过去的一年里，舒爱凌没有什么变化，小强则明显长大了，一年未见的张守芳有些苍老。

"利民，你这一年不在，我天天盼你回来。"张守芳对陈利民说道。

"利民，我们家里就数姑妈最惦记你，整天担心你在美国会不会被人欺负，能否习惯美国的饭菜。"

"一家人就应该在一起，平平安安地在一起，比什么都好。"张守芳说道。

"利用这两天休息的时间，我们去房产销售部和银行把合同签了。"舒爱凌对陈利民说道。

"买房子了？"陈利民惊讶地问道。

"我在两个星期前就和销售人员说好了，只等你回来签销售合同。拿了销售合同，我们就去建设银行办贷款。"

"这么急？"

"你医生做得很好，但你不懂经济。现在国家正处于经济高速发展时期,房地产是国家经济重要的支柱行业,经济发展需要房地产来带动。"

"这和我做医生有什么关系?"陈利民问道。

"当然有关系,而且关系大着呢。我们需要大房子住。"

"利民,你回来凌凌就有人商量了,凌凌和我讲这些,我一点听不懂。"

"他啊,就是个榆木脑袋,不可教也。"舒爱凌说道。

"哈哈,爸爸是个榆木脑袋。"小强说道。

"你去房间做作业。"张守芳说道。

"我们现在要去买的房子还在市区,以后再建房子就到郊区了。"

"那我们抓紧时间去买。"

"如果现在不买,将来就买不起了。"

"为什么?"

"我们每年存的钱,比不上房价上涨的速度。现在是6千,到明年,可能就是8千了。现在的房价就像火箭一样噌噌往上蹿。"

"我们家的钱够吗?"

"我们只需要付三分之一,其他的钱从银行贷款。"

"银行贷款,要付利息的。"

"当然要付利息,但这点利息和房价上涨相比,可以忽略不计。"

"嗯。我们抓紧时间把合同签了。"陈利民好像明白了。

"我们要买的房子是三室一厅的房子。小强大了,应该有自己的房间了。"

"我班上同学早就单独住一间了。"小强说道。

"你别插嘴,抓紧时间去做作业。我和你爸爸商量买房子,就是为了能给你单独一间房间。"

陈利民从美国回来后,把在美国的学习情况详详细细地向赵朝荣主任作了汇报，并给医院写了一份书面报告。赵朝荣主任听完陈利民的汇报后说道："你这一年去美国学习收获很大，你写个近期和中期发展规划，结合我们科室和医院现有的条件，当然没有条件，我们也可以创造条件。"

2002年，国内腹腔镜胆囊切除术已经在国内推广、普及，而腹腔镜大肠癌和胃癌切除术，则是刚刚起步。陈利民心想要开展一些能引起轰动效应的新手术。

3月初的一天，陈利民在门诊时，遇到一位胰腺尾部肿瘤的病人，陈利民眼睛一亮，可以用腹腔镜做胰腺体尾部肿瘤切除术。腹腔镜胰腺肿瘤切除术听起来很高大上，但真正操作起来比腹腔镜胃切除术和腹腔镜肠切除术要容易，只是没有想到而已。陈利民在匹兹堡看过李国华做腹腔镜胰腺切除术，不到一个小时手术就做好了，而且病人在手术后第三天就出院了。

陈利民回忆李国华做腹腔镜胰腺切除术的过程，用笔在本子上写出来，陈利民还到网上找腹腔镜胰腺体尾部肿瘤切除术的录像。看完一遍后，立即在自己的大脑回放一遍，带着问题看第二遍、第三遍。

说来也巧，3月底的一天，陈利民在上专家门诊时，又遇到一位胰腺体尾交接处的肿瘤病人。病人不到60岁，体型偏瘦，非常适合做腹腔镜胰腺体尾部切除术。在做好充分的准备后，陈利民带领郭凯、刘刚峰给病人做腹腔镜胰腺肿瘤切除术。

手术那天，手术室挤满了人，麻醉科张主任亲自给病人上麻醉，手术室护士长安排张琳琳上台配合陈利民。

虽然高度紧张，但陈利民还是有条不紊地沿着脾动脉和脾静脉游离胰腺，最后用切割缝合器将胰腺体尾部和胰腺离断。整个操作层次十分清楚，几乎没有出血，干净利索地完成了腹腔镜胰腺肿瘤切除术。手术结束，手术室爆发出热烈的掌声。手术后病人康复顺利，和美国医生做的胰腺体尾部切除术一样，也是在术后第3天，病人出院回家。院报在非常醒目的位置上报道了这个消息,在院周会上,祝向平院长表扬普外科开展新技术,使普外科的水平上了一个新台阶。

8月初的上午,小强突然出现肚子疼,先是在肚脐周围出现不舒服,并伴有恶心,到中午出现低热,右下腹出现疼痛。小强以前有过肚子疼痛,过一会儿自己就好了,这次不一样。小强就给奶奶张守芳说了,张守芳立即给舒爱凌打电话,舒爱凌回家把小强带到医院。

在小强做过检查后,陈利民对舒爱凌说道:"小强是阑尾炎。"

"需要手术治疗吗?"舒爱凌问道。

"最好手术治疗。"

"阑尾切除术是你们最小的手术?"舒爱凌问陈利民。

"是的,手术很简单。"

"利民,不手术,吃药打针可以吗?"张守芳问道。

"部分病人可以通过吃药打针治好,即使这些通过吃药打针治好的病人,过段时间后又要复发,手术切除一劳永逸。"陈利民给张守芳解释。

"利民,什么时候做手术?"舒爱凌问道。

"我这就准备起来,大概半个小时的时间,手术室就会来接。"

"利民,我有几个问题要问你。"张守芳紧张地说道。

"什么问题?"

"利民,麻醉对小强大脑有影响吗?小强还要考大学。"张守芳问道。

"姑妈,这个全麻就是让小强睡一觉,对小强的大脑没有影响。"

"嗯,好吧。"张守芳半信半疑道。

手术时间很短,不到半小时手术就结束了,从手术室出来时,张守芳第一个冲上去。小强勉强睁开眼睛喊了声"奶奶"。

听到小强叫奶奶,张守芳激动得热泪盈眶,哆哆嗦嗦地说道:"小强醒了,小强醒了。"

"姑妈,你和凌凌回家,我在这里看着小强。"在病房,陈利民对张守芳说道。

"今天我陪小强。"张守芳立即说道。

"现在已经 5 点了。利民,你去食堂把我们 3 个人的饭菜买回来,我们就在医院简单吃一顿。"舒爱凌说道。

"我现在就去食堂。"说完陈利民就离开了病房。

不一会儿,陈利民就从食堂带了 3 份盒饭回来。舒爱凌招呼张守芳一起到医生办公室吃饭。

"你们俩先吃,我在这里看着,你们俩吃好后,我再吃。"张守芳心想,小强身边一分钟也不能没有人。

到了晚上 8 点,陈利民又劝张守芳和舒爱凌回家,他守在医院。张守芳说利民工作忙,晚上需要好好地睡一觉。其实是张守芳对谁陪在这里,都不放心。

舒爱凌知道张守芳的心思,知道此时此刻谁也拗不过张守芳,就对陈利民说:"我们回家吧。明天早上,我来替换姑妈。"

"姑妈一大把年纪了,让她陪在这里,我去睡觉,有些不忍心。"陈利民说道。

"不忍心也没有办法,如果姑妈今晚不陪在这里,她回家也睡不好。"舒爱凌最了解她的姑妈。这个时刻,把小强交给谁,张守芳都不放心。

小强年轻,术后恢复快,在手术后的第 3 天就出院回家。回家后,张守芳每天给小强做好吃的,吃饭的时候,把饭菜端到床边,生怕小强一动就影响手术后的愈合。

"姑妈,小强是小手术,可以下床走走。"陈利民说道。

"我看还是好好休息,有利于恢复。"

"适量活动对手术后的恢复有帮助。"陈利民又说道。

"什么帮助?"张守芳问道。

"可以预防肠粘连。如果小强有肠粘连就麻烦了。"

"不动容易患肠粘连？你怎么不早说，那赶快让小强下床走走。"

"姑妈，用不着那么急，只要正常在家里动动就行了。"

到了8月底，小强完全恢复了正常，9月1日到学校上课。去学校之前，张守芳问陈利民，要不要给学校说说，小强是做过手术的人，让学校给予适当的照顾。陈利民笑着说道："手术痊愈，就是和正常人一样了。"

"肯定这样吗？"

"当然，姑妈，您请绝对放心。"陈利民说道。

"陈主任，我听到你叫你儿子的奶奶为姑妈。"一天，普外科护士长刘春霞跟陈利民说道。

"她是我爱人的姑妈，我跟我爱人叫。"

"你儿子从小是你爱人的姑妈带大的？"

"是的。"

"一看就是。你姑妈对你儿子的细心程度，只有是家里人才会那样。"

"从小带大的，俩人的感情很深。"

"我看她对你也非常照顾。"

"对我照顾？一家人互相照顾吧，平时都是我姑妈做家务事。"

"肯定是这样。你的精力全部用在工作上了，家务事就顾不上了。曹建新就没有你这么好的福气，他每天回家都要做晚饭，还要盯着女儿做作业，以前还要每天接送孩子。"赵主任对曹建新工作不满意，其实人家是没有办法。

"的确，我在家里什么事都不管不做，全部由我老婆和我姑妈处理。"

"陈主任是个有福之人，老婆能干，长得又漂亮。"

"做医生必须把全部精力放在工作上，才能做好医生工作。在美国，医生比我们更辛苦。美国医生老婆都在家里做全职太太，带孩子做家务，医生的时间则全部用在工作上。"

"中国不行，一个人工作养活不了一家人。"护士长说道。

"是的，美国医生工资高，非常羡慕。"

"陈主任，你这次腹腔镜胰腺切除术在医院的影响很大、很好。"

"手术只是一个方面，而且手术是个操作，做多了就熟练了。科室的文化建设也很重要。"

"陈主任从美国进修回来，境界就是不一样，如果需要护理部帮助的，我们一定尽全力配合陈主任的工作。"

"谢谢，谢谢！"

一天晚上，舒爱凌对陈利民说道："你们医院到我单位来促销。"

"促销？"

"这是宣传单。"

陈利民接过宣传单，一看就明白了。

"哦，医院新成立了一个健康体检中心，医院领导说有两个目的：第一，和一些大单位及个人合作，提供体检服务，显示出党和政府对人民群众健康的关心；第二，发掘病人，增加医院的收入，如果发现疾病，就把病人留在自己的医院治疗。"

"不错，医院有了主动服务的精神。"

"总不能老是朝南坐，现在，大家市场意识增强了。"

"你们医院体检中心宣传单说50岁以上的人需要做体检。我想姑妈70多岁人了，虽然身体很好没有生过病，我们应该给姑妈做个全面检查。"

"应该给姑妈做个体检。体检的目的就是为了早期发现疾病，早期治疗。"

"姑妈体检的事你要安排好，凑你不开刀的时间，带姑妈去你们医院体检，要不要我陪姑妈去？"

"我一个人够了。我明天先到医院体检中心问问，然后再确定姑妈的体检日期。"

星期四上午，陈利民没有手术，他陪着张守芳到医院新成立的体检中心做全面的身体检查。

"陈主任，什么风把你刮到我们这里来了？"体检中心张主任和陈利民很熟悉。

"陪我姑妈做体检。"

"其实你不用亲自来，打个电话就行了，我们保证服务到位。"

"我姑妈对医院不熟悉，就陪她来了。"

"你姑妈有什么不舒服吗？"

"没有，我爱人在单位看到了你们的宣传，就想到给我姑妈做个体检。我姑妈身体很好，从来没有生过病。"

"虽然没有生过病，但还是要定期检查。陈主任，你们家是有文化的人，能想到给老人做体检，很多都是家里老人出现严重的症状，才想到医院来看病，往往是到了中晚期了。"

"我和我爱人就是这么想的，才让我姑妈来医院体检。"

"你姑妈和你们住一起？"

"我姑妈就一直和我们在一起，到今年有 16 年了。"

在体检中心，陈利民亲自陪张守芳去每个部门做检查，所有的人对张守芳都是客客气气的。张守芳觉得特别有面子，心里有极大的安慰。体检结束后，陈利民叫辆出租车把张守芳送回家，他自己回普外科上班。

一个星期后，体检报告出来了，所有的检查结果都正常。

"我说我身体好得很，不用检查，花了那么多的冤枉钱。"张守芳生平第一次到医院做全面检查。

"现在城里人 50 岁就开始做体检了。姑妈，你是我们家的主心骨，你可不能有任何问题。"舒爱凌说道。

"利民不能有任何问题，我们家和医院都需要他。"张守芳说道。

"姑妈身体好是我们全家的幸福，凭姑妈现在的身体状况，至少能活到90岁。"陈利民说道。

"或许能活到100岁。"舒爱凌说道。

"那就要成妖精了，农村人活到80岁就非常知足了。"

"姑妈你身体好，能活到100岁。"

2002年年底，舒爱凌被评为市先进工作者，陈利民的职称由副主任医师晋升为主任医师。

2003年秋天，舒爱凌全家欢天喜地搬进怡和景苑的新家。新家是位于12幢7楼的3室1厅的房子，小强从此有了一间独立的房间。张守芳最高兴的是有电梯，她的年纪越来越大了，每次上4楼关节都有些疼痛。

张守芳对这个新家可宝贵了，眼睛里不容一丝灰尘，以至于舒爱凌不得不说："姑妈，这个房子是为我们服务的，我们不是伺候房子的。如果每天花太多的时间伺候房子，就失去意义了。"

"凌凌，这么漂亮的房子，一定要保持干净，看上去多舒服啊。"

"小强，把你自己的房间弄干净，不要让奶奶天天给你打扫卫生。"

"妈妈，我的房间挺干净的，奶奶偏要打扫，那我也没有办法。"

怡和景苑有一个小花园，是小区居民休息、聊天的场所。一天下午3点，张守芳从菜场买菜回到小区，路过小花园突然听到有人叫她的名字，张守芳停下了脚步。

"张守芳。"有个人向张守芳挥手。

"哦，王招娣，你家也搬到这里了。"张守芳认出是王招娣。

"只许你们家能住好房子，我们到这里就不行啊？"

"我是说没有想到在这里见到你。"

"钟道成夫妇也住在这个小区。"

"这太好了，我正愁这里一个人也不认识。"

"你家住哪里？"王招娣问张守芳。

"12幢702室。"

"我家在5幢901室。"

"那你家高一点。"

"无所谓，反正坐电梯。"

"医院职工宿舍什么都好，就是没有电梯。年龄大了走楼梯越来越困难了。"张守芳说道。

"谁说不是呢！我们现在都是越来越老了，只能住电梯房。"王招娣说道。

"这里的老人比医院家属区的老人要多。"张守芳说道。

"多多了。你吃过早饭，就到下面来和大家聊聊天解解闷。"王招娣说道。

"好的，以后我把家里的事处理好，就下来和大家一起聊聊天。"

"这就对了，老是一个人待在家里会与社会脱节，还容易得老年痴呆。你看我们这里人很多，总会有几个能讲得来的。还有，你可以在小区里走走路，锻炼身体，走累了就和大伙聊几句，这多好。"王招娣说道。

这天是晴天，和煦的阳光温暖地照着大地，照在人的身上。小花园内大概有二三十个中老年人：有人带孩子，还有人只牵了一条狗，还有人就是老夫妻俩或是老人一人。

"哎呦，这不是张大姐吗？没想到在这里遇到你。"董珍菊曾在医院职工宿舍给一户人家做过保姆。

"好长时间没有见到你了，没有想到在这里遇到你。"张守芳至少有5年的时间没有看到过她。

"是啊，我把他们的女儿带大了，后来就离开了。我现在，在这里给一位在政府工作的人家做保姆。张大姐，你以后准备到哪里？万一小强上大学后，他们家里不需要你了。"董珍菊说道。

"到哪里？"张守芳从来没有考虑过这个问题，一时不知该怎样回答。

"董珍菊，张大姐不住在家里，难道要住在外面？你真是……"王招娣拦住董珍菊的话。

"我只是瞎说说。"董珍菊为自己打圆场。

"张大姐人好，张大姐女儿一家人又不错，这样的人家不多见。"王招娣说道。

"是的，张大姐女儿一家人非常好。"

"没有你们说的那样，就是一个普通人家。"张守芳说道。

"小家伙待一会儿就不行，我推他转一圈再回来。"董珍菊推着童车就离开了，不到10分钟，董珍菊转一圈又回来了，加入聊天行列。

"董珍菊，你遇到熟人了。"一位抱着孩子的大妈走过来。

"我以前在医院做保姆时认识的朋友。"董珍菊说道。

"你们好，我叫钱柳英，在23幢305室的人家做保姆。"

"我认识你，上次我们还聊过天。"王招娣说道。

"对不起，我这段时间记忆力不好。"钱柳英抱歉地说道。

张守芳没有说话，静静地看着。

"这位大妈，是新来的吧？"钱柳英问张守芳。

"是的。"张守芳回答道。

"听说他们家对你也不错，给你不少衣服。"王招娣对钱柳英说道。

"都是些他们不要的衣服。不给我，他们也要扔掉。"钱柳英对主人给的衣物一点不领情。

"他们家能想到你就不错了。"董珍菊说道。

"这些想到我，有什么用，关键是要加工资。"

"郭玉莲，好几天没有看到你了。"王招娣对郭玉莲说道。

"我是每个星期放风一次,只有在星期天,你才能看到我。"

"最近怎样?"张守芳问郭玉莲。

"虽然有人到家里给老先生做按摩、推拿,但一点用也没有,还是瘫痪。人死沉死沉的,每天给他擦洗身子,累得要命。"郭玉莲答道。

"是啊,护理瘫痪的人,的确辛苦。但病人也的确可怜。你就把照顾他当是积德,做好事。"张守芳劝道。

"张大姐,他们家可不这么想。他们家人认为我是他们花钱雇来的,做什么都是应该的。我累死累活,他们根本不关心。他们还威胁过我,如果我不好好做,就请别的阿姨来。"郭玉莲说道。

"他们这样说不对,大家要互相体谅、互相关心。"张守芳说道。

"没有人关心我们保姆,我们是他们花钱买来的奴隶。"

"瞎说,保姆怎么是奴隶?!"张守芳有些气愤。

"我倒希望他们家来看老人的时候,给老人翻一次身、上一次卫生间,就知道我照顾他们父亲是多么的辛苦。"郭玉莲说道。

"这个双方要互相体谅。郭玉莲,你不要和老先生家属计较,做好自己该做的事。"王招娣说道。

"是啊,我是可怜瘫痪的老人,我要是不管,老人可遭罪了。我和你们说出来,心里就舒服了。不过今天上午,他有个女儿说,只要我把他父亲照顾好,明年给我加工资。"郭玉莲说道。

"这还差不多,不涨工资,他们再也找不到人了。"董珍菊说道。

"郭玉莲,你比我好。我每天服侍那个怪老太,都快把我逼疯了。"王小玉说道。

"我见过她一次,像个知识分子,对人挺客气。"王招娣说道。

"你看到的是她的表面现象。"

"此话怎讲?"

"老太太的确是个退休的老知识分子,老先生早早就被她气走了。"

"你这句话可不能随便说。"张守芳提醒王小玉。

"老太太在外面装得彬彬有礼、有教养,在家里对人的要求十分苛刻,你怎么做都不对。"王小玉抱怨道。

"我真是没有看出来。"王招娣说道。

"如果你做错了一件事,她立即会批评、责骂你,有时候讲话很难听。"

"这不好。做得不对,下次注意,改就是了,有什么大不了的。"王招娣说道。

"去年换了两个保姆。老太太有两个女儿和一个儿子,大女儿和儿子在美国,二女儿在国内,子女都挺孝顺,就是老太太自己脾气太古怪。"

"既然子女很孝顺,为什么不和子女一起住。"

"我不是说了,这个老太太太难相处。不仅是和我难相处,老太太和她自己家人也难相处。有一天,老太太女儿说漏嘴,说如果她母亲和她在一起住,她和她丈夫肯定要离婚。好在老太太儿子女儿都有钱,整天问老太太钱够不够。"

"老太太有些作。这么好的条件,要是在农村,得让人羡慕死了。"郭玉莲说道。

"这个老太就是自己跟自己过不去,整天板着脸,就像天下所有的人都欠她一屁股债似的。"王小玉说道。

"王小玉,你有没有做得不好的地方?"张守芳问她。

"我想不出来,我以前在别人家做过,和东家相处都很好。如果不是老太太女儿求我,我早就走人了。"

"如果老太自己不改,整天换保姆,名声传出去,谁还愿意到她家做保姆。"

"是啊,我要不是看她女儿求我的份上,我早就离开了。"

"这个世界就没有十全十美的事。我服侍一个瘫痪的病人,每天累得半死，就想照顾一个身体好、生活能自理的人，哪怕钱少一点也可以。没想到王小玉这家老太太什么条件都好，就是难伺候。干我们这行，只能忍着吧，挣点辛苦钱。"郭玉莲说道。

"不论是病人或是性情古怪的老人，总之老人都是怪可怜的。我们要尽可能把他们照顾好，以后我们都要老，也需要别人的照顾。我们现在帮助老人，就是帮助我们自己。"张守芳说道。

"张守芳，你说话就像退休的大干部似的。"王招娣说道。

"我和大家一样，都是从农村来的。"

钟道成夫妇佝着腰缓慢地向这里走来，身体走下坡路太明显，已变成了一对行动迟缓垂暮的老人了。

"你们好，你们俩今天出来走走。"张守芳主动和他们俩打招呼。

"你好，你是那个、那个医生家的保姆。"钟道成似乎想起了张守芳。

"谢谢你，还记得我。"

"记得，还记得一些。你做的那家人家，每年都是五好家庭。"

"你的记性真不错。"

"你现在在哪家？你在任何人家做，肯定都是受欢迎的。"钟道成说道。

"我还是和女儿在一起。"

"哦，你好像和以前差不多，我腰不行，她腿也不好，出来只能慢慢地走，以后不能动了，还要请你们保姆来帮忙了。"钟道成始终把他和张守芳的界限划分开。

"老钟，回家吧。你看这里都是什么人，有什么好聊的，回家吧。"钟道成老婆说完，咳了几声。

"你最近两天老有咳嗽，今天太阳好，出来走走，对身体有好处。"

"我有点累了，回家吧。"钟道成老婆说道。

"不要哭了，再哭，老子打死你。"唐小霞对一个两岁左右的女孩凶狠地说道。

"小霞，怎么了？"董珍菊问道。

"在家里，我看会儿电视就吵个不行，把她带下来，又闹，非要抱。我想和大伙儿聊个天都不行。"唐小霞说道。

"估计这孩子喜欢抱。"

"整天抱，谁吃得消。你推着小车到处走走多好呀。你比我有福气。"

"你要和孩子建立感情，就好带了。"董珍菊给唐小霞传授经验。

"不知为什么，我不太喜欢这个小孩。"

"那不好，我们做保姆的，一定要喜欢孩子。你喜欢孩子，带孩子就不太累。"张守芳教育唐小霞。

"我不行，觉得小孩很烦。"唐小霞说道。

董珍菊对唐小霞说道："小亮特别喜欢听大人讲话。我抱着他和大伙儿聊天，小家伙一动不动，睁大眼睛听大人讲话。如果把他放在童车上，就要推着童车到处走走，而且在走的时候要和他讲话，说这说那。"

"小红不行，一直要抱。"唐小霞说道。

"我把小亮也放在童车上，我们在小区走走，一边走一边聊天。"董珍菊建议道。

"可以。这样小家伙就不吵了。"唐小霞说道。

"董阿姨，你带小亮出来走走了。"这时小亮的母亲手提一个装满蔬菜的塑料袋回来了。

"你今天怎么回来这么早？"董珍菊问道。

"我今天开会，会场离我们这里很近。会议结束，我就顺便买些菜带回来。"小亮妈妈看着小红说道，"这位小姑娘长得好可爱。"

唐小霞笑笑说道："我们家的小姑娘从早到晚都要到外面溜达，正好我和董珍菊带着小孩，一边走一边聊聊天。"

"是的，孩子需要在户外活动，还有大人也不能整天关在家里，也需要出来走走和人讲讲话。小亮，我们回家了。"说完，小亮妈妈就把小亮从儿童车中抱起来。

"唐小霞，我回去了，明天再见。"

董珍菊回家后，唐小霞抱着小红又来到花园的聊天大军之中。

"你不知道我把他弄到轮椅上坐好有多费力。"郭玉莲说道。

"你是身体累，我是心累。"王小玉说道。

"你说过那个怪老太，今天她为什么把你放出来了？"

"她才没有那样的好心。她在家里打电话，因为老太太的耳朵不太好，说话的声音比较大，她怕我听到她讲话的内容就把我支开。"

"难怪呢，你估计她什么时候电话结束？"

"到做晚饭的时候再回去，是她把我赶出来的。如果她嫌弃我在外面的时间长了，我就走人。这个老太太太难伺候。"王小玉说道。

"还是唐小霞好，带个小孩。"郭玉莲说道。

"不好，小家伙整天吵着要抱、要出门。现在每天上午播放《神雕侠侣》，我特别喜欢，我看电视的时候，小家伙就吵闹，我恨不得把她掐死。"唐小霞说道。

"唐小霞，你怎么会有这种想法？！"张守芳严肃地说道。

"我怎么会把她掐死？只是气话而已。不过有一天我火得不行了，在小家伙的手臂上掐了两下。本想让她安静一点，谁知小家伙哭闹得更厉害了，当时我有点怕，我赶快抱着小家伙出来转悠，还好没有被她父母发现，把我吓死了。"

"小孩子不懂事，但大人无论如何不能掐孩子，这对孩子的成长非常不好。做保姆要喜欢孩子，爱孩子。否则，就做不好保姆。"张守芳再次教育唐小霞。

"我说你啊，都50岁的人了，非要看电视吗？以后多带孩子出来，孩子高兴，你也正好和我们聊聊天。"虽然郭玉莲对照顾老人颇有怨言，但对保姆打孩子的事坚决不同意。

"我们做保姆，首先要把老人或孩子照料好，这是雇主请我们的目的，也是我们的本职工作。保姆工作不是随便就可以做好的，要成为一个好保姆，必须要用心、用情，要全身心投入，时刻把照顾老人或孩子放在心上，才能做好保姆工作。"张守芳说道。

第10章

保姆情

2004年7月底,小强拿到了中国公安大学录取通知书。小强要去异地上大学,全家人既高兴,又不舍,最不舍的是张守芳。小强拿到大学录取通知书后,张守芳失魂落魄地过了几天。

舒爱凌看出姑妈情绪上的变化,舒爱凌理解姑妈、同情姑妈,但孩子总要长大独立生活。舒爱凌这些天一直在安慰张守芳。

"自从小强出生后,我们全家都围绕着小强。从上幼儿园、小学、中学。小强长大了,我和利民都人到中年,姑妈也老了不少。"舒爱凌有些伤感地说道。

"小强长这么大,姑妈立了头功。"陈利民说道。

"对,奶奶功劳最大。"小强说道。

"正因为奶奶功劳最大,奶奶才舍不得你离开。"舒爱凌对小强说道。

"奶奶,大学一毕业我就回来,另外每年的寒暑假,我都要回家的。"

"你在外面要好好地照顾自己。"张守芳眼睛噙满了眼泪,说话也有些哽咽了。

"奶奶，你放心。我爸爸一个人在美国都能过得好，我在中国更能过得好。"

"这是你奶奶最想听到的话。"舒爱凌说道。

"到学校后，要经常给家里打电话。"张守芳说道。

"我和利民商量，8月12号我们全家去北京游玩。"

"好哇！"小强高兴地说道，"奶奶去吗？"

"我们全家去，奶奶当然和我们一起去。"舒爱凌说道。

"你们3个人去就行了。"张守芳说道。

"姑妈，你一定要去，你不去小强会伤心的。"舒爱凌说道。

"对，奶奶一定要去。"

高考后，大部分学生家长都会带孩子外出旅游，放松一下，当成十年寒窗的一种犒劳，舒爱凌和陈利民自然也不例外。张守芳从小生长在农村，江滨市是她唯一到过的城市。舒爱凌还特意选乘飞机去北京，张守芳这辈子还没坐过飞机。

"坐飞机你怕吗？"在小区花园里，王招娣问张守芳。

"我孙子坐在我旁边和我说话，我忘记怕了。"

"飞机飞那么高，我可不敢坐飞机。"王招娣说道。

"我在飞机上还搞出一个笑话。"张守芳说道。

"什么笑话？"王招娣立即问道。

"飞机飞了一个小时后，飞机上的服务员给每个人送来中饭，我想飞机上的东西多贵啊，我就对服务员说不要。"

"是啊，飞机上东西肯定贵。"钱柳英说道。

"我孙子说不要钱的，飞机上的人每人一份。我第一次坐飞机，哪知道在飞机上吃饭不要钱。"

"飞机上的饭好吃吗？"钱柳英问道。

"好吃。"

"我估计我这辈子是没有坐飞机的命。"董珍菊说道。

"我下飞机的时候突然耳朵痛,而且有些背,把我吓得要死。我在心里说老天你一定要救救我,我从来没做过坏事。这次是我女儿一家人非要我坐飞机的。"

"张大妈,你这么大人,怎么还迷信。"王招娣说道。

"我女儿说没关系,过一会儿就会自己好的。果然,半小时后,耳朵就好了。"

"那我还是不坐飞机为好,我不想受这个罪。"董珍菊说道。

"董珍菊,你不要吃不到葡萄说葡萄酸。"钱柳英说道。

"谁说葡萄酸了,就是你最酸。"董珍菊立即把钱柳英的话撑回去。

"喂喂,不要吵,听张大妈讲北京的事。张大妈,你到北京去了哪些地方?"王招娣说道。

"第二天早晨,我们就在宾馆餐厅吃的早饭,那个早饭品种比我们平时请客吃饭吃的种类还要多,可以随便吃没有人管你,但不准带走。"

"既然可以随便吃,为什么不能带走?"董珍菊问道。

"住在宾馆里的人,可以随便吃,只要你能吃下去,想吃多少就吃多少。上个月,东家带我去绿洲饭店吃饭,吃的就是自助餐。"钱柳英又一次讲她吃过的自助餐。

"从宾馆走几分钟的路,就到了地铁站,坐地铁到达天安门。"

"你去了天安门?"唐小霞羡慕地说道。

"天安门真的和我们每天在电视里看到的一样。"张守芳说道。

"张大妈,你说反了。电视里播放的天安门和北京真的天安门一样。"王招娣说道。

"都一样,反正我说的就是这个意思。我们还上了天安门的城楼,当年毛主席曾经站在这个城楼上。"张守芳骄傲地说道。

"以前我家有一幅画,就是毛主席站在天安门城楼上。"王招娣说道。

"天安门的后面是故宫。"

唐小霞问道:"故宫是什么地方?"

"故宫就是皇帝生活办公的地方。"

"你都去了皇帝住的地方?!"钱柳英羡慕不已。

"故宫里面非常大,很大的一个院子一棵树也没有,全是砖头和石板地,青石板上雕刻着很多龙凤图案。首先看到的大殿叫作金銮殿,就是皇帝每天早朝的地方,电视里的皇帝办公的地方和这里一模一样……"张守芳绘声绘色地讲她的北京之行。保姆们羡慕地听张守芳讲北京的故事,和张守芳一起分享在北京游玩的快乐。

小强上大学后,每个星期都会给家里来一次电话,告诉家人他在学校的情况。张守芳在电话中总是问小强吃得好吗,生活苦不苦。小强最了不起的地方就是能忍受奶奶一遍又一遍的唠叨。

一次小强通过电子邮件给家里寄了几张身穿警服的照片,舒爱凌就让张守芳在电脑上看小强的照片。

"这孩子又长大了。"张守芳一边看一边用手触摸电脑的屏幕,就像亲手触摸小强一样,充满了深情。

"姑妈,你要是喜欢这张照片,我到照相馆把这张照片印出来。"

"电脑上的照片能印出来?"张守芳问道。

"当然可以。"

"如果能印出来,那就太好了。"

两天后,舒爱凌利用中午时间到照相馆印了两张7寸照片,并分别配上了一个相框。

张守芳用一块干净的毛巾把相框擦得干干净净,放在她自己的房间。

小强上大学后，家中的家务事自然就少了些，张守芳就有更多的时间跟保姆、老人在一起聊聊天。张守芳人好，有智慧，自然就赢得了人们的尊重，大伙都亲切地称呼她为张大妈，什么掏心窝的话都跟张守芳说。

"小男孩天生调皮，你不对他凶一点就会闯祸。"钱柳英跟张守芳说道。

"小男孩比小女孩要调皮得多，要盯紧，一刻也不能放松。对孩子不能凶，要讲道理。"张守芳说道。

"我在家里都不敢大声对孩子讲话。东家说我讲话声音大，把孩子吓到了。"钱柳英说道。

"现在家家户户都是一个宝贝，可以理解。"张守芳说道。

"一个月前，我带小军玩的时候，小家伙跑得太快我没有跟上，结果摔了一跤，皮都没有破，只是有点淤血。他妈妈回家左检查右检查，还带到医院看医生。"

"医生说有问题吗？"

"当然没有，要是有问题，我今天就不在这里了。我跟他们说，小孩从小长到大，磕磕碰碰是难免的，只要没什么大问题就可以了。可是东家小题大做，认真严肃地和我讲什么保姆的职责，带小孩必须要有的爱心和责任心，还威胁我有什么法律问题。我心想，你们如果不给工资，那才真有法律问题。"钱柳英说道。

"其实小孩偶尔摔一跤对小孩成长有好处，小孩子就会注意，接受教训，下次不要犯这样的错误。城里的人对孩子太惯，个个都当成宝贝。"董珍菊说道。

"两个星期后，他们夫妻俩带孩子出去玩，孩子摔了一跤把胳膊的皮真的摔破了，还流了不少血，到医院给缝了几针。回到家后，夫妻俩还吵架，互相指责对方没有看好。我带小军两年多了，一次医院也没有去过，他们夫妻俩只是带了一天，就把小军胳膊的皮摔破了。活该，这是报应。"

"钱柳英,报应不能说。"张守芳提醒钱柳英。

"我带小孩两年只是摔一跤,他们家就大动干戈,和我上纲上线,怎么他们俩带一天,就带到医院了,这不是报应,这是什么?"钱柳英不服气。

"是不是报应我不知道,但我们做保姆的对孩子一定要好,要有强烈的责任心。"张守芳说道。

"他们夫妻俩在家中经常吵架,但对我他们是一致的。"钱柳英说道。

"怎么一致?"张守芳问道。

"比如大前天晚上,吃饭的时候,女的故意对男的说,现在有的保姆为了自己看电视,打孩子,还说他们以后回家也要检查小军的胳膊、腿有没有被人拧过,我知道他们这话就是讲给我听的,我装作没听到,不搭理他们。"

"我的东家防我,就像防贼似的。"唐小霞说道。

"听我女儿说个别保姆虐待孩子和老人,特别是虐待失能痴呆的老人。我听了那些虐待老人的事十分生气,这种保姆简直是禽兽不如。"张守芳说道。

"怎么禽兽不如?"董珍菊问道。

"瘫痪或痴呆老人都需要人来照顾。保姆经常告诉老人该怎样做,老人好像是听懂了,其实一点也没有听懂。保姆火了就打老人,老人又无法告诉家人。一天,有个女儿来看望老人,见老人胳膊上有淤血斑就怀疑是保姆打的,就悄悄地在家里装个摄像头。有一天看到保姆先用手打老人的脸,后来就索性用鞋底抽老人的脸,老人被打得哇哇哭。"

"这个保姆太可恶。"郭玉莲气愤地说道。

"这个保姆应该去坐牢。"钱柳英也气愤地说道。

"她简直就是毫无人性,她这种人不适合做保姆。"董珍菊说出自己的观点。

"怎么能打得下手？"唐小霞说道。

……

虽然她们都身为保姆，但她们对保姆虐待老人的不齿行为是一致的谴责。

"郭玉莲，你照顾的是半身不遂的老人，但老人脑子还清楚的，是吗？"王招娣问道。

"就是脑子清楚才讨厌，稍微有点不满意，他就会向他家人告状。"

"郭玉莲，你在他家要小心一点，小心人家在室内装个摄像头。"唐小霞开玩笑地说道。

"这点我想他们不会。虽然老先生瘫痪，但脑子很清楚，什么话都能说。"

"不管他大脑是否清楚，都不能虐待老人，今天的老人就是明天的我们。"张守芳说道。

"是啊，人都要老，都要老，没有意思啊。"钟道成感伤地说道。

"老钟，你发什么感慨？回家，回家。"钟道成老婆不喜欢他和小区的大妈在一起聊天。

"钟大妈，你以后要经常来花园走走，和大家聊聊天。你们俩有文化，大家都喜欢和你们俩聊天。"王招娣故意对钟道成老婆说道。

"今天不行，改天吧。我女儿马上要到我这里来。"

"钟大妈，你跟我们说过晒晒太阳、呼吸新鲜空气、适量走路对老年人的身体健康有帮助，我们都记住了。"张守芳说道。

"明天我一定在小区里走走。"

"张大妈，不要老邀请他们两个人，他们俩不就是城里人，有什么了不起。我看钟大妈的身体还不如我，她抱个孩子都抱不动。"

"其实人老了，最关键的是能不能带孩子做家务。如果能，这说明你有价值。还有最重要的一点就是身体要好。"

2005年1月中旬，小强放寒假回家，可把张守芳乐坏了。每天上午第一件事，就是去菜场买菜。

"张大妈，你这么早就买菜回来了。"

"吃过早饭，在家里没事，我就把菜买了。"

"张大妈，你这两天怎么没有到花园去？"

"我孙子大前天从学校放假回来了，又逢女儿和女婿单位年终都比较忙，家里的事多了一点。"

"那你在家里多陪陪你的宝贝孙子。"大伙儿都知道张守芳喜欢孙子。

"奶奶，中午只有我们两个吃饭，把昨天的剩菜加热一下就可以了。"小强心疼奶奶为了他而特地做一顿饭。

"为你做饭，我心里高兴。"

"奶奶，等我毕业回家，我们还是住在一起。如果我被分配到外地，我就把你接过去和我一起住。"

"孩子，我以后会越来越老，不能麻烦你。"

"奶奶，你身体好，我以后有孩子还需要你带。"

"能给你带孩子，那可是我最大的心愿，就怕到时候我老了带不动了。"

"奶奶身体好，肯定能带好孩子。如果奶奶实在带不动，我们可以请个保姆照顾奶奶，你只要讲讲故事就可以了。"

"讲故事没有问题，奶奶的脑子里全是故事，都是从老祖宗那里传下来的老故事。"

"在学校，同学们都惊讶我知道这么多的民间故事。我说都是我奶奶讲给我听的。奶奶，你知道他们还问我什么吗？"

"什么？"

"问我你是不是大学教授,怎么知道这么多?"

"你的同学真会说笑话。你告诉他们,你奶奶就是一个从小在农村长大的,只认识几个字的农村妇女。"

"我说了,他们都不相信,他们都说你超有智慧。"

"你们都是大学生,那才有智慧呢!"

"在学校里学到的东西叫作知识,知识和智慧是不一样的。一些很有知识的人,也会做一些傻事,因为他们缺乏智慧。"小强说得很有哲理。

"这个知识和智慧我搞不清楚。反正,我每天的希望,就是你还有你爸妈平安。你们平安就是我最大的心愿。"

"奶奶你放心,我们一家都好得很,非常平安,老天会保佑我们。"

"这次放假你有什么安排吗?"

"寒假时间短,就在家里待着。嗯,有可能有几个高中同学要聚聚,说到老师家看看。"

"是要去老师家看看。赵老师还有刘老师都挺喜欢你的。那个赵老师还到我们家来过,一看就是个心地善良的好人。你这次放假是要到他们家去看看。"

1月底的星期天,天气晴好,舒爱凌建议全家出去走走,并在外面吃中饭。

"好的,今天天气很好。"陈利民附和道。

江滨市的市区有两个公园,一个是秀山公园,另一个是新世纪公园。秀山公园是个老公园,传说李白曾经来过秀山公园。站在秀山山顶,可以看到整个江滨市,是江滨市的最高点。

秀山不高,但群山绵延起伏,望不到头。山上生长着四季长青的松树和樟树,还有其他一些杂树,如杨树、槐树、杉木等,都是成片成片生长的。冬季的茅草倒伏在地表面,山上的小路被枯黄的树叶或倒伏的野草覆盖。

舒爱凌一家四口沿着狭窄弯曲的山间小路，一边说一边走，三刻钟后来到秀山山顶的望江亭。张守芳喘着气说道："小时候在农村，这么个小山每天要走好几个来回，一点感觉也没有，今天居然喘大气了。"

"我也是。主要是长时间缺乏体力活动。小强就像走平路一样就上来了。"舒爱凌说道。

"妈妈，你以后要参加锻炼，早晨起来要跑步。"

"是的，我和你爸爸都缺乏锻炼，都要参加锻炼。"

"利民平时手术很累，回家要好好地休息。"张守芳说道。

"我上班都是站着不动或坐在那里，是需要增加体育活动。"陈利民说道。

"姑妈，那边是利民的医院，其中最高的楼是利民上班的地方，外科大楼。"舒爱凌指着外科大楼说道。

"嗯，看到了。小强的中学在哪里？"

"小强的中学在另一个方向，我来找找，找到了。"舒爱凌右手指着东南方，"姑妈，那边就是小强的中学，中间有块空地，是学校的操场。"

"我看到了一块空的地方是操场，还有我们家在哪里？"张守芳又问道。

"我们家在那一片。"

张守芳顺着舒爱凌手指的方向看去，那边有好多的房子，在张守芳的眼里几乎连成一片。

见张守芳没有说话，舒爱凌猜测张守芳没有看到。"姑妈，就在那里，那边有很多的高楼。"

张守芳努力向前方看去，可是太远了，怎么也看不清。"凌凌，我眼睛不行了，远处看不清了。"

"奶奶，我们家就在那边，那边有好几个小区。我们住的怡和景苑在第三个。"小强说道。

"小强，奶奶的眼睛只能看近的物体，太远了所有东西就连成一片了。"

"不要说奶奶的眼睛了，我看着都有些吃力。不过今天走上来全身发热，感觉很舒服。"陈利民说道。

"所以爸爸下班回到家，不要老坐着，要在小区里来回走走。"小强建议道。

"是的，是需要参加体育锻炼，锻炼可以防止'三高'。"陈利民说道。

"我也要注意，我现在开始发胖了。"舒爱凌说道。

"胖点正常，50岁的人代谢慢了，就胖了。"陈利民解释道。

这时，又有一家人来到山顶，也是4个人，结构和舒爱凌家一样。对方老人的身体显然不如张守芳，走一步，歇两步，上气不接下气说道："唉，不行了，唉，不行了。"

"妈，你歇一会儿就好了。"儿子安慰老人。

"下次不来了，我太老了，走不动了。"

"妈妈，你身体很好。是你整天待在家里，缺乏活动。"

"以后走走平路还可以，但绝不爬山，太要人命了。"

"你们好。"舒爱凌客气地和他们打招呼。

"你们好。"对方客气地回答道。

"你们常来这里吗？"舒爱凌问道。

"常来？不常来，今天天气好，就出来看看。"

"我们来了一会儿了，我们走了。"

"再见。"

春节期间，天阴寒冷。小区花园的人很少，家家户户都待在屋内看电视或走亲访友。花园人少还有一个重要的原因就是有些保姆回家了。这些保姆一年四季都住在雇主家里，就指望在春节期间和家里人团聚一下。

郭玉莲照顾瘫痪老先生有3年了，不敢说服务质量有多好，但3年来没有出什么事，没有给老先生的儿女添加麻烦。今年，郭玉莲坚决要求回家过年，因为她已经连续3年没有回家了。老先生儿子不同意，甚至强调说，如果郭玉莲过年回家，以后就不要再来了。老先生女儿提出在春节期间每天给她增加200元，希望郭玉莲在春节期间不要离开。

郭玉莲坚定地说无论如何今年春节她都要回家。如果因为她这次回家他们不用她，她就不来了。

看到郭玉莲坚决的态度，老先生儿子和女儿商量后，认为郭玉莲在春节期间回家和家人团聚，是人之常情，就同意郭玉莲回家，并说好回来的时间。老先生儿女还给郭玉莲买了来回的火车票，郭玉莲表示十分感谢，说家里的事处理好后尽快回来。

郭玉莲回老家过年，老先生的儿子和女儿只得自己照顾老人，把他们俩累得够呛，天天盼着郭玉莲早日回来。伺候瘫痪老人的日子对他们来说简直就是度日如年。

过完年后，花园里的人慢慢地多起来，其中一些是新面孔，有些人家换保姆了。

"张大妈，你孙子回学校了，你以后要多到花园转转。"

"我孙子放假在家的时候，我也没有少来啊！"张守芳说道。

"听说钟大妈过年前因为脑中风住院了，她女儿提出要给她找个保姆，她不答应。"王招娣说道。

"为什么呀？有个人照顾多好啊！他们夫妻俩都有退休工资，而且女儿又孝顺。"张守芳说道。

"听说是钟大妈不喜欢别的女人住到他们家，钟大妈要钟大伯照顾。"

"钟大伯快80岁了吧！"董珍菊说道。

"照顾中风病人，可不是一天两天的事。现在钟大伯看上去身体很好，照顾人时间长了，不知能否吃得消。"王招娣说道。

"我看是钟大妈这个人太疙瘩，待到老头病倒照顾不动，就不得不请保姆了。"钱柳英说道。

"就是请保姆，我看保姆在她家也干不了几天。"董珍菊说道。

"肯定是这样的。"钱柳英说道。

"施小妹，你今天怎么来晚了一点？"王招娣对施小妹说道。施小妹是春节后新来的保姆。

"今天我把衣服洗了。在我洗衣服的时候，这个家伙就叫个不停。"施小妹用手指着她牵的小狗。

"你突然改变时间，狗以为你不带它出来，所以它跟着你后面叫。"王招娣说道。

"我一带它出来，它就活蹦乱跳了，高兴得要命。"

"狗就是喜欢东走走西串串，在我以前干活的那户人家，我每天上午1次、下午1次，带狗出来转转。"钱柳英说道。

"我就不想到处走，躺在沙发上看电视多美啊！"施小妹说道。

"施小妹，"同是今年来的保姆高珍珠凑近施小妹耳朵小声说道，"这家给你的工资是多少？"

"这家人家也不咋样，也是挺小气的。昨天还装模作样地送给我一套衣服，我一看就是他们穿过不想穿的旧衣服，我差点没有把衣服扔到一边。"

"我也差不多。你别看这个小区挺高档的，住在这里的人都是小气巴拉的。不过他们给我的工资比去年那家多200块。"高珍珠说道。

"多200块也是多啊。"施小妹说道。

"我照顾的老太太生活能自理。老太太挺安静的，喜欢看书，整天就是看书，书有什么好看的。"高珍珠说道。

"怪不得，我没怎么看到你陪老人出来过。"

"老太太住的房间有个阳台，老太太看书累了，就坐在阳台晒晒太阳，或站在阳台向远处看看。"

"照顾老人，就要照顾像你这家的老人，千万不要照看一个瘫痪的老人，一个人弄不动。"施小妹说道。

"照顾瘫痪的老人，钱肯定会多一些吧。"高珍珠说道。

"那是必须的。否则谁愿意干啊。"施小妹说道。

"我要是能照顾你家老太太那种人就好了。你家老太太古怪吗？"唐小霞问道。

"古怪？不古怪，就是喜欢看书。"高珍珠说道。

"这个老太太一定是个知识分子。"

"退休之前是个大学老师，在报纸和杂志上发表过文章。噢，我刚去他们家做的时候，老太太还建议我看书，说家里的任何书我都可以看。"

"你看了吗？"施小妹问道。

"没有。我对老太太说，我们农村人从小到大就没有看书的习惯，小时候能吃饱饭就不错了。"高珍珠说道。

"老太太怎么说？"施小妹又说道。

"老太太见我这么说，就没有再提看书的事了。我们从农村出来做保姆，就是为了挣几个钱，看书有什么用？"

"刘菊花，你来我家做保姆有两个月了。每家都有每家的事，家里的事是每个家庭的隐私，隐私是受法律保护的。你可千万不要把我们家里的事往外面说。"在怡和景苑 7 幢 502 室，女主人严肃地对保姆说道。

"我每天只知道做饭、打扫卫生，不知道你们家什么事。"刘菊花不客气地把女主人的话撑回去。

"不知道最好。"女主人嘴上虽这么说，但她心里十分清楚刘菊花是个爱管闲事、爱打听主人家事的人。一天她和她丈夫吵架，她看到刘菊花停下手中的活儿，全神贯注地听他们夫妻俩吵架，就对刘菊花说道："如果你把我家里的事往小区里面说，你就不能在我家做了。"

"东家，你请放心，哪些话能说，哪些话不能说，我都知道。不过东家，我想说一句话，你们夫妻俩讲话时声音最好小一点。声音太大，小婕就不高兴，对小婕影响不好。"刘菊花不是个善茬儿。

"这个你不用操心，你只要把家务事做好就行了。"

刘菊花心想，这家伙把她的好心当成驴肝肺了，就心想给她弄点不愉快。

"有一天，你丈夫回家挺早的，就在房间里打电话，打的时间挺长的。"

"嗯，你帮我留心点。"

"这段时间，虽然表面上你老公按时下班回家，但吃饭的时候可以明显地看到他心不在焉，有心思。"

"你都看出来了？"女主人惊讶道。

"这么明显，怎么看不出来？以前他一回家就来抱女儿，和女儿可亲热了。现在回家一点热情也没有，给人感觉是没有办法才回家的。"

"是这样。你还是专心做家务，把小婕带好。"

"知道了。"

细心的刘菊花注意到，虽然两个人没有像以前一样大声吵闹，但夫妻之间该有的亲热一点也没有了。而且，女东家突然穿着打扮起来，越发漂亮了。

"要等女东家回来一起吃饭吗？"刘菊花问男主人。

"不等了，我们先吃。"

"我知道了。"刘菊花把晚饭端上桌，伺候父女俩人吃晚饭。吃完饭后，女儿小婕说道："爸爸，老师说你要听我背课文，然后还要给我打分。"

"等你妈妈回来，让你妈妈听你背课文。"男主人说道。

"爸爸，你好长时间没有听我背课文、没有检查我的作业了。"小婕咕噜着小嘴说道。

"哦，是吗？"

"是的，你看我的作业本，你一次签名也没有。"

"对不起，我这段时间太忙，我现在就签名。"

在小区花园里，新时代的保姆们都打上了时代的烙印，大家在一起聊的最多的就是东家每个月给多少钱，节假日有没有加班工资，还有就是悄悄地对闺密说主人的秘密。虽然都是悄悄地说的，但没过几分钟，整个小区的保姆都知道了。

"我可能在这家做不长了。"刘菊花对施小妹说道。

"为什么？"施小妹问道。

"他们夫妻俩可能要离婚，以后就不需要保姆了。"

"刘菊花，你想想，现在他们两个人都照顾不了孩子，离婚后一个人就更照看不了孩子。"

"这倒也是。"

"他们为什么要离婚？"施小妹问道。

"女的要离婚。"

"男的出轨了？"

"好像他们两个人都有问题。女的肯定是出轨了，男的有没有出轨我就不知道了。"

"这个家乱七八糟的。"

"好像是女的和领导好了，领导也正在和老婆离婚。这个女的很坚决，家里一分钱不要也要离婚。"

"这个女的铁了心，要和男的离婚。"

"不过,这个男的没有什么损失,房子、钱全归他。"刘菊花说道。

"这不完全是钱的问题。男的被人抛弃,老婆跟别人跑了,自尊心受到很大的伤害。我倒挺可怜那个男的。"施小妹说道。

"那个男的是不是和你差不多大?"高珍珠对刘菊花说道。

"好像比我大一两岁。"刘菊花说道。

"正好啊,离婚后他一个人在家,家里只有你们两个人,孤男寡女在一起,不知道会发生什么事?"高珍珠说完发出怪异的笑声。

"刘菊花,你对男的要温柔一些、多关心一些。现在是他最痛苦孤独的时候,或许他一感动,就和你结婚了。"施小妹逗刘菊花开心。

"你们完全是胡扯蛋了,他一个城里人怎么会看上我一个从乡下来的保姆,即使看上我,我也不答应,我家里有老公和儿子。"刘菊花说道。

"你也可以和老公离婚。"王小玉说道。

"那绝对不行,我要是提出和老公离婚,不但我被人骂,我家祖宗八代都会被人骂,这种事不能做。"刘菊花坚决地说道。

"我们家的情况和你们家相反,是男的出轨,据说这是第二次出轨。第一次出轨被女主人发现后,男的发誓和那个女的断绝来往,一心爱老婆爱这个家,可没过1年,又在外面搞上了一个。"唐小霞说道。

"这下这个男的完蛋了,女主人肯定不会原谅他了。"施小妹说道。

"我从门缝里看到男的跪在地上,抱着女主人的腿,哭得稀里哗啦。"

"说什么?"施小妹问道。

"说什么?反正求女主人原谅吧,看上去倒有点可怜兮兮的。"唐小霞说道。

"活该,当初在外面鬼混时怎么想不到对不起老婆和对不起家庭,我要是他老婆绝不原谅。"施小妹说道。

"男人就是这个德行。就像农村人常说的狗改不了吃屎的本性一样。你这次原谅他,过段时间他又要犯。"

"我们只能说说,绝不能参与他们家庭的内部矛盾。俗话说清官难断家务事。"张守芳好心地给她们提醒。

"张大妈说得对。张大妈在我们就有了主心骨,知道该怎么做。我想这家男的虽然在外面和别的女人搭上了,但他对这个家还是很依恋的,不是那种铁了心要和老婆离婚的人。我倒是希望唐小霞这家女主人能原谅男的。"钱招娣说道。

"我不同意,为什么男的出轨就能原谅,女的出轨就应该被人骂,这对女的太不公平了。"钱柳英说道。

"不管是男的出轨或是女的出轨都是不对的,都应该受到谴责。我们要记住,尽管这家夫妻俩天天吵架,哪怕是闹离婚,在离婚之前,他们还是一家人,我们保姆就是外人。如果我们参与了他们吵闹离婚的事,很有可能他们夫妻俩把矛盾转嫁到我们的身上,他们夫妻和好了,我们就成了牺牲品。"张守芳严肃地教育她们。

"还是张大妈会看问题,有水平。"

"这些城里人表面装得像个正人君子,其实骨子里和我们都一样,都想发财,都想找个年轻漂亮的。"唐小霞说道。

"是的,都是男盗女娼。"施小妹说道。

"你不要瞎说,男盗女娼这个词不好,不能乱用。夫妻吵架在农村也有,离婚在农村也不少,这种情况在哪里都有,不足为奇。我们是保姆,保姆就是做家务的。"张守芳纠正施小妹的说法。

"我以后要是有钱了,我一定请10个城里人给我做保姆。"刘菊花狠狠地说道。

"刘菊花就会异想天开。"高珍珠对刘菊花的话不屑一顾。

"这可说不准,说不准哪天老天看我可怜,让我发个大财。"刘菊花说道。

"你们年轻,有梦想是好事,但还是要把自己眼前的工作做好,挣钱养家糊口。"张守芳说道。

"我们做保姆就是个苦命，一辈子伺候别人的苦命。"王小玉说道。

"做保姆和做领导的人都一样，都是为人民服务，只是革命的分工不同。"钟道成推着老婆走过来。

"钟大伯，一听你的话就知道你是个好人，来安慰我们。虽然都是为人民服务，我们和坐办公室的人换个位置，他们愿意吗？"董珍菊说道。

"董大姐，这就是人的命，你我就是个做保姆的命，这命从我们出生在农村的那天起，就注定了。"郭玉莲说道。

一天下午4时许，钱柳英突然肚子出现疼痛，疼痛不严重，钱柳英心想睡一觉就好了。第二天早晨仍有疼痛，起床后，勉强把全家人的早饭准备好。雇主夫妇俩吃完早饭上班后，钱柳英来到小花园。

"我刚才看你走过来时弯着腰。"张守芳对钱柳英说道。

"弯着腰，人舒服一些。"

"钱柳英，你今天肯定比昨天加重了，你昨天回家没有跟雇主说？"张守芳问道。

"我没有告诉他们，我心想睡了一觉就能好。"

"钱柳英，你的脸色今天有些不对，我摸摸你的头。"张守芳把手放在钱柳英的额头上，稍停顿了一会儿说，"好像发热了。董珍菊你也摸摸她的头，看看是否有发热。"

董珍菊把手放在钱柳英的头上说道："肯定发热了。"

听到张守芳和董珍菊说有发热，钱柳英脸色马上变白了，哭起来："我一个人在外做保姆，如果需要看病住院怎么办啊？"

"钱柳英，你怎么像个孩子。我们这里有30多个保姆，大家都是姐妹，都可以帮助你。你不要急，我女婿在医院做医生。"

"张大妈，谢谢你了。"

"钱柳英你不要急，我们总会有办法的。"张守芳安慰钱柳英。

陈利民接到张守芳的电话，立即赶到小区，在询问钱柳英的情况后，陈利民对钱柳英说道："你是急性阑尾炎，需要住院手术治疗，治疗越早越省钱。"

"哇"的一声，钱柳英大声哭起来，"我的命为什么这么苦啊？"26年前，她的父亲就是因为没有钱住院，病死在家里。

"你不要紧张。住院费用，我能帮你省点就省点。阑尾手术虽然是个简单的小手术，但如果不治疗，阑尾就会发展成为腹膜炎，就会有生命危险。"

"钱柳英，我女婿刚才说了，阑尾手术是个简单小手术。听我女婿安排就行了，其他的事你不要想。"

"钱柳英，你不要害怕，张大妈女婿亲自给你看病，还有我们30多个姐妹，都是你坚强的后盾。"王招娣安慰钱柳英。

陈利民给钱柳英做担保，办了住院手续，钱柳英的东家也赶到了医院，问陈利民："不手术行不行？"

"不行，必须要手术，否则要出人命。"陈利民简洁地回答道。

"陈医生，她只是在我家做保姆，医院能否免费给她做手术？"

"我也希望免费给穷人看病。我能做到的就是尽量省。"

"谢谢陈医生，我们就是这个意思。"

舒爱凌和张守芳在钱柳英手术之前赶到医院。舒爱凌对陈利民说："利民，麻烦你这个大主任亲自做这个小手术，记住只准成功不许失败。"舒爱凌给陈利民下达死命令，又补充道，"保姆生病的确可怜，能帮助就应该帮助，不过像这样给人做担保的事，要和我商量一下。"

"知道了，是应该和你商量。"

"好了，你抓紧时间去手术吧，好好做。"

陈利民一从手术室出来，舒爱凌、张守芳还有钱柳英的女主人就问道:"手术做得怎么样?"

"手术很成功。"

"你们都回去吧,今晚我来陪。"张守芳呼吁大伙都回去,今天由她来陪钱柳英。

"姑妈,你年龄不小了,还是让年轻人来陪吧。"

"我的身体很好,陪一个晚上,没有关系。明天上午回家睡一觉就缓过来了。"张守芳坚持自己留下来陪钱柳英。

"各位姐妹们,昨天钱柳英因为急性阑尾炎住院手术,钱柳英和我们姐妹都一样,一个人在外地给人家做保姆,生了病是很可怜的。幸亏我们张大妈是个热心肠的好人,她让在医院工作的女婿给钱柳英做的手术。昨晚张大妈还在医院陪了一夜。"王招娣把保姆们召集在一起,说道,"大家都知道住院要用不少钱,现在是钱柳英一方有难,需要八方支援。我和几个姐妹商量,每人捐50元给钱柳英,帮她渡过这个难关。"

"50元不多,捐就捐吧。"

"好的,我捐50。"

"捐50,够吗?"

"我们每个人捐50,肯定不够,但我还会想其他办法,让小区的业主帮我们捐一些钱。"

"如果小区业主能捐一些钱,我们完全就可以不用捐了。"施小妹说道。

"喂,施小妹,这是两回事,我们捐钱给钱柳英,是表示我们姐妹之情。"

"王大姐说得对,我们捐钱表示我们相互帮助,今天我们帮助别人,明天别人就有可能帮助我们。"

"就是这么一回事。"王招娣说道。

晚上，高珍珠把小区保姆给钱柳英捐钱的事给老太太说了，老太太听了很是同情地说道："一个人在外生病挺可怜的，每个人捐一些钱也是应该的。你说钱柳英是昨天下午住院的，住院的医药费是谁给垫付的？"

"是我们小区12幢702室的人家担保住院的，男的是医院的外科主任，女的是机关干部。"

"这家人真不错，可以写个通讯报道了。医院可不能随便担保的，万一有并发症，病情恶化，那可不是几个小钱。"老太太说道。

"他们家就是我给你说过的张守芳那家，昨天晚上张守芳在医院陪她的。"

"怪不得，这就能理解了，他们一家都是好人，可是现在像他们这样的好人越来越少了。"

"东家，我们小区有的人家也给钱柳英捐钱了，郭玉莲，就是他们家有个瘫痪的老人那家捐了500，还有那个怪老太捐了300。"高珍珠说完快速瞥了一眼，看女主人的反应。

"钱柳英的雇主没有管？"

"当然要管。昨天下午钱柳英东家到医院，出了1000元。"

"知道了，我们也捐一些钱吧。"

在医院办公室，钱柳英东家对陈利民说道："陈医生，真的非常感谢你。"

"不用谢，这是我应该做的。"

"钱柳英还要住几天院？"

"如果急的话，明天就能回家；不急就后天回家。"

"我们不急，就后天回家。回家后要休息多少天？"

"阑尾炎是个小手术，术后恢复很快，一天一个样，明天完全生活自理，后天饮食就完全正常了。"

"我知道了。"

"最多在出院后的前两个星期请人帮忙，两个星期后就完全正常了。"

"太好了，我不打扰你了，再次感谢陈医生。"

"不客气。"

晚上回家，陈利民把钱柳英东家到医院找他的事给舒爱凌和张守芳说了。

"我们这是做好事积德。在农村，人们常说救人一命，胜造七级浮屠。现在钱柳英自己生病了，不但不能帮东家，还要东家来帮助照顾她，我怕她的东家有想法，我想给他们家帮忙几天。利民不是说过了，钱柳英会一天比一天好，我只要去四五天就可以了。"

"姑妈真是个替别人着想、好心肠的人。如果这样，对钱柳英和她的东家都是最好的。"陈利民说道。

"虽然是这样，我们还是先和他们家通通气，看看他们家的态度。"舒爱凌说道。

在钱柳英住院这几天，钱柳英东家乱得一团糟，听说张守芳要来给他们家做义工，那就是给她雪中送炭。

张守芳每天吃过早饭，就来到钱柳英东家家，帮助她做家务，陪钱柳英说说话。下午3点开始做晚饭，把钱柳英家的晚饭做好，张守芳回自己的家。就这样张守芳一连帮助钱柳英东家4天。在这期间，也有些保姆要替张守芳一两天，都被张守芳婉言谢绝了。

一天吃晚饭的时候，董珍菊愁着脸，几次想说但没有说出口，一看董珍菊有很重的心思，董珍菊女东家便问道："董大姐，你有什么事吗？"

"实在是不好意思，我想……"

"说吧，有什么事就说出来。"董珍菊女东家以为董珍菊要借钱。

"是这样的，"董珍菊鼓起勇气，说道，"今天下午我小儿子给我打电

第 10 章 保姆情

话，说媳妇生了，要我回家帮他们带孩子。我在你们家这么多年了，小亮一直是我带大的，我也非常喜欢小亮，你们待我也很好，我真舍不得离开你们。"

"哦，是这样，我知道了，你儿媳妇生儿子也是件大事，他们需要你。你打算哪天回家？"

"我想明后天，我儿子急得很。"

"这几天我要抓紧时间找个保姆。"

"我可以推荐一个人。"

"什么人？"

"张守芳，就是这次帮钱柳英住院的那家保姆，她在那家住 20 多年了，那户人家的儿子都上大学了。她在家里又没有什么事可以做，我觉得可以问问她。"

"嗯，知道了，我明天到她家问问。"

第 2 天，晚上 7 点半，张守芳听到有人在敲门。

"你是张守芳吗？"

"是的，请问你是谁？"

"我是董珍菊的东家，我想跟你以及你的家人商量一件事儿。"

"请进来吧，进来再说。"

"你们好，冒昧地打搅你们了。我住在 6 幢 302 室，我家有个保姆叫董珍菊，和你家张大妈关系很好。"

"董珍菊和我关系不错，在医院家属区时，就认识了。"张守芳说道。

"董珍菊在我家做保姆有 2 年了，平时和我们相处得非常好，我儿子也很喜欢她。董珍菊的儿媳妇生了儿子，她儿子坚决要求她回家带孙子，我只能同意她回老家。平时，我家全部是交给董珍菊管的，她一走，我们全家就会抓瞎，家里就会乱成一团糟。我们想找一个好的保姆，董珍菊就推荐你们家的张大妈。她说张大妈人特别好，家交给她让人放心。"

想让张守芳到她家做保姆，舒爱凌马上不悦，说道："如果你们家有什么困难，我姑妈帮几天忙那是没有问题。如果让我姑妈长期到你们家做保姆是不可能的。我姑妈是我们家的一家之主，我们需要她。"

"我知道了，可能是我们保姆对你们家的情况不是很了解。对不起，对不起，我没有了解情况，就到你这里瞎说。对不起。"董珍菊的东家是个聪明人。

"没事没事，保姆人多，你总能挑出一个你满意的。"

"不好意思，打扰了。"

"这个人来我们家干什么？"那个人走后，陈利民从房间里出来问舒爱凌。

"她想让姑妈到他们家做保姆。"舒爱凌怒气未消。

"她怎么会有这种想法？"陈利民说道。

"姑妈是我们家的主心骨，精神支柱，我们家一天也不能没有姑妈。"

第11章

医患沟通

605 病房有 3 张病床，陈利民带着郭凯、刘刚峰等医生查房，靠门的 15 床刚入院。

"你是新来的？"陈利民问道。

"陈主任，我是前天在门诊找你看病的。你说今天有张空床位，我一大早就来了。"病人说道。

"我想起来了，你姓任，是任老师。今天和明天两天要做一些检查和准备工作，后天手术。我今天上午要去手术室做手术，下午 3 点能结束。手术结束后，我来病房找你，和你谈谈你的病情以及怎样治疗。"

"好的，谢谢陈主任。我这条命就交给你了。"

"下午我找你时，你有什么疑问和顾虑，可以尽管跟我说，到医院要听从医生和护士的安排，我们会为你做最好的安排。"

"谢谢陈主任。"病人感激地说道。

"老唐，你今天气色看上去比昨天要好多了。"陈利民来到 16 床旁。

"谢谢陈主任。"病人欲起身。

"你不要动，我来看看引流管，刀口。"陈利民掀起病人的被子，引流管只有少量的淡红色的液体，刀口没有红肿。陈利民轻轻地触了一下刀口，问病人："你这里疼不疼？"

"不痛。"

"好。"陈利民直起腰身，对其他医生说道，"病人是右半肝切除，是一个创伤很大的手术。郭医生，你说说这个病人的情况。"

"这个病人是巨块型肝癌，肿瘤侵犯到右肝静脉，从肝中静脉右侧切除肝脏，手术难度很大，特别容易大出血。"郭凯回答道。

"说说术后恢复情况。"陈利民让郭凯继续说下去。

"该病人术后恢复很好，昨天已经吃半流质的食物，病人吃下去后没有什么不舒服，我打算今天让病人下床走走。"

"肝切除手术的风险主要在术中。肝脏手术术后的恢复相对于胃肠道要简单些，因为它没有胃肠道的重建。如果有胃肠道的重建，从理论上讲就存在吻合口漏的可能。郭医生，你说说肝切除术后有哪些并发症？"

"肝切除术与手术直接有关的并发症是出血和胆漏，其他还有肺部感染和切口感染。"

"郭医生回答得很好，肝脏手术的并发症主要是出血。手术后，我们在腹腔放一根引流管，就是为了观察有没有出血。很幸运，这位病人没有出血，而且也没有胆汁漏，说明手术这一关已经过去了，接下来就是康复了。"陈利民又对病人说道，"老唐，虽然你做了一个大手术，但手术后恢复情况好，没有任何并发症，你现在是一天一个样，三天大变样。今天就可以拔除腹腔引流管，过两天就可以出院了。"

"太谢谢陈主任，你救了我一命。"

"不是我救了你一命，是你自己命大，老天不想让你走，让你再活30年。"

"谢谢陈主任的吉言。"病人满心感激。

"如果病人有引流管,我们在下午下班之前,一定要再看一次。这样我们回家心里踏实,病人心里也踏实了。"

"陈主任就是好,特别关心病人。"16 床病人说道。

"李长龙,你下床了吗?"陈利民问 17 床病人。

"我昨天晚上就到卫生间小便了。"

"好,很好。有发热吗?"

"没有。"

"你躺好不要动,我看看你的眼睛。嗯,很好。同学,胆囊切除术后需要注意哪些事项?"陈利民问实习医生。

"腹腔镜胆囊切除术要防止肺部感染、心衰、肝功能衰竭。"

"刚才同学说的是一般手术后可能会产生的并发症。请问这位同学,胆囊切除术有哪些特有的并发症?"陈利民问另一位实习医生。

这位实习医生紧张得要命不敢回答,陈利民就自问自答道:"腹腔镜胆囊切除术与手术有关的并发症有两个。一个是腹腔出血,另一个是胆道损伤。怎么知道病人术后有没有并发症?首先看病人的表情,病人一脸灿烂的笑容就肯定没有问题,出血的病人心率和血压会发生变化。检查病人有没有黄疸,最简单的方法就是看病人巩膜,就是老百姓所说的白眼珠。"

陈利民在讲话的时候,实习医生都十分认真听讲,有个实习医生把陈利民讲的话记录下来。实习医生都希望能到陈利民这组来实习,因为他们认为陈利民能给他们传授知识。

"老李,手术很成功,明天就可以回家了。"

"回家要休息多少天?"

"我们现在是采用微创治疗,术后恢复很快,过一个星期就能和正常人一样了。回家后唯一要注意的就是饮食,一开始吃饭的时候要清淡一些,以后慢慢增加油荤。出院后如果有什么不舒服,随时来找我。"

"谢谢陈主任。"

接着陈利民带领医生们查 18 床病人，病人坐起来说："陈主任。"

"你躺下，昨晚睡得怎样？"

"睡得很好。"

"非常好。昨天我跟你说过，现在科技发达了，你这种手术风险比过去有大幅度的下降，所以你不要有太多的顾虑，过一会儿手术室就会来接你去手术了。"

"陈主任，你给我做手术吗？"病人说出他最关切的问题。

"我昨天下午跟你以及你的女儿讲过了，今天我给你做手术。"

"陈主任，你太忙，我就怕你没有时间给我做手术。"

"答应你的事，我一定要做到。你到手术室后，麻醉医生给你麻醉，让你睡觉，你一觉醒来手术就结束了。不用怕，那么多的家人陪伴着你，你的手术一定会成功。"

"陈主任，听到你的话，我心里就踏实多了。"

605 房间查房结束后，陈利民一行人来到 606 房间。今天 22 床病人要接受腹腔镜左半肝切除术。病人若无其事地躺在床上，和昨天的紧张焦虑相比简直判若两人。"好，这样就好。"陈利民在心里对自己说道。

"陈主任，你早啊。"陈利民还没有开口，22 床病人先开口了。

"你早。"

"陈主任，对不起，我昨天问的问题太多了，一定使你烦了。"

"没有，没有。如果是我，我也会问这么多的问题。"陈利民说道，"你问的问题都很好，我作为一个为你做手术的医生，就应该给你解释，回答你提出的任何问题。"

"陈主任，昨天晚上，我算彻底想通了。"

"怎么彻底想通了？"陈利民好奇地问道。

"陈主任，我这次住院遇到陈主任这么好的医生，我还有什么不放心的。如果死了，那一定是老天不想让我活，一定是天意，一定是老天认为我这一辈子活得太苦太累，让我早点休息。"

"大姐，你听我说，你这个手术是肝切除术中最简单的手术。所以，你不要为手术太担心。你刚刚60岁，以后的日子还长着呢。"

陈利民带领小组医生把12个病人查房结束后，手术室的工作人员来病房接病人了。陈利民对郭凯、刘刚峰说道："你们俩抓紧时间开医嘱，开完医嘱后立即去手术室。"

"好的陈主任，我们抓紧时间开医嘱，开好医嘱就去手术室。"郭凯和刘刚峰知道陈利民的工作习惯。陈利民为了让病人放心，减少病人的恐惧和焦虑，都会在麻醉前出现在病人的身旁，和病人讲几句话。

"李强。"陈利民一进手术室就和麻醉医生李强打招呼。陈利民和李强私人关系比较好，就直呼其名。

"陈主任，你来得这么早。"李强说道。

"陈主任一直是到手术室最早的外科医生。"手术室护士林巧珍说道。

"很高兴今天又和你搭档，今天这个病人的条件不错，手术时间不会很长。"

"陈主任的手术一向都很快。"林巧珍说道。

"谢谢林小姐的表扬。"陈利民开玩笑地说道，见病人躺在手术床上一声没吭，就来到手术床边，轻声对病人说道，"大姐，我是陈医生。"

"我听到你的声音了，你是第一个进来的。"病人轻声地说道。

"过一会儿郭医生和刘医生，就要到了。大姐，你看到了，我们这里的条件多好啊，都是最现代化的医疗设备，而且今天给你做麻醉的医生是我们医院最好的麻醉师。"

"陈主任的手术，一定要安排最好的麻醉师。"护士林巧珍很会说话。

"今天的护士是我们手术室最优秀的护士。"陈利民说道。

"谢谢陈主任为我考虑得这么周全，谢谢你们，谢谢大家。"

"马上就要麻醉了，你闭上眼睛什么也不要想，好好地睡觉。"麻醉医生李强对病人说道。

"知道了。有陈主任在，我就放心了。"病人说道。

不一会儿病人就入睡了。陈利民带着郭凯、刘刚峰在手术室护士的配合下，紧张而熟练地在腹腔镜下将病变的左半肝切除，整个操作干净利索，几乎没有出血。参观手术的医生惊叹手术漂亮，对陈利民的手术技术赞不绝口。在缝合切口时，陈利民先下了手术台。进修医生和其他参观手术的医生将陈利民围住，请他讲手术要点和注意事项。

手术结束后，郭凯和刘刚峰离开了手术室，参观医生也离开了手术室，而陈利民一直守在病人旁边，等到病人苏醒和病人打好招呼后，才离开。

第2台手术病人的肿瘤很大，侵犯了门静脉的右支，做这个手术时，参观的人更多了，大家都知道这个手术难度大，处理两套血管系统特别容易发生大出血。

陈利民首先把肝动脉和门静脉完全解剖出来，切断右肝动脉和门静脉右支以及右肝管，再游离肝脏把右肝静脉解剖出来。很多医生是第一次看到右肝静脉，右肝静脉紧挨着下腔静脉，如有任何闪失，将导致致命的大出血。陈利民小心翼翼地将右肝静脉结扎切断。最后在超声波的引导下，紧贴肝中静脉的右侧用CUSA刀小心将肝脏离断，整个过程惊心动魄。手术室非常安静，一根针落到地上都能听见，大家都凝神屏气地看陈利民做手术，这简直就是一门艺术。

手术用了3个小时。手术结束，陈利民一脸的疲惫。

陈利民看挂在墙上的时钟说道："我要马上赶回病房，我和病人说过3点和他谈话。"

"陈主任，你今天累了一天了，手术后休息一会儿，天经地义。他们是来求你的，让他们等一会儿有什么关系。"护士林巧珍好心地劝陈利民。

"这个病人特别焦虑，本来上午就要问我一大堆的问题，我答应下午手术结束后和他谈，病人现在一定在焦急地等我，我要是晚1分钟和他谈话，对他来说就是多1分钟的煎熬。我们做医生的每天都在看病做手术，习惯了。做手术对病人来说是人生中的一件大事，特别大的事。我们有时需要替病人想到这些。"

"陈主任真是个好人，怪不得有这么多的人找你看病。"麻醉医生李强说道。

陈利民迅速从手术室回到外科病房。在见病人之前，陈利民特地在自来水上用手洗了一把脸，提提精神，来到15床。

"陈主任，手术结束了？"15床病人一见到陈利民立即说道。

"是的，手术刚刚结束。"

"陈主任辛苦了。"

"还好。今天上午做了什么检查？"

"今天做了心电图、超声波，还有抽了很多的血。"

"知道了。任老师，我先和你家人谈话，然后再和你谈。"

"好的，谢谢陈主任。"

15床病人及病人家属都随着陈利民来到医生办公室，听陈利民给他们讲解病情。

"任老师是因为腹部不舒服，食欲下降1个月，上腹部疼痛5天，星期一上午来门诊看病。其实在这之前，任老师已在市区另外一家医院看过，做过增强CT检查，而且任老师已经知道自己的病情。根据任老师提供的病史，以及CT检查结果，基本上可以诊断为胰腺癌。

"目前胰腺癌的治疗方法首选手术治疗。根据CT检查，我认为肿瘤是能手术切除的。我们准备安排在星期五上午做手术。"

"陈医生，我爸爸的病是早期还是晚期？"病人女儿焦急地问道。

"中期。"陈利民答道。

"还有手术切除的机会吗？"病人妻子问道。

"有。"陈利民答道。

"陈医生,这个诊断会不会搞错或是不正确的?"病人女儿不死心地问道。

"根据我多年的医学经验和检查结果,诊断应该没有问题。"陈利民耐心地回答病人家属的各种问题,哪怕从医生角度认为愚蠢的问题,"根据病史、CT检查,以及肿瘤指标,你父亲胰腺癌诊断是成立的。"

"陈医生,我爸爸为什么会得胰腺癌?"

"从肿瘤的发病机理上来说,任何人、任何部位都有发生肿瘤的可能性,这就是我们所说的内因。另外就是外因,外因包括抽烟喝酒、空气污染、水污染、病毒感染等。"

"医生我再问你一句,我爸爸这个病的恶性程度高吗?"

"胰腺癌是普外科疾病中恶性程度最高的癌症,是癌中之王。"

"我的命为什么这么苦啊!"任老师的爱人哭起来了。

"你可千万不能哭。我们现在最需要做的就是安慰病人,稳定病人的情绪,增加病人战胜疾病的信心。"

"对不起,我妈太急了。"病人女儿说道。

"过去胰腺癌手术后的生存时间很短,只有1到3年的时间。现在医学水平提高了,手术后再吃一些药物,手术后活5年的人大有人在。"

"陈医生,你一定要让我家老头多活几年,过去我们受了很多苦,现在生活刚刚好,我希望老任能多过一些好日子。"

"你尽管放心,我会尽一切努力救治你的丈夫。刚才我们讲了任老师是胰腺癌,胰腺癌需要手术治疗,现在我把手术治疗的情况和你们说说。"病人家属全部安静下来,专心听陈利民讲手术,这是病人全家最关心的问题。

"按计划在后天给任老师做胰十二指肠切除术。胰十二指肠切除术是外科最大的手术,具体讲就是手术时间长、手术复杂、风险大,还有一点就是手术后并发症发生率最高。而且这些并发症，可能是看得见，摸得着的。我给你们画个手术示意图。"

陈利民在办公室的白板上画了一个手术切除范围的示意图。"胰十二指肠切除术的复杂性不在于把这些器官或组织切除，而是在重建消化道；胆肠吻合口、胰肠吻合口、胃肠吻合口，任何一个吻合口没有长好，都有可能发生漏。我们在做阑尾、胆囊手术之前，也会跟病人家属讲手术并发症，甚至谈到病人的死亡，但可能性非常小，微乎其微。然而，胰十二指肠切除术术后的并发症却是能看得见、摸得着的。"

"陈医生，那怎么办？我爸爸还能做手术吗？"病人女儿焦急地问道。

"胰十二指肠切除术是普外科最复杂、风险最高的手术，但我们已经做好了预防各种并发症的准备，万一出现并发症，我们不是不管了，我有各种的后续手段，来处理这些并发症。这就是所谓大医院的条件，医院的综合能力。"陈利民说完，病人家属绷紧的神经立刻松弛下来。

"陈医生，非常感谢你给我们的解释。我还有一个问题，就是我爸这种手术的麻醉，是半麻还是全麻？"

"是全麻。"

"全麻会不会对脑子有影响？我爸会不会在手术后变成老年痴呆？"

"这个问题问得很好，不但你们提出这个问题，也有其他病人家属问过同样的问题。我可以很明确地告诉你，麻醉不会使任老师变成老年痴呆。我们现在给病人用的都是短效的麻醉药，药物在体内很快就代谢了，因此不会产生对大脑的影响。"

"陈主任，你给我这一讲，我就明白、就放心了。"病人妻子说道。

"嗯，陈主任……"病人女儿还要问，这时郭凯和刘刚峰回到病房说道："陈主任，你还没有吃过饭？"

"没有。你们快把病人的术后病程录和手术记录写好，明天医务处要来我们科室查病历。"

"陈主任，我们不知道你从上午做手术到现在还没有吃午饭，实在对不起，我们也不问了。反正我们找陈主任做手术找对人了，我们完全相信你。陈主任，你赶快吃饭吧。"

"不急，你们尽管问。"

星期五上午，为了不让胆囊病人等待手术的时间太长。陈利民特意把胆囊手术放在第一台，陈利民带着助手三下五除二，不到20分钟手术结束，而这时大部分医生的手术还没有开始。15床病人的手术从10点开始，到下午1点30分结束。手术结束，陈利民感到腰酸背痛，毕竟是50多岁的人了。陈利民拖着疲惫的身子从手术室出来。

"陈主任，我爸的手术做得怎样？"陈利民刚出手术室大门，15床的女儿就迫切地问道。

"嗯，肿瘤没有远处转移，手术做得很彻底、很成功，下面就看病人自己的恢复了。"

"陈主任，我爸的恢复应该没有问题吧？"病人女儿又问道。

"我们站在这里讲话会把手术室大门堵住，我到病房详细跟你们讲好吗？"

"好的，好的。陈主任，你辛苦了，谢谢你。"

"不客气，应该的。"陈利民有气无力地回答道，此时陈利民就想有个地方能躺下，他太累了，"病人还在麻醉科的苏醒室躺着，估计还有三四十分钟，等到他完全清醒后就送到病房来，你们还需要在这里等一会儿。"

"知道了，谢谢陈主任。"

陈利民回到病房后，在医生值班室躺下。估计手术病人差不多要回到病房时，陈利民就起身洗把脸，并把头发梳理整齐，一个充满精神的陈医生又回来了，满血复活。

"15 床病人回来了，请接病人。"手术室季大妈用她洪亮的嗓音喊道。

陈利民立即来到病房与护士、病人家属一起，小心翼翼地把病人从手术室接送病人的推床搬到 15 床。护士管舒仪迅速地把氧气给病人用上，并把心电监护仪给病人接上。心电监护仪显示心率 87 次/分，氧饱和度 97%，血压 120/78mmHg。管舒仪还检查了病人的腹部，共有三根引流管从腹部引出并已接好了引流袋。检查完毕后，管舒仪在手术室的交接单上签上自己的名字，交给手术室护工季大妈。季大妈拿到护士签字的交接单后，就离开了外科病房。

看到陈利民亲自把他从手术室推床上搬到病房，病人十分感激，欲张口说话。

"任老师，你今天不要说话，你只需闭眼睛好好休息就可以了。今天的手术做得十分成功，你们家人今天一大早就来到医院，他们都很关心你。"陈利民对病人说道。

"医生，我爸爸现在情况好吗？"病人女儿问道。

"大家看这个显示器，这个机器叫作心电监护仪，第一条波形是心电图，现在的数值是 86 次/分。"

"我爸爸平常的心率是 70 多次，今年年初体检报告是 69 次/分。"

"今天刚做了一个大手术，手术后的心率会增快一些，目前 86 次/分完全正常。下面这条曲线是氧饱和度，大家对氧饱和度可能不熟悉，一般的人氧饱和度在 94% 以上，如果低于 92%，表示病人可能缺氧，就要报告医生或护士。右下角的数值是病人的血压，护士刚刚测过血压是 120/78mmHg，这个血压它是自动测的，每半小时测一次血压，如果血压低于 90 以下，你们也要叫医生或护士。"

"你们医生不管了？"病人儿子说道。

病人儿子的话，引起陈利民极大的反感，转念一想，病人家属不懂或者太着急，就原谅了病人儿子说的话，继续说道："手术后病人的管理是我们的一项重要工作和手术同样重要。腹部有3根引流管，这3个引流管主要用于监视腹腔有无出血等情况。"

"谢谢陈主任，你这么一讲，我就知道了。刚才我儿子说得不好，请不要往心里去。"病人妻子打圆场。

"这么一个大手术，家里人急一点，我完全能理解。我们做的一切都是希望任老师尽快康复。"

"陈主任，真心谢谢你，你是我看过的最好的医生。"病人妻子说道。

"我就是一名普普通通的外科医生。"

"去年我公公在医院住院，我多问医生一句话，医生就不耐烦，总是说听医生安排就好了。好像他给我公公做手术，是给我们天大的恩赐。他们哪有像你这么耐心地给病人家属解释。"病人女儿说道。

"医生都是希望病人好，可能每个医生的处事方法不一样。如果我有什么做得不好，或你们有什么不满意的地方，可以随时随地跟我说。"陈利民给病人家属说完后，对病人说道，"老任，你现在的一切情况都非常好，你今天只要安静地躺着就行了。"

病人眼睛里充满了感激的泪水，全力说出："谢谢。"

"陈主任，今天是星期六，你也不休息。"病人妻子说道。

"任老师昨天做了一个大手术，我不来也不放心啊。"

"陈主任对病人太负责任。"16床病人说道。

"我早晨过来把病人看一遍，今天我在家里也就踏实了。"陈利民说道。

"陈主任，我真心感谢你，星期六还从家里来看病人。"

"医生，特别是外科医生就是这个命。一年365天，天天要来病房看病人。"

"做个医生真不容易。"

"任老师，你不要动，我看看你的刀口怎样。嗯，不错，引流管引出来的液体很少，腹腔内没有出血。任老师，今天将是你手术后最难过的一天，你今天好好地在病床上躺着，到明天就完全是另一个样了，精神和体力就恢复差不多了。明天上午我还会过来看你。"

"谢谢陈主任。陈主任，你来我们全家就放心了。"

把病房的病人看了一遍，并和下面医生交代清楚后，陈利民回到家时已是 10 点 40 分。

"利民，你要是早 5 分钟回家，就能和小强讲话了。"舒爱凌说道。

"哦，小强给家里打电话了？"

"小强说，爸爸怎么没有接电话？小强还挺惦记你的。"

"小强有什么事吗？"

"没有什么事，就是给家里打个电话。"

"他实习最后定了吗？"

"半年时间的实习是雷打不动的，就像你医学院最后一年的时间实习。"

"这个我知道，我关心的是他的实习地点。"

"小强说要到实习的前一个月才知道实习的城市。病人怎样？"舒爱凌说道。

"病人都挺好，15 床病人和家属看到我，非常高兴。"陈利民回答道。

"这是人之常情，你休息日还去看他，他肯定会感动。不过作为一个医生，应该在手术后的第 1 天看病人，何况又是个大手术。"舒爱凌说道。

"看过病人，我心里就踏实一些。而且在我去病房之前，病人和病人家属就一直盼望着我去。"

"你今天去看病人，是正确的。病人经历这么一个大手术，心里一定盼望着医生和护士能对他多关心一些，就怕做完手术没人管，没人问。"

"这点利民做得很好，给予表扬，我们应该设身处地地为病人想一想，就知道该怎么做了。"张守芳说道。

"你明天上午还要去病房看病人吗？"舒爱凌问道。

"要去的。一是病人家属盼望我去；二是调整手术后的用药。"

"你工作这么辛苦，医院就应该给你多发些钱。"舒爱凌说道。

在手术后的第5天，陈利民早查房时，发现右侧引流管有少量的草绿色液体，陈利民检查病人的腹部，病人没有疼痛，就对病人说道："任老师，你今天暂时不要吃东西，什么时候吃东西听我的通知。"

"昨天你不是说情况在好转，今天要多吃一些吗？为什么又说不能吃东西？"病人女儿问道。

"现在你父亲的吻合口可能出现了一些小问题，需要暂停进食。"

"什么问题？是不是手术失败了？你们要负责的。"病人儿子说话咄咄逼人。

"负什么责？我们为你父亲治疗这么辛苦，你怎么这么说话。"郭凯平时最恨那些说翻脸就翻脸的病人及病人家属。

"你父亲住在我们这里，我们就要对他的所有治疗负责任。你父亲的吻合口出现了一些小问题，禁食是处理方法之一。在手术前，我给你们说过可能会出现吻合口漏。我们及时发现，及时处理了。"

"陈主任，我儿子就是心急，不会说话，请你千万不要往心里去。陈主任，你这些天对老任这么关心，就像关心自己的家人一样，我们全家人从内心都非常感激你。陈主任说怎么治就怎么治，我完全相信你。"病人妻子说道。

查房结束后，陈利民在医生办公室说道："大家集中一下，停下手中的活儿听我讲话。15床是个胰腺癌病人，在5天前接受了胰十二指肠切除术。前几天恢复很好，而且在两天前我们就让病人吃流质了，病人吃流质后没有什么不适。刚刚我们查房时看到引流管里有少量的草绿色的液体，这草绿色的液体……"陈利民停下来问实习医生，"你知道是什么情况吗？"

"不知道。"实习医生摇头说道。

"小张，张医生你来说说。"张医生是进修医生。

"会不会是吻合口漏引起的？"

"是的，肯定是吻合口没有长好，有消化液体流出，郭凯你给大家讲讲。"

"胰十二指肠切除术后出现一些少量的液体外漏是小意思。胰十二指肠切除术后吻合口漏发生的概率比较大，胰十二指肠切除术恢复过程也比较复杂。这就是在有些医院医生不愿意做胰十二指肠切除术的原因。胰十二指肠切除术代表一个医院外科医生的综合能力。"

"现在这个病人已经出现了吻合口漏了，下面一步我们应该怎么处理？请大家记住处理消化道吻合口漏的原则：第一是禁食；第二是减少消化液的分泌；第三就是增加营养；第四就是要控制腹腔感染。作为一个大医院的医生，遇到并发症不要慌张，要有处理并发症的方法和手段。郭凯，你就按我刚才讲的，把15床的医嘱重新整理一遍。"

在郭凯开医嘱的时候，15床病人的儿子来到医生办公室，坐在郭凯的办公桌旁。

"你有什么事吗？"郭凯问道。

"你们今天上午查房，说我父亲吻合口没有长好，出现了漏。"

"你父亲腹腔引流管内有少量的草绿色液体，出现这种草绿色液体一般是由吻合口漏造成的。"

"为什么会有漏？"

"只要有吻合口，就有吻合口漏的可能。特别是你父亲做的是胰十二指肠切除术，有3个吻合口，出现一点点漏，不用大惊小怪。"

"漏是手术并发症？"

"可以这么说。"

"既然是并发症，你们就要承担医疗责任。"病人儿子不是个善茬儿。

"我记得手术前谈话时你也在场，我给你们讲了手术可能出现的各种并发症，而且你们家人商量后签字了。"

"你们手术谈话内容都是格式文本，容不得我们提出不同意见。我们到医院就是来做手术的，如果我们不签字，你们就不给病人做手术。这是强盗逻辑，霸王条款。"

"在任何医院做手术，都要签字，不签字就不能做手术，这是医疗行业的规定。"

"你们让病人家属签字，就是想推脱责任。"

"现在医院要求病人家属签字，只是让你们知晓手术可能会出现哪些结果，这个签字叫作手术知情同意书，和医生推脱责任一点关系也没有。从你父亲住院直到今天，陈主任对你父亲非常关心，付出了大量的心血，你这样说太伤人心。"

"手术出现并发症，就相当于工厂出了一个次品，我们可以不付钱，甚至提出赔偿，包括医药费、误工费、精神损失费。"

"从你父亲住院直到今天，你们家人见到陈主任和我们都是左一个谢，右一个谢，说什么陈主任是大恩人。怎么转眼之间要我们赔钱，没有你这样做人的。我们全心全意为你父亲看病，没有功劳还有苦劳吧？"郭凯忍住怒火和病人儿子说道。

"你们没有把我父亲的病治好，就是应该赔钱。"

"如果问你父亲病情尽管可以问，如果想要钱，我恕不奉陪。"

"你想赶我走？告诉你，没有那么容易，我父亲若是有个三长两短，我饶不了你们，让你们赔个倾家荡产。"病人儿子的流氓本性彻底暴露出来了。

"我看你是想钱想疯了。"郭凯火了，对病人也没有好话了。

"你这个臭医生，居然敢说我是想钱想疯了。"伸手就要抓郭凯的衣领，郭凯抓住病人儿子的手用力一拧，病人儿子大叫一声"哎哟"松开了手，就要拿病历砸向郭凯。刘刚峰一个箭步冲上去，奋力把病人儿子抱住，对郭凯说道："郭凯，你给保卫科打电话。"

"好，你们人多我不跟你们说，你们不把我父亲治好，我跟你们没完。"病人儿子见没有吓到医生，自己找个台阶，离开了医生办公室。

陈利民听到 15 床病人儿子在病房无理取闹后，十分生气。他想有必要亲自和病人家属谈谈。

"胰十二指肠手术发生吻合漏的概率远较其他手术要高，这是胰十二指肠手术复杂的一个主要原因。我们医院是江滨市做胰十二指肠切除术最多的医院，也是处理胰十二指肠手术并发症最有经验的单位。"陈利民在和 15 床病人家属谈话，"任老师出现这种情况是最轻微的。我说轻微，一是量少，二是没有症状：没有发热，没有腹痛，对病人几乎没有影响。"

"陈主任，听到你这一解释，我们悬着的心就放下了，就踏实了。"病人妻子说道。

"我父亲出现这种情况，你们医院是否要赔钱？"病人儿子还想着钱。

"因为你不是学医的，你说这句话我可以原谅。据我所知，还没有哪位医生因为胰十二指肠切除术后出现一点点漏，而赔钱的。"

"陈主任，你不要听我儿子瞎说，我们全家对你非常感谢。你星期六和星期天不休息到病房看老任，我们都记在心上了。老任说了，你是他遇见过的最好的医生，遇见你是他的福气。"病人妻子说道。

"做一个医生，就是应该关心病人，多年来我们一直都是这样做的。"

"是的，是的，我们都看出来了，病房的人都说陈主任技术好，人更好。"病人妻子对陈利民全是感谢，和她的儿子形成鲜明的对比。

"我刚才说了，这么一个大而复杂的手术，出现这样一个并发症，虽然有点遗憾，但任老师没有腹痛，没有发热，对老人手术后的生存时间，没有影响。"

"陈主任，我相信你。"病人妻子说道。

"我们医生、任老师以及你们家属，我们是同一战壕里的战友，我们的敌人是这个疾病，我们要团结一致，共同对付疾病，战胜疾病。"

"陈主任，你这个说法太形象了。陈主任，我们全家一定会配合医生做好老任的治疗工作。"病人妻子说道。

"这就对了，你们每天来看任老师，任老师心里就特别高兴。人在生病时，亲人的关怀非常重要，我自己及其他医生也尽可能多看任老师，让任老师在医院感到被人关心、关爱，让他在心里面感到温暖。"

"陈主任，你是我这辈子遇到的最好的医生，真是活菩萨，菩萨再现啊。"病人妻子说道。

"陈主任，我父亲遇到你这样的好医生是他的福气，我父亲的治疗全拜托你了，正如我妈说的，我们全家信任你。"病人女儿终于说句像样子的话。

病人儿子低着头，一言未发。

在吻合漏发生的第 2 天和第 3 天，引流量增加了一些，到第 4 天，引流量就开始下降，再过 5 天后，吻合口漏就愈合了。

星期四这天，有一台腹腔镜胆囊切除术，是接台手术。接台手术意思是说要等前面医生的手术结束后，才能轮到陈利民这组医生做手术。郭凯和刘刚峰两人分工，开医嘱，处理病历等文字工作。本来昨天医院病案室工作人员来科室收病史，只是陈利民他们 3 人全部去手术室了，病案室的工作人员就宽限他们一天，要求今天务必把他们所有的病史上交给病案室，否则按逾期未交处理。处理逾期未交就是扣奖金，每份病历 50 元。这种简单粗暴的管理方式十分有效，临床医生基本在出院的 3 天内把病史上交给病案室。整理病史、签名、填写好所有的栏目，没有什么难度，就是要花时间。

"刘刚峰，我现在把这一堆病史送到病案室，你赶快把手术病人的病史整理好，并打印出来。"郭凯和刘刚峰分工合作。

"好的，你赶快去吧。"刘刚峰的10个手指飞快地在电脑的键盘上跳跃。没有过几分钟，刘刚峰不仅把住院病人的病史打印出来，还把一大堆必须要签字的医疗文书也打印出来了，如告知书、委托书、特殊检查知情同意书、劝阻住院患者外出告知书、输血同意书以及最重要的手术知情同意书等。把这些文字工作做完，刘刚峰重重地叹了一口气，整个身体完全依靠在椅子上。刘刚峰昨晚值班忙了一个通宵，一分钟没有睡觉。早晨3点到4点时，是刘刚峰最困的时候，现在虽然最困的时候过去了，但整个人仍然十分疲倦，就想找个地方躺下睡一会儿了。

"医生，我们等到现在，我妈妈什么时候能去手术室啊。我妈从昨天晚上到现在一点东西都没有吃啊！"病人女儿说道。

"查房的时候和你说了，你母亲的手术要接在别人的后面，待别人手术结束才轮到你母亲。"

"为什么我妈要接在别人的后面？是不是我们没有送……"

"我们小组每个星期，只有两次主台。不是主台的时间，只能接在别人的后面。"

"我看不完全是这样，其实大家都心知肚明。"

刘刚峰一听，就明白这个病人家属想说什么话，就说道："不仅是你想早点做手术，我比你更想早点做，我就可以早点回家睡一觉了。"

"你反正在医院上班，待在办公室和手术室都一样。"

"我昨天晚上在病房值班，忙了一个晚上。我现在就想能早点回家休息。"

"那你为什么不在8点下班回家？"

"没有一个值班医生能在上午8点，准点下班回家的。所有值班医生都要把当天工作做完后才能离开病房。"

"这是你们医院制度不好，你们院长对职工不关心，只知道让你们拼命给医院干活挣钱。你们医院工会呢？"

"我真心希望你能把这些话，讲给我们医院的院长和工会领导听听。"

"看来我只能在病房里老老实实地等着。"病人家属怏怏地离开了。

"谢谢理解。"刘刚峰一边在电脑上打字，一边说道。

郭凯回到办公室的时间是10点20分，刘刚峰还在忙病历。

"刘刚峰，病历处理好了吗？快把病历给我。"办公护士说道。

"我算好了时间，掐着点把手头上的活儿干完。早晨上班到现在一口水都没有顾上喝，累呀！"刘刚峰说道。

"谁让你们天天收病人、天天开刀啊。你们这些外科医生一天不开刀，就像要了你们的命似的。"护士说道。

"小姐，我们也是没有办法啊，上了贼船现在只能跟着贼走。不跟你说话了，我要给今天两位出院的病人换一次药。"说完，郭凯就去给病人换药。

给病人换好药，洗完手，郭凯坐到自己的办公桌前，喘一大口气后，端起茶杯"咕噜咕噜"就把一杯水灌到肚子里。这时刘刚峰头靠在椅子上，发出轻微的打呼声。

大约在12点20分时，手术室来接胆囊病人。刘刚峰和郭凯拖着疲倦的身体，进了手术室。

病人到了手术室，手术室护士首先要确认病人的身份、诊断、手术名称等，手术不能弄错人、弄错部位。麻醉医生也是一样，所有的程序来一遍，确保万无一失。

"刘刚峰，醒醒了，麻醉好了。"手术室护士张琳琳唤醒坐在地上靠在墙角睡着的刘刚峰。

"哦，麻醉好了，我洗手。"刘刚峰站起来伸了个懒腰，用手抹了一把脸，人总算缓过来了。

一站到手术台，刘刚峰立刻精神百倍。好在这个病人的手术难度不大，郭凯和刘刚峰30分钟就完成了腹腔镜胆囊切除术，并按陈利民的要求，手术结束后把病人从手术台上亲自搬到手术室的推床上。手术结束，刘刚峰整个人就要瘫了，站都站不稳。

刘刚峰和郭凯刚出手术室，急诊室给外科送来两位病人，一位是急性胰腺炎，另一位是急性化脓性胆管炎。急性胰腺炎病人中上腹有剧烈的腹痛，急性化脓性胆管炎病人不但有腹痛，还有高热和黄疸。两个病人都需要紧急处理，本来刘刚峰准备下班回家，现在他必须留下来，帮郭凯处理病人。

"刘刚峰，你回家吧，我一个人来处理。"郭凯说道。

"这两个病人都挺重的，都要马上处理。我看胰腺炎病人，你处理急性化脓性胆管炎病人。"刘刚峰说道。

"这样最好，不过你下班回家就更晚了。"

急性化脓性胆管炎病人有腹痛、发热、黄疸，是一个有典型的急性化脓性胆管炎表现的病人，需要急诊手术，否则病人性命难保。郭凯把病人家属叫到医生办公室，简明扼要地向病人家属交代病情，并指出病人需要接受紧急手术。

"郭医生，你说我父亲需要做紧急手术，我一时接受不了。我父亲平时身体很好，他还能自己到菜场买菜，能不能先吊点盐水，过几天再说？"病人儿子提出自己的观点。

"我给你说需要手术治疗，肯定是药物治疗不行，才用手术治疗。"

"但我听说有些医院和医生为了让病人多花钱，自己增加收入，让病人做了不该做的手术。"病人儿子显然不信任医生。

"我们医院以及我所认识的医生，没有你所说的情况。"郭凯把病人儿子的话给撑回去。

"你能保证你们绝对不会吗？"

"如果你对我们这么不信任，你就不应该来我们医院。"郭凯一听火冒三丈。

"你这个医生怎么这么说话。如果不是我父亲生病了没办法，老子才不会来你们这个倒霉地方。"

"是的，你是没有办法才到医院来的，你父亲是没有办法才需要接受手术治疗的。手术是有一定风险的，但不做手术，病人肯定要死亡。"郭凯也是不好惹的。

"嗯。"病人儿子沉默了很长时间，郭凯等得很着急。郭凯想催促病人儿子拿主意，但一想，该讲的话都讲了，一味地催促反而适得其反。

"能不能吃点中药？我听说有个病人来到你们医院，医生说要开大刀，要花好几万，后来病人看中医，只用了几十块钱的中药就好了。"

郭凯一听就明白，病人把最核心的话说出来了：钱。郭凯心想和这种人只能按医疗原则谈话，就说道："到目前为止，我们医院还没有哪个急诊化脓性胆管炎病人靠中药治好的。你父亲需要紧急救治，不能耽误时间，这是手术知情同意书，你如果同意，我就立刻通知手术室来接人，准备手术。如果不同意，也请签上你的名字。"

"我不签字，可以吗？"

"不可以的，这是医院的制度，每家医院在做手术之前都要签字。做任何治疗我们必须要告知病人或病人家属，接受不接受医生的建议是你的权利，但后果你要自己承担。"郭凯按原则和病人儿子谈话。

"你父亲生的这个病是需要紧急手术治疗的疾病。现在都已经休克了，必须马上进手术室治疗，耽误一分钟就会增加病人一分生命危险。"见病人儿子还不签字，刘刚峰有点急了。

病人儿子没有吱声。

刘刚峰继续说道："刚刚郭医生跟你讲了手术的风险，虽然这些手术并发症发生的可能性很低，但我们不敢保证不发生，但有一点我们可以向你保证，就是我们医生会尽最大的努力。"

"要用多少钱？"病人儿子声音低了下来。

"一般情况下，自费在 4000 元左右。"

"怎么这么多？"

"同样，我可以向你保证能省就给你父亲省，绝不乱用一分钱。"

"医生，我把丑话说在前面，我最多只付 4000 元，多一分我也不付。"病人儿子威胁刘刚峰。

刘刚峰愣怔地看着病人的儿子，无语以对。

正好这时，陈利民从院部开会回到科室，郭凯和刘刚峰把急性胆管炎病人的情况向陈利民作了汇报。

陈利民听了，皱了皱眉头，说道："碰到这么一个混蛋。我们先救人，马上通知手术室，说有个急诊手术。我和郭凯做这个手术，刘刚峰你回家休息。昨晚值班到现在一分钟也没有休息，够辛苦了。"

"陈主任，没事，我能扛得住。"

第12章

初为警察

2008年春节后,小强就要到地方公安局实习,小强实习的地点是云南省锐利市,实习地点是小强自己选的,而且他还写了申请书。在做选择时,小强没有告诉父母,一直等到学校把实习地点公布后,在出发前两天,小强才告诉家里他要去云南锐利实习。

小强先是坐飞机到昆明,从昆明中转到锐利市。安顿好后,小强就给家里打电话报平安。

"小强,虽然你说那里的治安很好,但晚上你千万不要外出,特别是一个人外出。在办案子的时候,要跟在老警察的后面,向人家好好学习,积累经验。最后一点就是要注意安全。你要把任何人都当作带枪的嫌疑犯,千万不要大意。"

"妈妈,没有你说得那么夸张,锐利民风非常淳朴,百姓很善良。好人和坏人,我还是能分辨出来的。妈妈,你就放一百个心好了,奶奶好吗?"

"奶奶很好,她就是想你,你跟奶奶讲几句话,你等一下,我把手机给奶奶。"

"奶奶，我是小强。"

"小强，听你妈妈说你实习的地方很远，你坐了两次飞机才到。"

"是的。锐利很远，到边境线上了，向前跨几步就到外国了。奶奶，我这里挺漂亮的，有四季长青的芭蕉树，还有当地人穿的衣服也挺漂亮的。奶奶，下次我接你过来玩玩。"

"小强，你多拍几张照片给我看看，我就算去过了。"张守芳心想，去一次还要坐两次飞机，那要花多少钱啊！

"好的，奶奶，我一定给你多寄些照片。"

"还有孩子，你在那里吃得习惯吗？"

"奶奶，吃得习惯，和我们差不多。"

"那我就放心了，记住给家里打电话，寄照片。"

3周后，小强给家里寄来一个大信封，里面全是照片。吃过晚饭后，张守芳和舒爱凌把桌子收拾干净，放上小强寄来的照片。张守芳拿着一张小强穿警服的全身照片，左看右看。小强近一米八的身高比当地孩子高出约半个头，浓密乌黑的头发，端正而有立体感的五官，以及宽阔的肩膀，是一个充满了青春朝气的英俊小伙子。张守芳突然有什么重大发现："凌凌，你看小强是不是黑了不少？"

"是黑了不少。当地人皮肤都是黑黝黝的。"舒爱凌说完，便用手机给小强打电话。"小强，我们都在看你的照片，照片照得很好，你奶奶说你变黑了。"

"变黑了？我倒没有注意，我怎么觉得我比当地人都要白很多。这里的紫外线很强，所以人的皮肤特别容易变黑。我是男的，变黑一点无所谓。妈妈，你的电话很巧，我刚刚出警回来。"

"是抓坏人吗？"舒爱凌问道。

"正常巡逻。"

"你以后要经常给家里寄些照片,看到你的照片就相当于看到你本人了,我和你爸爸,还有你奶奶都非常想念你。"

"锐利的社会治安总体还不错。农村以少数民族为主,当地人淳朴、善良,刑事案件非常少。"派出所任长贵所长对小强说道。

"我以前对云南,特别是锐利这种边境地区了解得非常少,以为每天都有贩毒分子发生枪战,来了快两个月了,一个毒贩也没有碰到。"

"最近几年,国家加大了对贩毒和吸毒的打击力度,贩毒的案件较前几年有大幅度的减少。在边境,要打击的不仅仅是贩毒,还有走私和非法越境。"

"任所长,我这次申请来云南边境实习,就是希望能抓几个贩毒分子。"小强真诚地说道。

"虽然贩毒案件比前几年有大幅度下降,但在我们这里每年总能碰到几起。打击贩毒是件危险性极大的工作,贩毒分子都是一些亡命之徒,身上有枪支,抓捕贩毒分子要特别地小心。"

"所长,我一定要抓几个贩毒分子。如果有抓捕贩毒分子的任务,一定要带上我。"抓捕贩毒分子是小强来云南边境最大的愿望。

"好,一定都带上你。"

任所长是个工作20多年的老警察了,对年轻人的想法,心里就像明镜似的。一天,从辖区巡视回到办公室,任所长对小强说:"小强,做警察就想与犯罪分子搏斗,擒拿罪犯。但是,做好社区治安工作也同样重要,社区治安工作直接关系到千家万户的老百姓。要把社区警察做好也是不容易的,要用心去做才行。"

"是的,一个小区住了这么多的人,一定很复杂。做好社区民警工作一定不容易。"口上虽然是这么说,但小强满脑子还是抓捕贩毒分子。

日子一天天地过去，边境人民群众过着和平安宁的生活。一天，任所长突然接到一个电话，小强只听见任所长在对着电话说道："知道了，请局长放心，我一定完成任务。"

"小强，我们立即穿上便装，带上枪去执行任务。"

"好嘞。"小强听说有任务，立即来了劲，迅速换好了便装。

"境外有毒贩要来锐利，在兴隆KTV接头，我们俩蹲守在兴隆KTV对面的小卖部，等候上级指示。"

为了不打草惊蛇，任所长和小强一路快走，提前15分钟就来到了小卖部。小卖部的老板认识任所长，就拿了两个凳子给他们坐。

任所长和小强睁大眼睛注视着兴隆KTV进进出出的人。大约过了两个小时，任所长接到上级通知："撤。"

"任所长，为什么让我们撤？"

"禁毒、缉毒的任务都是上级机关统一指挥，分工协作的。上级既然让我们回，就是说贩毒分子没有来，所以我们只能撤。"

"贩毒分子今天要是来了该多好啊，我们就可以把贩毒分子抓起来了。"

"抓贩毒分子可不是件容易的事，贩毒分子很狡猾。"

10天后，小强下班刚回到宿舍，任所长给小强打电话，让他带好手枪，穿好防弹衣，骑自行车快速去一所废旧仓库。虽然已经下班，但天还是亮的，小强和任所长以最快的速度骑着自行车悄无声息地来到仓库旁，等候上级命令。

"任所长，贩毒分子马上就要出来了，他们总共4个人，在仓库里有一辆小汽车和一辆摩托车。他们一出来就实施抓捕，你负责抓捕骑摩托车的犯罪分子。"公安局长给任所长布置任务。

"知道了，保证完成任务。"任所长坚定地说道。

任所长警惕地注视仓库，对小强说道："我们俩负责抓捕骑摩托车的贩毒分子，摩托车一出来，我们俩就冲上去。"

不一会儿，一辆白色的小汽车从弃置的仓库驶出。任所长说道："上级的情报很准，估计过一会儿，摩托车就要出来了。我们要准备出击。"

两分钟后，果然一辆摩托车从仓库驶出来。"停下，我是警察。"小强冲到马路中央，双手举着枪，示意犯罪分子停车。

谁知道这个贩毒分子不但没有停下，反而加大油门欲逃跑，小强冲上去抓住贩毒分子的右肩膀，由于摩托车速度快，惯性大，把小强带倒重重地摔在地上，同时摩托车晃晃悠悠向前进了20米后，连车带人倒下。贩毒分子站起身就想逃跑，小强站起来大声呵道："举起双手，不要动！"

"小强，要小心！"任所长提醒小强注意安全，话音还没有落，丧心病狂的贩毒分子突然拔出枪向小强开了一枪。

一股殷红的鲜血从小强的大腿流出。就在犯罪分子试图逃跑时，小强和任所长同时射向贩毒分子，有一颗子弹击中贩毒分子的头部，结束了贩毒分子罪恶的一生。

这次抓捕贩毒分子的活动，共抓捕3名贩毒分子，击毙1名，缴获海洛因20公斤。小强的右大腿受到枪伤，在锐利市做了紧急手术，取出了子弹。锐利市公安局第一时间把小强在抓捕贩毒分子行动中受伤的情况告诉了学校，学校立即派人来到锐利市，经过讨论，决定让小强回家休养。

小强没有把自己大腿受伤的事告诉家人，直到组织决定让他回家休养的那一刻，小强才给家里打电话说自己受伤了，要回家休养。

"喂，妈妈，我是小强，告诉你们一个好消息。"

"什么好消息？"

"我明天就要回家了。"

"明天回家？"

"明天到家估计在晚上6点左右。"

"6点正好回家吃晚饭。小强，你的实习？"舒爱凌突然想到小强的实习还没有结束。

"我在家休养一段时间，然后就直接回学校参加毕业典礼。"

"在家休息两个月，然后直接参加毕业典礼？"舒爱凌越听越糊涂。

"妈妈，是这样的，我腿受了点轻伤，需要休养两个月吧。就这样了，你告诉爸爸和奶奶，就说我明天回家就可以了。"小强轻描淡写地说道。

"你把飞机的航班告诉我，我和你爸到机场接你。"

"凌凌，小强在电话中说什么？"张守芳最想念这个孙子。

"小强说明天就回家。"

"明天就回家？"张守芳感到很突然。

"小强说他的腿受伤了，需要休养两个月，回家休养。"

"受伤严重吗？"张守芳紧张地问道。

"听小强讲话的声音，不像是严重的伤。"

"奶奶，我回来了。"小强虽然去云南只有3个月的时间，但声音明显变得洪亮粗犷了。

"好像又长高了，只是太黑了。"

"云南那边紫外线强烈。在家待几天，就没有那么黑了。"

"昨天你说腿受伤了，我和你爸妈急得不得了，你应该讲仔细一点。"

"我就是怕你们着急，才没有跟你们说。我现在只是跑步受到一些影响，其他一切正常。"

"你说要休养两个月，我想只有骨折才需要休养两个月的时间。"

"我这次运气好，子弹虽然打中了我的腿，但没有打到骨头，医生说离骨头只差几毫米。"

"枪伤？"舒爱凌惊讶道。

"是的。抓捕贩毒分子时受的伤。"

"小强,我给你说了千遍万遍,对付贩毒分子要特别小心,这些人都是亡命之徒。"舒爱凌抱怨道。

"当时,一心只想抓坏人,忘记危险了。"

"不管怎么说,小强平安回到家中了。"陈利民说道。

张守芳上下嘴唇不停地哆嗦,含糊不清地念道:"阿弥陀佛,阿弥陀佛。"

小强回到家中疗伤休养,整个小区都知道了小强的英雄事迹。自从小强回到家后,张守芳就很少到小区花园和大妈们闲聊了,在家里听小强讲云南边境的故事。

6月中旬,小强回到了学校。学校给小强记了三等功,以表彰他的英勇事迹,学校还安排小强给学弟学妹们做报告。7月初,小强带着三等功从中国公安大学毕业回到江滨市,到江滨市公安局报到,成为一名中国人民警察。

根据工作需要和小强的实际情况,小强被分配到江滨市中山路派出所担任社区民警。

"担任社区民警,这个,这个……"当年小强报考中国公安大学的目的就是为了当一名同犯罪分子英勇斗争、捉拿罪犯的英雄警察,现在要做一个管理社区婆婆妈妈、琐碎小事的社区警察,让小强觉得有劲使不出,拳打棉花的感觉。

"陈小强同志,你作为一名党员,首先要服从组织的安排。最近,公安部多次强调要加强基层公安队伍建设,警力下沉充实基层,警务前移,关口前移。在社区,我们每天处理的事情可能是鸡毛蒜皮的小事,但对老百姓来说就是大事。要处理化解大大小小的矛盾,把纠纷转化到案件之前解决,防患于未然。社区民警还要对辖区的住户了如指掌,常住人口有多少?哪些是出租房?哪些是孤寡老人?把这些工作做好了,就能降低各种刑事案件的发生率,也是保卫了人民群众的生命和财产安全。"公安局长给小强讲了社区警察工作的重要性，虽然每句话都在理，但是小强还是心不甘、情不愿地来到社区民警办公室报到。

"陈小强你千万不要小看社区民警，做一个好的社区民警可不容易，做一个社区民警也同样是大有可为的。"长江路派出所毕所长是个从警 20 多年的老警察，完全知道年轻人的想法。

长江路派出所社区民警有两间办公室，包括小强在内共 5 个人。小强和社区民警组长盛国盛在一间办公室。另外一间是 3 位女民警。年长者是叶玉珠，是名军队转业干部，刘晓岚是 6 年前从地方大学毕业，通过考试进入公安战线的，韩红是小强的学姐，小强入学那年，她正好毕业。

"我们今天开个会，韩红，你拿个本子把今天开会的内容记下来，正儿八经地写个会议记录。今天的会议主题就是欢迎新同事陈小强加入我们社区民警队伍。陈小强是今年刚从公安大学毕业的优秀学生，他在学校还立了三等功。今天所里把陈小强安排到我们社区民警组，说明国家对社区民警以及社区民警工作的重视。我真心希望陈小强尽快熟悉社区民警工作的特点，向老同志，其实只是比你早几年参加工作的同事学习，迅速成为一名优秀的社区民警。"盛国盛说完，带头鼓掌。

"叶玉珠，你说两句。"盛国盛请叶玉珠讲话。叶玉珠是社区民警的副组长。

"非常欢迎陈小强同志来到我们组。社区民警工作很重要，因为社区民警的工作直接和人民群众的生活密切相关。年轻人来到社区民警组，为我们组增添了新鲜血液，我和老盛年龄大了，过不了几年就要退休了，希望年轻人热爱社区民警工作，把社区民警工作做好。"

"我补充一句，叶玉珠同志还很年轻，还有 4 年时间才会退休。我今年 11 月底就到退休年龄，希望有更多的年轻人接过我们的班。只要认真做，社区民警工作同样能做得出彩。"

小强回到江滨市做社区民警工作，张守芳最高兴，舒爱凌和陈利民也高兴，全家人在一起平平安安地过日子。虽然他们一家不像生意人那样大富大贵，但3个人都在国家单位上班，有稳定的工作和收入，也是很令人羡慕的。

"小强，刚刚局里打来电话要我去局里参加一个紧急会议。我就不能陪你去中山路居委会了。"叶玉珠和办公室其他同事都称陈小强为小强。

"没事，我一个人去居委会没有问题。"

不到10分钟，小强骑着自行车来到中山路街道居委会。

"陈警官，你请坐。小孙，给陈警官倒杯水。"居委会鲁主任客气地接待小强。

"谢谢鲁主任，不用倒水了，我在单位刚刚喝过。"

"听叶警官说，你是今年刚来的？"

"是的，我今年刚从中国公安大学毕业。"

"你是本地人吗？"鲁主任觉得小强的口音像是本地人。

"是的，我家住在怡和景苑。"

"怡和景苑不属于我们居委会。我们居委会管辖4个小区，其中有一个小区以动迁户为主。动迁户小区房屋出租多、外来人员多，治安情况复杂一些。"

"动迁户的小区叫什么名字？"

"滨江新城。"

"滨江新城，名字很好听。"

"陈警官，滨江新城是我们市最大的一个小区，全市近90%的拆迁户都住在那里。"

"鲁主任，我想自己到滨江新城小区走走。如果需要，我会和你们联系。"

"那我们就不陪你去了。"

"我骑车很方便，遇到困难我找你们帮忙。"

"如果需要我们帮助，可以随时来或打电话。"

滨江新城小区的正门位于广松路上，另外两个侧门分别位于电工西路和丹阳路。广松路大门口有人在下象棋，有不少人在围观。小强找个空地把自行车放好，就从大门处的第一幢大楼开始认真观看。

整个小区建得方方正正，每排有4幢6层的楼房，每幢楼有3个楼道。每个楼道每层有3户人家，总共12排。每幢楼与楼之间的间距很大，前面一幢的房子怎么也挡不到后面人家的阳光。满打满算，小区有2592户人家，如果每家4口人，这个小区就有1万多人。

虽然是夏日上午的10点，但小区里生长的梧桐树和樟树层层叠叠的树叶给居民提供了一个休闲纳凉之处。几乎每一幢楼房的门前，都有老头、老太坐在小凳子或小椅子上，一边摇着扇子一边和人聊天，还有人手推着载着婴幼儿的童车四处转悠。

下午，小强回到派出所，向大家汇报上午去居委会以及到滨江新城小区实地调研的情况。

"作为一个社区民警，就要尽可能地掌握所管辖区的人口和治安情况。只有充分掌握社区情况，才好开展工作。社区工作是艰巨复杂的，需要用大量的时间。"盛国盛肯定小强的工作热情。

"作为社区民警一定要和社区物业搞好关系，在小区居民中发展几个联络员，叫作警民联合。这样，我们的工作就不会太累，起到事半功倍的效果。"刘晓岚给小强出主意。

"晓岚说得对。平时小区物业和居民接触最多。抓住了物业，就抓住了工作的重点，我们工作就会省力得多。"韩红说道。

在办公室，同事们给小强的工作出主意。

小强在学校读书期间，舒爱凌、陈利民和张守芳3个人吃得很简单，而且量也不大。为了防止高血压、心脏病和糖尿病，他们有意识地控制饮食。小强从学校毕业回家，张守芳认为以前的饮食习惯不行了，必须要做改变。小强是个年轻小伙子，必须要多吃，还要吃得好。

一天下午，小强下班回到家，张守芳刚把一桌菜做好，靠在椅子上微微地喘着气，显得很疲倦。

"奶奶辛苦了，以后菜不要做这么多，爸妈他们这段时间特别注意控制饮食，做多了他们也吃不了。"

"你爸妈控制饮食有两年了。我做这些饭菜是给你吃的，你年轻要多吃，多吃肉。"张守芳始终把孙子放在第一位。

"奶奶，我发现你太累了。"小强心痛地说道。他观察到张守芳头发白了，腰背也驼了，眼睛不如以前明亮了。

"没事，我只要坐几分钟就缓过来了。今天晚上我给你做了一条大鲈鱼，做的时候里面放了一些糖、生姜和大蒜，味道特别好。"张守芳很满意她做的鲈鱼。

"奶奶，你坐在这里，不要动。我去厨房把饭菜端到桌子上。"

"小强，你上了一天班了，东奔西跑的够累的了。"

"小强今天到家比我早啊！"舒爱凌下班回家了。

"饭刚做好，我们正准备把饭菜端上来。"张守芳说道。

"姑妈，你歇着。我先洗个手，马上来端饭菜。"

"嘎吱"，大门打开，陈利民从医院下班回家，"一闻到这个味道，食欲就立刻上来了，就想大吃一顿。"陈利民说道。

"赶快洗手。"舒爱凌叫陈利民洗手。

"今天上午在医院参加了一个全院大会诊和疑难病例的讨论，虽然这个病人的病情是复杂一点，但我发现医生的责任心不够。"

"你说说他怎么不够。"

"按医院的规章制度和医疗法规,他的工作没有任何错误,但他没有站在病人的立场,设身处地为病人考虑。"陈利民说道。

"设身处地为病人考虑只能是一句口号。现在的形势下,谁能做到?我们只要把自己的工作做好,对得起自己的良心即可。"舒爱凌说道。

"院长说以后要加强政治思想学习,要树立全心全意为人民服务的精神,做好医疗工作。"

"全心全意为人民服务,这句话在任何地方、任何时间都是对的。如果是在领导监督下这么做,那就不是全心全意了。医生要时刻为病人着想,就像你以前说过,时刻提醒自己,我这样是否对病人最好,要把它成为一种习惯,成为医生的自觉行为。"舒爱凌说出她心中的好医生。

"祝院长对我说,希望我结合新形势,给全院医生做一次医学人文报告。"

"爸爸,什么是医学人文?"小强第一次听到医学人文这个词。

"医学人文大意上是这样的。医学的对象是人,人在具有动物学属性外,更具有社会性属性。人的社会学特征,是人和动物区别所在。人是社会关系中的人,人有丰富的情感和复杂的思想,医生在治疗过程中不能只看到疾病,更要看到整个人,以及他的社会关系。所以说医学是人学,医学人文的核心就是强调以人为中心,一切从病人出发,以病人为中心,关爱病人和尊重病人。"

"爸爸,我听出来了,医学人文讲的是医学的本质:关爱病人、帮助病人,吃药开刀只是技术手段。"小强说道。

"是的,可以这么理解。"陈利民肯定小强的理解。

"这和我们工作的性质,本质是一样的。我的工作是为辖区内居民服务,给辖区居民创造出一个安全、舒适的居住环境,做好治安工作。"

"小强,你和你爸爸都是做帮助人的工作,都是好工作。在工作中,能帮助人就帮助人,尽量帮助人。"张守芳说道,

"姑妈讲的话永远都是正面鼓励的，满满的正能量。"舒爱凌说道。

"在农村，老人常给孩子们说：'要做好事，要积德行善。'"

"奶奶说得对，我一定要做好事，积德行善。"

"小强，你这样说，奶奶就放心了，你这一辈子就平安有福了。"

"小强，明天是星期六，你有什么安排吗？"

"我没有想到做个小区调查这么费时间，我争取在一个半月或者两个月内，把调研工作完成。"

"小强的要强像你们两个。"张守芳对舒爱凌和陈利民说道。

"明、后两天，我去小区调研。"

"利民，你呢？"

"我还是老样子。明天上午，到病房兜一圈就回家。"

"小强，中午回家吃饭吗？"陈利民问道。

"明天是星期六，小强中午当然回家，小强可以中午在家吃过饭后再去小区调查。"舒爱凌说道。

功夫不负有心人。不到两个月的时间，小强就把滨江新城小区家家户户的情况，摸得清清楚楚。全小区共有2592户人家，空关的39户，其中17户房子连装修都没有，就空关放在那里。孤寡老人独居的有42户，在42户中，周末去儿孙家或儿孙来探望的有24家，有18家没有子女或子女在外地。滨江新城还有个特点是出租的比例高，有22户房屋出租，有单位来租房子作为集体宿舍的；有大学刚毕业，同学合租一套房子的；也有家庭来租的。当小强把他所掌握的资料交给居委会和物业看后，他们十分佩服小强工作认真、细致。

"小区居户材料本应该是我们给社区民警提供的，现在反过来了，社区民警给我们提供了这些材料，我感到很惭愧。我作为居委会的主任在这里表个态，我们居委会将全力支持陈警官的工作，同时我希望我们小区的

第 12 章 初为警察

物业管理部门也要无条件全力支持陈警官的工作。"居委会鲁主任在滨江新城物业办公室讲话。

"非常欢迎陈警官和鲁主任来到我们滨江新城小区，来到滨江新城物业办公室。"滨江新城小区物业郭振业经理说道，"物业管理工作过去我们做得不够好，今后一定要改正，按照居委会和派出所的要求做好物业管理工作。"

"小区物业不仅仅是收物业费，更重要是给小区居民提供安全舒适的居住环境。现在时代在发展，形势也变了，国家对小区物业的要求比过去高了。现在陈警官负责我们小区的治安工作，我衷心希望我们小区能在陈警官的带领下，成为一个文明小区、安全小区、模范小区。陈警官对我们小区做了详细的调查研究，下面我们就请陈警官对我们小区物业工作作指示。"鲁主任说道。

"谢谢鲁主任。我到这里来是配合大家工作的，和大家一起把小区管理工作做好，为老百姓创造出一个安全舒适的生活环境，为和谐社会做出贡献。

"我们小区是江滨市最大的一个小区，有2592户人家，48幢6层楼的房子。我们小区有孤寡老人42户，22户人家的房子出租。我们小区要重点关注的就是独居的老人和出租的房屋。对于独居老人主要是关心他们的身体健康，千万不能出现老人死在家中，没有人知道的事。出租屋关系到小区的治安，我对独居老人和出租屋的管理有以下的想法：

"第一个是我们要在每个楼道设立一个组长，组长一定是个热心为大家工作的人。我们就给组长一个任务，关心独居老人是否出门，如果一天没有出门，就要上门或者打电话问问。我们物业要有每个独居老人的电话，他们子女的姓名以及联系方式。如果遇到特殊情况，好及时联系。

"第二个就是出租屋的管理，出租屋的管理一定要细致。对住在出租屋的人，要掌握他们的身份证、手机号、工作单位、学历，等等，由于他们流动性较大，我们要定期到出租屋去看看，千万不能让我们小区的出租房成为犯罪分子的隐匿窝点。原来的租户离开和新的住户进来，都要在物业登记。

"对小区的情况最了解的应该是居住在我们这里的居民，要让整个小区的居民参与小区的环境和治安建设，千万不要有在小区住了十几年连对门住的是谁都不知道的。

"物业管理主要靠保安、维修、卫生3个部门。你们把工作做好了，居住在这里的老百姓就舒心、安心了。

"最后就是我的手机是24小时开机的，有事可以随时给我打电话。"

"刚才陈警官讲得非常好，我们一定要按陈警官讲的去做，从今天起，物业要准备给出租屋以及孤寡老人建立一个档案，对他们的活动要有记录。比如每天要和孤寡老人见面或电话联系，打电话很简单，客气寒暄两句就可以了。"鲁主任说道。

"好的，鲁主任，我们专门用一个本子，记录独居老人和出租屋的情况，就像我们每天打扫卫生都要有登记一样。陈警官，请放心，我们一定会按照你讲的那样，做好我们的工作。"郭经理保证道。

这次会议开得很成功，小强很开心。警民联防工作做好了，让人民群众参与进来，就能提高工作效率。虽然小强把任务都安排好了，但小强自己还是拜访了所有的独居老人，进了他们的家门和他们聊天，并和他们成为朋友。小强还在晚上时间来到出租屋，见到了所有住在出租屋的人，即使在大街上偶然相遇，小强也能知道这个人的具体住址。

"小强3点打来电话，说今天要晚一点回家，说什么要去社区看落实的情况。"张守芳拿了两个碗，把桌上的菜夹到碗里，留给小强回来吃。

"又加班了？"陈利民叹息道。

"你不也是经常加班吗？你加班又不比儿子少。"舒爱凌说道。

"姑妈，留给小强的菜够了，你总是怕小强吃不饱。"舒爱凌对张守芳说道。

"小强年轻，要多吃一点。"

"幸亏小强是我的亲儿子，否则姑妈这么向着小强，我们家就要闹出矛盾了。"

"不会的，一家人怎么会有矛盾。"

"今天，我单位一个同事问我，小强有没有对象。"舒爱凌说道。

"他想给小强介绍对象？"张守芳立即问道。

"我想他是这个意思。我说小强刚参加工作，不急。"

"我们科室也有人问过。"陈利民说道。

"不管是医生，还是护士，都不行。小强一定要找一个能顾得上家的人。"舒爱凌说道。

"我们科室的一位护士想把她的一个亲戚介绍给小强。"

"小强刚参加工作，先把心思放在工作上，过个一年半载再谈恋爱也不迟。"舒爱凌定了调。

小强下班回到家，就帮助奶奶做家务。

"小强，你不要惦记着家里，你要把工作做好。"

"奶奶，我是把全部工作做好后才回家的，奶奶你请放心。"

"你一定要把工作做好。你现在是警察，老百姓如果找你帮帮忙，你一定要给人帮忙。你和你爸爸都是做帮助人的工作，是积德行善，将来一定会有福报。"

"奶奶，我早就把你的话记在心上了，时刻提醒自己要做好事。"

"你妈妈说你刚参加工作，谈恋爱不着急。我说啊，如果有合适的，不要错过。"张守芳关心孙子的恋爱婚姻。

"如果我谈恋爱，我一定告诉奶奶，让奶奶帮我拿主意。"

"只要你自己喜欢就行了，我相信你的眼光。"

星期天上午，大约9点，小强对他父母说道："我出去一会儿。"

"今天是星期天，你又要加班？"

"不是加班，与工作无关，我一会儿就回来。"

大约一个小时后，小强抱着一个椅子气喘吁吁地回到家中，放在正对电视的位置。

"小强，你拿这个椅子回来干什么？"舒爱凌问道。

"我刚从家具店买回来的，给奶奶坐。"

"给我坐？"张守芳惊讶道。

"这把椅子的靠背部分从中间突出来，对人的腰部有支撑作用，坐上去，腰会感觉舒服一些。"

"小强真是个孝敬的好孙子，奶奶老了，有福了。"舒爱凌说道。

"你们好就是我的福气。"张守芳说道。

"小强，奶奶说了，全家人的平安是奶奶最大的福分。"

"知道了，把安全放在第一位。"

"你和你爸爸都要把安全放在第一位。"舒爱凌说道。

"奶奶，你坐到椅子上，看看是否舒服一些。"小强请张守芳坐在他新买来的椅子上。

张守芳坐在椅子上，挺起胸，直起腰，双手搭在椅子的扶手上，人往后靠。"嗯，真舒服，特别是腰背觉得舒服。"

"好，我就是要买这种椅子。这个椅子与其他椅子不一样的地方，就是腰部鼓起来的，给腰部起到一个支撑的作用，不论你坐多少时间，腰部都不会感到累。奶奶在厨房做饭做菜累了，就可以坐到这里休息一会儿。"

"小强是个孝顺、善良的好孩子，哪个姑娘嫁给小强，就有福了。"

"小强，你花了多少钱？"舒爱凌问道。

"没有多少钱。"

"我和你爸爸说过，家里的一切开销由爸妈来出，你只要把你的钱存起来就可以了。"

"小强，我什么也不缺，你以后可什么也不要再买了。"

小强坚持下基层，到社区走访群众，从敲居民的门到走入居民的心中，小强用踏实的脚步，一次又一次地丈量小区的土地。小区里一草一木，大大小小的数据，小强都熟记于心。小强能做到提人知名，提物知情，辖区所有的人和物都刻在小强的脑海里了。最近发生的一件事，让市公安局刑侦科同事对小强的工作佩服得五体投地。

一天，刑侦科的两位民警拿着一张不太清楚的照片，到滨江新城小区，问有没有人看到照片上的人。恰巧小强走过，只是瞥了照片一眼就说道："这个人住在 36 幢的 301 室，是两个星期前住到这里的。"

"你肯定？"

"当然肯定，这个人好像在我们这里一家工地上干活，每天晚上 6 点以后回家。这样，今天晚上我陪你们一起过去。"

这个逃犯自以为神不知鬼不觉地逃到江滨市，躲藏在茫茫的人海之中谁也找不到他。可他万万没有想到，他来江滨市的第一天就被小强发现了。

这件事很快就在公安局传开了，局长肯定了社区民警的工作，说社区民警的工作是我们公安局民警工作的一个重要部分，是警务工作的前移。

第13章

社区民警 -1

2008年年底，江滨市长江路派出所社区民警盛国盛年满60岁，光荣退休。翌年春节后，上级机关来文，成立社区民警科，叶玉珠担任科长。叶玉珠是2000年从部队转业来到长江路派出所担任社区民警的，她勤勤恳恳工作8年了，深受同事和辖区居民的欢迎。

小强的工作表现大大地超出同事对他的预期。同事们发现，小强不仅工作勤奋，而且是个有思路有想法的人。在短短的两个月，小强就把滨江新城小区住户情况调查得一清二楚。在去年12月抓捕逃犯的活动中，小强受到局里的表扬。叶玉珠打心眼里喜欢小强，认为小强一定会在社区民警这个行业中有所作为，做出一番成绩。

"工作中会遇到各种各样的问题或困难，遇到困难的时候不要慌张，要冷静。首先要找出主要矛盾，主要矛盾解决了，次要矛盾就迎刃而解。"舒爱凌做了20多年的行政工作，有丰富的经验。

"你妈说得对。一般人家不需要警察帮忙，需要警察帮忙的主要是孤寡老人。"陈利民接着舒爱凌的话往下说。

"小强，你要关心那些没有请保姆照顾、身体又不好的孤寡老人。这种人在家里摔一跤，很有可能爬不起来。"张守芳说道。

"奶奶说得对。我去年就把工作的重点放在了孤寡老人身上。关心孤寡老人的工作，不能粗线条，要做细。我一定要把这项工作做好。"

滨江新城90%是拆迁户，绝大部分是郊区农民。虽然农民在拆迁过程中得到了足够的补偿，但不少人因为拆迁过早地失去了工作，50岁不到就闲赋在家，无所事事。如果有工作，也只是做保安或超市收银员之类的工作。总体来说收入不高，在江滨市属于低收入人群，所以在滨江新城小区花几千块钱请保姆的人家很少。

在滨江新城，只要天气好，老人或没有工作的中年人就会下楼，到楼前的一块空地方，三五成群地一起聊天拉家常，任何陌生人出入，他们都知道。

2009年4月10日上午10点，小强和居委会鲁主任一起来到滨江新城小区，参加物业组织的综合管理会议。

"非常欢迎陈警官和鲁主任再次来到我们小区参加物业管理工作会议。陈警官和鲁主任对我们小区的建设和治安特别地关心，早在去年就给我们提出过一些很好的方案。

"我们是拆迁户小区，居民收入低，但在居委会和陈警官的领导下，在各位共同努力下，我们小区综合管理工作，有了明显的提升。陈警官工作非常认真，事业心强，他想把我们小区建设成全市模范小区、优秀小区。下面请陈警官给我们讲话。"

小区是我家，建设靠大家。这句话讲得非常好，而且情况也的确如此。我们小区是拆迁户小区，居民收入比其他小区低，我们物业费比其他小区要便宜，只有别的小区的四分之一，但这些都不是我们小区不能成为全市模范小区的理由。自从我第一天当上社区民警起，我就下决心要把我们小区建设成没有刑事案件，居民和睦相处、团结友爱、互相帮助的小区。去年下半年，我采取了一些措施，有了一些进步，但我们做得还不够，还有很大的提升空间。

由于我们物业管理费低，我们不可能雇用太多的保安和卫勤人员，但我们可以发动我们小区2000多户人家，近一万人共同参与到我们小区的建设。只要我们把群众发动起来了，我们的工作就一定能成功。下面我把一些具体计划措施告诉大家。

1. 每个楼道设立一位组长，每幢楼设立一个楼长。根据正态分布原理，在小区居民中总有一些人愿意做公益活动。

2. 小区要建立微信群、公示栏，可以通过微信向居民发布各种信息，也可以让居民在微信上反映各种情况。每个楼道每幢楼要建设微信群，小组长和楼长可以通过微信发布各种消息或征求大家意见。

3. 每位组长或楼长一定要对每户人家的情况熟悉，特别是出租房屋和孤寡老人。孤寡老人的电话、外地子女的电话，都要掌握。我们要注意独居老人是否出家门，经常打个电话或上门问问。

4. 大家生活在一起，难免产生各种矛盾。要建设文明小区，必须要将这些矛盾大事化小，小事化了，绝不能让邻里纠纷上升为刑事案件。

5. 我们要制定居民行为公约，让大家互相监督，提高小区文明程度。

6. 我们要定期向小区居民宣传法律知识以及医学常识。当然，这些我们会请专业人员给大家办讲座。

小强一口气把他的小区治理方案全都讲出来了。

"刚才陈警官讲了小区综合管理、文明小区的建设，讲得非常好，我听了很受启发，很受教育。陈警官讲的这些内容，都是我们物业管理部门应该做的工作，但陈警官想得比我们要仔细、要周全。我希望我们物业管理公司的人要牢记陈警官的话，并落实下去。下个星期我们要检查落实情况，非常感谢陈警官对我们工作的指导。"

小强向郭振业经理挥挥手，示意不要太客套。

这次会议后，滨江新城小区的综合管理以及文明小区建设工作稳健向前推进。

5月底，大部分花已经谢了，小区到处是成片嫩嫩的绿色。居民三五成群地从家里带着小板凳坐在一起，聊东家长或西家短，还有一些老人带着孩子在院子里转悠。两位大伯在下棋，神色凝重地思考着如何走下一步棋，围观的人同样表情严肃，思考着，偶有人交头接耳。

"老李上炮，把右边的马腿给堵住。"刚从菜场买菜回来的刘大伯迫不及待地发表自己的观点。

老李没有理睬他，仍然在思考。

"老李，你听我的，把炮拉上去，这是一步好棋。"刘大伯索性把菜放到地上，自己要替老李走这步棋。

"喂、喂，刘兄弟，我还没有想好，上炮不一定是好棋。"李大伯说道。

"赶快把炮拿上去，堵住马腿。"刘大伯是个急性子。

"刘兄弟，又不是你下棋，让老李自己下。"一位看棋的人说道。

"我和老李商量，又没有和你说，你来什么劲？"刘大伯说话一点不客气。

"我们大伙儿都在旁边看，只有你一个人大声嚷，还指手画脚。观棋不语真君子，你知道吗。"说话一个比一个厉害。

"我和老李讲话关你什么事，真是狗拿耗子多管闲事。"

"你做得不对。我管了又怎么样？"

"喂喂，看个棋怎么吵起来了？！老刘，你先把菜拿回家再过来，我们俩下一盘。"一位大伯见他们俩争起来，就止住他们的争吵。小强在旁边看了暗暗为这位制止争吵的大伯叫好。

小强来到物业管理办公室查看物业公司的日志。最近的5月19日的日志记载一位80岁独居的老太太连续3天没有下楼，组长连续打了3次电话没有人接，组长就去敲门，人在家。老太太说上次他儿子来给她送来很多吃的，就没有下楼了。组长还检查老人的电话，发现老太太家的电话线脱落了，就把电话线连接好了。

5月10日的日志：因为装修，楼上楼下发生争吵，而且争吵很激烈，差点就要打110报警了。经过组长、楼长耐心劝导，双方最终和解。

4月27日的日志写得较长，记录两套房子出租的情况。一套房子是出租给一个本地家庭，因为新房装修且老房卖了，就暂时住在滨江新城小区；另外一套三室一厅的房子是一个工地租给3个中层干部居住的。小强看到这些材料后，心中大喜，认为小区物业已经按照上次会议的要求去做了，而且做得很好。

晚上在家吃饭时，小强得意地向家人说了滨江新城小区综合管理情况："现在滨江新城小区的管理完全进入轨道了，我设想的轨道。所有的人都调动起来，各司其职，责任到人。"

"小强，你这样做就对了，广泛发动群众，小区所有的人一起参与小区的治理。否则你有三头六臂，也要把你累死，还做不好。"舒爱凌说道。

"小强，你妈妈说得对，要努力工作，但也要善于工作。你现在开了一个好头，继续努力。"陈利民说道。

"小强，你有任何事都要告诉我们，全家人一起帮你出主意，特别是要听你妈妈的意见。"张守芳说道。

"做工作首先要积极肯干，还要会动脑子。小强工作才一年，做得很出色，超出我的预期。现在小强把小区的群众动员起来了，非常好，但不能每天只看记录，必要时要抽查，开个总结会，对做得好的人予以表扬。这样才可以提高大家的积极性，更好地把工作做下去。还有，小强，不能埋头苦干，你做出成绩了，在适当的时候，让大家知道。"舒爱凌给小强传授工作经验。

"凌凌讲话就是有道理，凌凌就是有经验。小强，遇到困难就要马上告诉你妈，全家一起帮你出主意、想办法。"张守芳说道。

对小强在工作中取得的成绩，叶玉珠打心眼里高兴，多次在办公室表扬小强。

"我看啊，叶科长要有个女儿，一定会嫁给小强。"韩红说道。

"小强工作认真负责，长得又帅，我如果有个妹妹，也会介绍给小强。"刘晓岚说道。

"你们这么一说，我真要给小强介绍对象了。"叶玉珠说道。

"我刚参加工作，还需要各位多多指导，谈恋爱过两年再说。"小强脸涨得通红。

"小强，你虽然工作时间不长，但到了谈恋爱的年龄了。在家里，你爸妈还有你奶奶，没有关心过你女朋友？"韩红说道。

"我爸妈和我的意见一样，先把工作做好，恋爱结婚以后再说。"

"我可不相信，你们家就你一个儿子，他们怎么可能不关心你恋爱结婚的事。"

"小强刚参加工作，的确应该以工作为主，我想小强谈恋爱的事大家就不要操心了。"叶玉珠说道。

"叶科长你是不是准备给小强介绍对象？"刘晓岚做个鬼脸。

36幢2单元组长梁大妈60多岁，身体硬朗，是个热心肠。同住一个楼道4楼的陆祖元老先生，平时一个人在家。老先生每天都要下来走走，或去超市，或去菜场，另外，隔几天下楼扔垃圾。

8月的一天，梁大妈发现陆先生连续两天没有下楼，出于关心，梁大妈到4楼敲陆先生家的门，没有人答应。梁大妈就到保安室调看这两天的监控，确认陆先生没有出小区，这时梁大妈心里有种不祥之兆，立即告诉物业公司郭经理。因为陆先生家是防盗门和防盗窗，郭经理立即给小强打电话。一刻钟后，小强带着一个专业开锁师傅来到36幢2单元的楼梯口，开锁师傅用些看似十分简单的工具，不到3分钟就把房门打开了。

"师傅真厉害！"站在一旁的保安佩服地说道。

小强、梁大妈、郭经理还有保安一同进入陆先生的房间内，发现陆先生倒在卧室，人还活着。

"陆先生，我拼命敲门，你怎么不答应一下？"梁大妈抱怨道。

"对不起大家，给大伙添麻烦了。我大概是在1个半小时前，站在凳子上换灯泡，从凳子上摔了下来。当时有剧烈的疼痛，约过了20分钟才缓过来。不但站不起来，连爬都不行。我心想再怎么大声呼救都徒劳的，我干脆就躺着吧。"

"我敲门，你有没有听见？"梁大妈问道。

"我在卧室，又有些耳背，根本听不到外面的敲门声。谢谢你们来救我。"

不一会儿，120救护车就来到了36幢2单元的楼梯口，小强随救护车来到医院急诊室。

陆大伯是右大腿股骨颈骨折，需要住院手术治疗。在送陆大伯去骨科病房的路上，陆大伯的女儿给小强打来电话，询问她父亲的伤情。

"医生说是大腿骨折，需要住院手术。"

"现在有生命危险吗？"

"没有。"

"手术有危险吗？"

"任何手术都有危险。"小强回答道。

"哪天做手术？"

"这个要问医生了，你赶紧过来吧。"

"好的，谢谢！"女儿连声感谢。

如果不是组长梁大妈警惕性高，邻里之间互相关爱，陆大伯一个人躺在家里可能会因为低血糖而死亡。这说明小强制定的一套发动群众，警民联动管理的方法，不仅管用，而且有效。小强及时召开一次综合管理会议，参加会议的人有物业公司管理人员、保洁、保安，还有楼长和组长。在会议上小强特别表扬了36幢第2单元组长梁大妈，并号召小区全体居民向梁大妈学习。最后，小强还要求物业在宣传栏上报道这件事。

陆大伯出院后，逢人就说他这条命是小区给他的，感谢物业、感谢小强。陆大伯的女儿不但给物业写了一封感谢信，而且给长江路派出所写了一封感谢信。感谢信全文如下：

感谢信

尊敬的派出所领导：

我父亲陆祖元，76岁，住在滨江新城36幢2单元402室。我父亲患有糖尿病和高血压等慢性疾病，平时依靠药物维持，情况稳定，生活能自理。

2009年8月6日，我父亲在家中不慎从高处跌落，造成右大腿骨折，失去行动的能力，只能躺在地上。由于我父亲是在卧室内摔倒，尽管他曾经呼救，声音无法传到室外、走廊。外面人敲门他也听不到，即使听到，他也动不了，无法给人开门。

我父亲居住的单元组长发现我父亲两天没有下楼，本着高度责任心，在敲门没有回应后，向物业汇报。物业向陈警官求助，陈警官立即请专业开锁师傅开门，发现我父亲倒在地上，就把我父亲送到了医院。

如果不是他们及时发现，我父亲可能就会饿死在家中。我真心感谢派出所教育出来的好警官。并祝陈警官好人好运。

此致

敬礼

陆新颖
2009年8月26日

"小强同志又为我们社区民警科立功了，我们社区民警科是我们警务工作的基石，是警务工作的前置，能及时处理人民内部矛盾，减少刑事案件的发生。"叶玉珠每次开会都要说社区民警的伟大意义，"我们社区民警就是要守护辖区内百姓平安，打造和谐社会。小强工作勤奋，又爱动脑筋，还有最重要的一点，他有颗关心帮助人的心。小强做得不错，我希望其他同志以小强为榜样，做好自己的工作，同时也希望小强在以后的工作中更加努力，做出更多的成绩，成为一名受人民群众欢迎的优秀警察。"

小区出租房屋是小强关注的重点，因为出租屋的人员鱼龙混杂、良莠不齐，容易成为犯罪分子的藏匿之处。除了关照小区的楼长和组长，注意出租屋的人员变化，小强自己也是隔三岔五地去出租屋去看看。

一天晚上，小强来到11幢3楼道201室，小强进屋后发现室内多了两个十六七岁高中生模样的青年男子。因为在物业的记录本子上没有这个信息，故引起了小强的警觉。

"你们两位住在这里？"小强问道。

"我们是来表哥这里玩两天。"

"你们来几天了？"

"前天来的。"

"前天来的，怎么没有登记？"

"登记什么？"小伙子好奇地问道。

"陈警官，他们临时来，住几天就走，明天我补登记。"房客说道。

"嗯，知道了。"小强又问两位小伙子，"你们俩来江滨准备做什么？"

"我们俩只是出来玩玩，因为身上的钱不多了。所以来表哥这里。"

"请把身份证给我看看。"小强接过身份证，用手机拍照后，说道，"你是王小虎，你是唐勇，你们俩应该是学生吧？"

"是的，我们是学生。"

"你们俩是学生，怎么不上课？"小强突然觉得不对。

"嗯，是这样……"两个小家伙支支吾吾说不出话。

"会不会是逃学？"小强突然想到有个别学生因为逃学而离家出走。于是小强对他们说道："有什么事可以给我说，我会保护你们的。"

"陈警官人很好，有什么尽管说。"房客说道。

"那我说了。"唐勇征求王小虎的意见。

王小虎低头不语，两只手不停地搓着。

"那就说吧。"房客鼓励他们俩说出来。

"是这样的，嗯……"唐勇说道。

"是怎样的，直接说出来，不要吞吞吐吐。"

"嗯，"唐勇停顿一会儿，鼓足勇气说道，"上个星期三下午，我们俩因为考试成绩不好，被老师批评了，我们俩就商量逃学，到外面闯一闯。"

"那这几天吃住是怎么解决的？"小强问道。

"我带了600元，他带了500元。"唐勇说道。

"用了多少钱？"

"花得差不多了，主要是住宾馆，每天晚上都要200块钱。因为钱不多了，我们就不敢再住宾馆了，所以就想在表哥这里住几天。"

"你们有没有想过钱用完后怎么办？"

"如果用完了，我们找个地方打工。"

"你们俩出来的时候和爸妈讲了吗？"小强问道。

"没有。"

"老师知道吗？"

"不知道。"

"你们有兄弟姐妹吗？"

"没有,我和他都是独生子女。"

"你们这样出来有没有想到会造成怎样的后果?"

"大不了就到工地打工。"小家伙无所谓地说道。

"小兄弟,你们知道这么做对你们父母打击有多大吗?简直是要他们的半条命,还有学校的老师也非常着急,你们俩现在是怎么想的?"

"我们俩现在觉得在外面瞎跑也没有什么意思,还是在家里舒服。"

"这不仅是舒服的问题,关键是你们这样外出,你们爸妈要急疯了。"

正在这时,市公安局给小强来电话,说外地公安局发出协助寻找人的请求,并留下了联系电话。

小强按局里提供的电话号码,给对方拨过去:"喂,是唐勇家吗?"

"你是哪里?"对方警觉地问道。

"唐勇在我这里。"小强说道。

"我要和唐勇说话。"

"请等一下,我让你儿子和你们讲话。"

"爸爸,我是小勇。"唐勇对着电话说道。

"小勇,你这几天到什么地方去了? 我把县城所有的地方都找遍了,你妈哭得眼睛都要瞎了。"

"唉,我只是出来玩几天就回去。"

"好了,听到你的声音就行了,你现在在哪里?"

"在江滨市。"

"刚才给我打电话的人是谁?"

"是民警。"

"是民警?你把电话交给他,我给他说几句话。"

"喂。"小强拿起电话说道。

"警察同志,太谢谢你了,刚才你给我打电话,我说要听到我儿子的声音,是因为我们已经接到4个诈骗电话,他们都说找到了我儿子,我们还被其中的一个人骗了 4000 块钱。"

第二天，孩子的父母把孩子领回去了，并给江滨市公安局写了一封热情洋溢的感谢信。

"小强不错，给江滨市公安局争光了。"陈利民说道。

"这次是小强一个人发现的，楼长、组长都没有发现。"舒爱凌说道。

"因为这两个孩子说马上就走，他们就可能大意了。"小强说道。

"这不行。如果是犯罪分子，他们可能就在滨江新城小区住两天，然后又流窜作案。要对这幢楼的负责人进行批评。"陈利民说道。

"利民，你不要瞎出主意。楼长和组长都是志愿者，是一群热心人，牺牲自己的时间帮大家做好事的。他们没有拿你的一分钱，小强的工作还是要依靠他们，所以小强绝不能板着脸批评他们，只能委婉地给他们提一些建议。"

"凌凌说得对，小区组长和楼长都是热心人，做得不好指出来就行了。"张守芳同意舒爱凌的观点。

"是的，我要好好地想想怎样和他们说，把他们的积极性调起来，还要保护好。"小强说道。

10 月 12 日的江滨市秋高气爽，气候十分宜人。这天，长江路派出所叶玉珠科长、陈小强和长江路居委会鲁主任一行 3 人，来到滨江新城小区开展调研。

上午 9 点半，不大的物业会议室挤满了人，小区参加会议的主要有物业管理公司的郭经理、办公室胡主任、保安孔队长、工程维修部黄组长，另外最多的是各幢大楼的楼长和组长。

"大家安静，今天我们召开一次我们小区重要的会议，上次会议是在半年前开的，按照会议的议程，首先由居委会鲁主任给大家讲话。"和以往一样，由物业管理公司郭经理主持会议。

"大家好，大家辛苦了。长江路居委会共管辖 4 个小区，其中我们这个小区是拆迁户小区。当时在分配任务时，居委会都不愿意要我们小区，我想大家都知道原因。我们小区人多、人杂，需要帮助安置工作的人多。在全市各小区中，就属我们小区居民收入低，物业费也最便宜。以至于有些物业公司不愿意来，为什么？物业赚不到钱。

"但是在长江路派出所叶科长的领导下，我们小区综合管理各项指标均居于全市前茅，我们能取得今天这样好的成绩，首先是感谢在座的各位，把小区当作自己家精心爱护。最后，我要特别感谢我们的社区民警陈小强。"鲁主任说道。

"陈警官是我见过为数不多的优秀警察。虽然陈警官是一名警察，他对我们小区的了解比我们做物业的人都清楚。他只要一见人，就知道他住几幢几号，看到车子就知道车子的主人是谁。所以，我们要以陈警官为榜样，把物业工作做好。下面我们请叶科长给我们作指示。"郭经理说道。

"大家上午好，很高兴又和大家见面了，半年前在这里我们召开了一次小区综合治理会议，会议的主题是创建文明小区。半年过去了，各项工作落实得很好，我们小区有了可喜的变化，我们的工作得到了上级机关的表扬和肯定。两个典型的例子：一是有位老人摔倒在家中，被我们及时发现，送往医院，救了老人一命；最近在小区的一间出租屋内来两个负气离家出走的中学生，陈小强火眼金睛发现后，立即和孩子的父母联系。这两件事我们做得非常好，受到上级领导的表扬。

"陈小强同志工作认真、踏实，对小区的一草一木都了然于心中，把小区当成他自己的家，为小区的建设做出了巨大的贡献。我希望小区的任何居民，珍惜这来之不易的成果，把我们家园建设得更好。"

"社区民警是我们依法管理小区的坚强后盾，有社区民警给我们撑腰，我们就一定能管好我们的小区，下面请陈警官给我们讲话。"郭经理说道。

"小区是我们大家的小区，小区的管理还是得靠大家。我们在小区管理取得的成绩，是大家共同参与的结果。我们要互相关心、互相爱护，把小区当作我们自己家一样建设好，让我们的小区成为全市的模范小区、别人羡慕的小区。如果我在工作中有什么做得不好，请大家不要有任何思想顾虑地给我指出来，我一定会改正，大家有什么好的建议也可以和我说。"

"小区的建设靠小区全体居民，特别是靠在座的各位楼长和组长，你们是我们小区平安的基石，正是由于你们无私的奉献，才换来我们小区的整洁和平安。最后我衷心地希望大家按照上级对文明小区建设的要求，继续做好我们的工作，谢谢大家。"郭经理宣布会议结束。

2009年年底，市公安局组织消防安全大检查。检查人员发现滨江新城小区存在电动自行车乱停放、乱拉电线充电等问题。

这些违章行为既不美观又影响大家的行走，更有引起火灾的危险。去年公安部通报的小区楼道因为电动自行车充电引起的火灾就有3起，火灾造成了人民群众生命和财产的重大损失。随后，公安部给各省、市、自治区公安厅发文，要求坚决整改。虽然滨江新城小区也整改过几次，但效果不理想。为什么整改的效果不理想？小强决定先做个调研。

"今天把大家召集在一起开个会，会议的内容就是清理走廊过道的电动自行车，以及电动自行车充电的问题。楼道内不准停放电动自行车，这个问题必须要解决，没有讨价还价的余地。"小强先发言，给会议定个调子。

"我们挨家挨户做宣传，告诉他们楼道内不允许停放电动自行车，更不允许在楼道内充电。"物业保卫科孔队长先发言。

"如果居户不听怎么办？"小强问道。

"如果他们不听，我们就把电动自行车搬到楼外。"孔队长说道。

"郭经理，你的意见呢？"

"我们小区出现的电动自行车乱停放、乱充电现象,在其他一些老旧小区也有。造成这种现象的原因是当初建房子的时候,没有给电动自行车留一个充电的地方。"

"如果我们给居民们提供一个充电的地方,是否就能解决居民们在走廊过道充电的问题?"小强问郭经理。

"如果有充电的地方,这个问题就容易解决了。"郭经理说道。

"我看也是。"孔队长说道。

"别的小区有没有给小区居民提供公共充电的地方?"小强问道。

"我以前在新华小区做过工程和物业维修,就是小区搭个像雨棚样的停车棚,大家下班后把电动自行车停进去。在停车棚安装一个充电收费器,就是每次放入一元硬币,可充 8 小时。"工程部黄组长说道。

"这个信息好,既然别人能做到,我们一定也能做到,一定要尽快把这件事落实。郭经理在春节前把停车棚建好,行不行?"小强问郭经理。

"没问题。"郭经理答道。

"很好。在修建停车棚的同时,我们要开展宣教活动,告诉大家在走廊过道充电的危险性。并告诉居民这是市里的统一安排,不要心存幻想,抱有任何侥幸心理。"

2010 年 1 月 7 日,小区的停车棚建设完毕,验收合格。物业挨家挨户宣传,请大家把电动自行车放入停车棚。在下午回家前,小强到小区的楼道走走,楼道宽敞多了,既好看,行走也方便。

"小强,电动自行车全部搬出来了吗?"晚上在家里,陈利民问小强。

"回家之前,我特地到每幢楼过道看了看,现在楼道里一辆电动自行车也没有了。"小强得意地说道。

"小强像他妈妈,做事认真踏实,有股闯劲。"张守芳说道。

"小强的工作性质和我的工作性质不一样,他是警察,我在机关上班。"

"都一样，都是为人民服务。"张守芳说道。

"姑妈也会说大道理了。"舒爱凌说道。

"姑妈只是没有上过大学，姑妈要是上过大学，我们谁也比不过姑妈。"陈利民说道。

"小强，你把走廊过道电动自行车清理掉，又给小区做了一件实实在在的好事。如果楼梯走廊停满了自行车，我都不愿意走。"陈利民说道。

"利民，你别说不愿意走。如果我们这里没有电梯，你还得乖乖地爬楼梯，侧着身子也要走。"舒爱凌说道。

"好像我们小区没有那么多的电动自行车。"陈利民说道。

"滨江新城小区是拆迁户小区，小区居民总体收入低，电动自行车是小区居民的主要出行工具。我们小区，几乎家家都有汽车，个别人家还有两辆汽车。"小强说道。

"利民好像生活在真空中，我们的条件在江滨市算好的了，人家对我们都很羡慕。"舒爱凌说道。

"我还以为其他小区和我们都一样。"陈利民说道。

"利民是一心扑在工作上，两耳不闻窗外事。"张守芳说道。

"下次上面来检查，就要表扬滨江新城小区了。"舒爱凌说道。

"小强这次是实实在在地做了一件好事，消除火灾的隐患。楼房要是起了火多危险，跑都没有地方跑。"张守芳说道。

"清理走廊过道的电动自行车，主要是保障小区居民的生命和财产的安全。"小强说道。

"小强今年又长了一岁，应该考虑找对象了。利民、凌凌，你们两个人要关心小强的终身大事，注意身边有没有好的姑娘，给小强介绍。"

"姑妈，我上个月还准备给小强在医院里介绍，你说不行，说医院的医生和护士工作太忙，不能照顾小强。"陈利民说道。

"好的，我发动我单位的人帮助小强找对象。"舒爱凌说道。

"停住，传出去让人笑话。"小强说道。

"小强现在什么都好，就缺对象了。"张守芳说道。

"小强，你听到奶奶说的话了吗？从今天起，在工作的同时也要关注个人问题。"舒爱凌说道。

住在23幢1楼道402室的吴桂荣是出了名的钉子户和刺头。在没有入住滨江新城小区之前，居委会鲁主任就听说过吴桂荣。在拆迁过程中，吴桂荣不但自己不搬走，还串通其他村民向组织提出过分的要求，给当时的拆迁工作带来很大的困扰。

最近，这位吴桂荣先生又生事了。先是偷电，在电表上做了个小动作，每天用电，电表不走字。当然，这小儿科的把戏很快被电力部门识破，对他进行了严肃的批评和教育。然而吴桂荣却摆出一副死猪不怕开水烫的架势，对电力部门的批评不予理睬，后来竟明目张胆地不交电费，供电局又没有办法停他一家的电，只能每个月给他们家发账单，催缴电费。最近愈演愈烈了，水费也不交，最后物业费也不交。

物业费不交，把物业公司的人急坏了，如果其他人家效仿吴桂荣的做法，物业公司就收不到物业管理费，也就无法运作。这种现象在个别小区曾发生过，小区里面垃圾随地扔，走廊过道也没有人打扫。

物业公司郭经理亲自来到吴桂荣家，希望吴桂荣能按时交纳物业费。

"郭经理，我要是知道你来我家是让我交物业费，我就不给你开门了。关于物业费的问题，免谈。"吴桂荣一点不给郭经理面子。

"老吴，我们物业公司有保安、保洁，还有办公室的工作人员，共20多人。如果大家都不交纳物业管理费，大家的工资就发不出来了。"

"你们发不发工资和我有什么关系。"

"老吴，我们小区虽然是个以拆迁户为主的小区，现在经过几年的建设，我们小区各项指标在全市均名列前茅。现在小区的环境非常好，我们要珍惜这来之不易的成果。"郭经理苦口婆心地说道。

"郭经理，你不要和我讲这些无用的东西。我不稀罕住这破公房，是你们非要我住进来的，要不然你把我以前的房子还给我，我离开这里。"

"老吴，你这叫不讲道理。我好心和你讲，你一点听不进去，这不好。"

"郭经理，我和你说交钱这个问题没得谈，如果你给我们拆迁户发钱，我欢迎。"

"老吴，我希望你能认真考虑我的建议，这对你、对我们小区都好。"

"郭经理，你想威胁我？！我告诉你，门都没有，要钱没有，要命一条。"

郭经理憋了一肚子的气，从吴桂荣家出来。作为物业公司的负责人，郭经理知道一定要让吴桂荣交物业费，否则这个小区就无法管理，敬酒不吃就给他吃罚酒。怎样给吴桂荣吃罚酒，给他断水断电把他家门堵上？这势必要吵闹起来。另外，作为物业能不能做这些，他心里也没有底。因此，郭经理只能向小强求助。

小强之前听说过这类事，以为是天方夜谭的事，现在真的发生了，而且就在自己管辖的小区。在听了物业公司郭经理反映的情况后，小强立刻意识到这是一个棘手的问题。但小强心里明白，居民必须要交纳水费、电费和物业管理费，如果居民不交，物业能采取措施吗？小强为此陷入苦恼之中。

"小强，是不是女孩子不理你？"母亲舒爱凌开玩笑说道。

"不是。"

"我们家小强追求女孩子，怎么会有人不理呢？"

"那是什么事？"作为母亲，一眼就看出儿子有什么心事。

"滨江新城小区有户人家不交水费、电费和物业管理费。"

"居然还有不交水电费和物业管理费的？"陈利民惊讶道。

"利民，你就适合在真空中生活，生活中稀奇古怪的事、不讲道理的事多着呢。"舒爱凌说道。

"水费、电费不交对小区管理没有什么影响，自来水公司和供电局每个月给他家寄账单。不交物业管理费对物业公司就是大事，物业公司特别怕别人跟着吴桂荣学，也不交物业管理费。如果这样，物业公司就做不下去了，就乱套了。"

"小强，他们不交物业费和你有什么关系？或者说对你有什么影响？"舒爱凌问道。

"如果居民不交物业管理费，这个物业管理公司就运作不下去。整个小区的卫生、治安、环境就会变差，垃圾也没有人清理，会立即成为全市倒数第一。"小强说道。

"那要强制吴桂荣交物业管理费。好像滨江新城小区的物业管理费只有我们这里的零头，只有我们这里的六分之一或七分之一。"

"滨江新城小区的物业管理费每户人家每个月只有20元钱，全市最低。因为物业管理费低，很多物业管理公司不愿意接手。现在这家公司管理干得挺不错，和居委会以及和派出所的合作都很好，我希望这家物业管理公司在这里一直做下去。我给物业公司的人说了，不要急于采取行动，我想和这个吴桂荣好好地谈谈。"

"你打算和他怎么谈？"舒爱凌问小强。

"其实我也不知道，物业管理公司的人很着急，恨不得把他家门给堵起来。"

"这样做不行。"陈利民说道。

"这样做，就要激化矛盾，有可能要打起来。"

"小强，你可千万要小心，远离这种不讲道理的无赖。"张守芳生怕孙子小强受到伤害。

"小强,这就是没有人愿意管理拆迁户小区的原因了。小强能把一个拆迁小区管理到目前这样,真是不容易。小强,你明天先咨询律师,看看在法律允许的范围内,能做什么事,千万要小心,防止被那个家伙反咬一口。"

"凌凌做领导的就是不一样,小强,你就按你妈妈讲的去做,千万不要和他打起来。"

"奶奶,我知道该怎么做。"小强自信地说道。

小强高兴地从律师事务所出来,觉得上午在律师事务所花的两个小时太值了。他学到很多法律知识,《物权法》是管理好一个小区必备的知识。

"今天我们专门为 23 幢 402 吴桂荣不交物业管理费一事开个会。"两天后,小强在滨江新城小区物业公司办公室主持会议,"首先请郭经理讲吴桂荣事情的经过。"

"居住在我们小区 23 幢 1 楼道 402 室的居民吴桂荣到期不交物业费,我上门到他家给他讲道理,希望他能按时交纳物业管理费,但吴桂荣根本听不进去,甚至说要钱没有要命一条。据我调查,吴桂荣在拆迁的时候就是一位钉子户,给动迁小组提出了很多的无理要求。"

"刚才郭经理把大致情况和大伙说了,我想听听大家的意见,有什么就说什么。"小强鼓励大家畅所欲言。

"这个家伙不交水费、电费,我们把他的水和电都停了。"办公室胡主任说道。

"老胡,水费和电费和我们没有关系,我们关心的是物业费。"郭经理说道。

"这小子不交物业费,我们给这小子好看,不让他进我们的小区。"保安孔队长说道。

"这个吴桂荣太讨厌了，他自己不交钱，还影响其他居户。有人就给我说了，如果吴桂荣不交物业管理费，下个季度他们也不交了。"会计施小娥说道。

"当郭经理告诉我23幢1楼道402室的吴桂荣不交物业管理费的时候，我就意识到这是一个难处理但又必须要解决的问题。交水费、电费和物业管理费是我们小区每个居民应尽的义务和责任，这是个连小学生都知道的基本常识。如果我们放任吴桂荣不交，将产生极其恶劣的影响，我们一定要让他交物业管理费。"小强首先表明自己的态度，"根据《中华人民共和国物权法》，业主不交物业管理费，小区有权停止他的物业服务。我想停止物业服务对吴桂荣不会产生任何压力。我们还是打扫小区内的卫生，维护小区内的绿化，关心关怀小区的孤寡老人。但这并不是说我们就没有办法处理这种事，我们可以依法到法院起诉，让法院采取法律行政手段来处理这个老赖。

"在我们走法律程序之前，我打算找吴桂荣谈一次，希望他以小区大局为重，共同把小区建设好，同时也告诉他，如果他一意孤行，我们只得到法院起诉。我们是法治国家，做任何事情要有法律依据，要依法治理小区，当然我们要带着温暖、带着爱管理我们的小区，让生活在我们小区的人感到温馨舒服，把我们共同的家园建设好。

"最后我给大家提个建议，希望大家以后要加强学习，特别是学习《物权法》，希望大家按法律的要求做好物业管理工作。"

第二天上午，小强来到吴桂荣的家，开诚布公地对吴桂荣说道："我们这个小区经过这两年的建设，一改过去脏乱差的现象，已成为一个全市先进模范小区。小区的建设靠大家的参与，小区每个人都应该为小区建设做贡献，按时交纳物业管理费，是国家对小区居民提出的最基本要求。如果大家不交物业管理费，小区的物业管理就要瘫痪，我们辛辛苦苦建设的小区就会毁于一旦。我真心希望你好好地想一想，以大局为重，以小区为重，不要任性。"

小强晓之以理、动之以情，苦口婆心地劝说吴桂荣，希望能打动并说服他。最后小强说道："小区每户人家都必须要交物业管理费，如果不交，物业就向法院起诉，让法院强制性执行。"

第二天，吴桂荣到物业管理财务部门，把这个季度的物业管理费交了。

第 14 章

社区民警 -2

2010年9月13日，32幢101室的杨祖平老先生突然出现右侧胸部疼痛。老太太给上班的儿子打电话，儿子嘱咐父亲躺在床上，用艾灸。艾灸是他今年5月给他父母买的，平时腰酸背痛，用用艾灸能缓解肌肉的酸痛。

虽然用了艾灸，但老先生疼痛愈加剧烈，老太太又给儿子打电话。儿子回家后，立即给120打电话，送到医院急诊科。急诊医生是个有经验的医生，看了老先生的心电图说："可以排除心肌梗塞，剧烈胸痛的原因可能是急性肺栓塞或是胸主脉瘤，只有CT检查才能明确病因。"

这天医院急诊病人特别多，医院急诊大厅CT检查室挤满了人，CT工作人员从早晨8点接班以来，CT一台接一台地做，一分钟也没有停过。

就在准备把病人从推床上搬到CT检查床上时，病人突然出现抽搐，继而出现神志昏迷，CT无法做了，立即送到急诊科的抢救室展开急救。心电监护仪显示心率160次/分，血压为零，氧饱和度70%，立即给予升压药。同时，麻醉科医生赶来，给病人实施气管插管，但一切都无济于事。血压一直为零，随后心率缓慢下降，几分钟后心电图由曲线变成了直线。采用胸外按摩、电除颤，病人生命体征未能恢复，最后，宣告病人临床死亡。

"医生，怎么刚来医院就死了？你们能不能再抢救一下？"儿子不甘心地说道。

"病人来的时候就处于休克状态，而且疾病的进展特别快，比心肌梗塞进展都要快。不说治疗，还没有来得及做检查人就没了。"

"在9点40分，我妈给我打电话，说我爸身体不舒服，我想人老了，不舒服是常有的事，没有想到，没有想到……"病人的儿子抱头哭了起来。

"你父亲最近做过体检吗？"

"我父亲身体一直很好，没有做过体检。"

"老年人猝死病因很多，因为没有相关检查，目前我们只能排除心肌梗塞引起的死亡。"急诊医生说道。

"医生，我们还能做些什么事？"病人儿子问道。

"你现在就在这张死亡证明上签上你的名字。"

杨祖平的儿子用颤抖的手在他父亲的死亡证明上写上自己的名字。

虽然死亡来得太突然，但还得接受杨祖平老先生已经死亡的事实，家人只能悲伤地回到家中。杨祖平的儿子给自己在外地工作的姐姐打电话，通报父亲病故一事。接到电话后，杨祖平的女儿第二天就来到江滨市，对父亲突然死亡，表示不能接受。左右邻居和亲朋好友也认为杨祖平死得太突然，会不会有什么蹊跷？

"一接到妈妈的电话，你就应该回家，说不定父亲就不会死。"姐姐责备弟弟。

"妈妈给我打电话，只是说爸爸身体不舒服，哪晓得这么快就……"弟弟为难地说道。

"爸爸到医院没有几分钟，人就走了。这里一定有什么问题。只是我们不知道，但医生一定知道。"

"现在说这些已经没有任何意义。我们现在要考虑的事就是如何处理丧事，以及母亲的安排。"弟弟说道。

"爸爸到医院时病就非常重，医生没有抢救，反而让他做各种检查，耽误了抢救的时间，导致了父亲的死亡。"姐姐按她自己的思路讲话。

"讲这个有意思吗？"

"你就是个木头脑袋，我讲得这么清楚，你还听不明白，就是向医院要钱。"

"爸爸一到医院，医生立即给爸爸吸上氧气，看病检查。我们有什么理由要求医生赔钱。"弟弟结结巴巴地说道。

"你太像爸爸，太老实。我们不试试，怎么知道医院会不会给我们钱。我们小区有个人在医院莫名其妙地死了，一开始他家人找医生协商，医院说他们没有任何过错，不服可以向上级反映，可以打官司。"

"后来怎样？"弟弟想知道结果。

"向上反映，石沉大海，法院说要以事实为依据。"

"那怎么办？"

"后来这家人三天两头到医院去吵去闹。一开始找医生吵，后来到院长办公室去闹，最后医院给了5万块钱。如果不吵不闹，你可能一分钱也没有。我们向医院提出赔偿，如果医院坚决不给，那我们就算了，反正我们一分钱也没有花。"

杨祖平的侄子满脸横肉，叼着烟说道："医院肯定有问题，人死在医院，医院就应该有责任。不赔钱，老子把医院给砸了。"

于是，全家人在一起写了一个诉状，大意是：医院抢救不及时，导致病人杨祖平死亡。病人家属要求处理当事医生，并赔偿100万。

医疗纠纷接待办公室李月华主任接待了杨祖平家属，问明情况后，对病人家属说道:"我要先找急诊室医生谈谈,做个调查,然后给你们回话。"

"什么时候给我们回话?"

"后天上午这个时间。"

"好的,后天上午我们来拿钱。"死者侄子赤裸裸地说道。

两天后的上午,病人儿女以及一些亲戚来到医务处接待办。接待办李月华主任代表院方和病人家属谈话。

"两天前,你们来我这里,对病人杨祖平死亡提出质疑。我们找了相关人员做了调查。在病人从进入急诊大厅到病人死亡的20分钟里,我们医护人员所有的急救措施,符合医院急诊室的流程,没有出现违规现象,我们急诊室医生没有差错。"

"死亡原因是什么?"

"病人来到急诊室,我们医生只做了一个心电图检查,CT还没有来得及做,病人就死亡了。这种死亡在医学上称为猝死,造成猝死的原因有很多种,如果要搞清楚,就需要做尸体解剖,找原因。"

"尸体解剖怎么做,在你们医院做不行。"死者女儿说道。

"为了避嫌,不可能把尸体解剖检查放在有争议的医院做。"

"这样我们就放心了。"

"如果你们一定要进行尸体解剖,那必须要提出申请,我们再把尸体运到指定的机构进行事故鉴定。"

"要把人身体打开……"死者儿子觉得这样太残忍,有些忧虑。

"反正最后都要一把火烧掉。"死者侄子说道,"你若不愿意签字,我来签字。"

"你签字不行,必须是死者的直系亲属来签字。"李月华主任告诉病人侄子签字的规矩。

一周后，尸体检查结果出来了。病人死亡原因是胸主动脉瘤破裂出血。胸主动脉瘤破裂出血是一种极其危险、进展快、死亡率极高的一种疾病。这种病的诊断主要靠增强 CT 检查。尸检结果出来后，急诊科医生以及医院都松了一口气，病人死亡与医生的医疗行为无关，是他自身疾病造成的。

见捞不到什么好处，死者的女儿和儿子，就准备哪天送死者到火葬场火化，入土为安。

然而死者侄子却不肯罢休，他对死者儿子说："哥哥，我们已经花了这么多的时间和医院搞，如果就这样算了，我们岂不是吃亏吃大了？"

"现在情况已经很清楚了，再和医院搞下去没有任何意义，拿不到钱。"死者儿子说道。

"哥哥，你一贯就是老实怕事，如果你和我一起找医生闹要钱，要到钱后，你拿7，我拿3。如果你不去找医生，我一个人找医院赔钱，拿到钱后，我拿8，你拿2，怎样？"

"我不想去医院了。如果你闹赢了，钱全部归你。"

于是，死者侄子纠集社会上一些闲散人员，在医院门诊大厅拉横幅、放哀乐，甚至不让病人到医院看病。

医务处李月华主任严肃地给死者侄子指出，他的行为已经严重影响到医院的正常运行，希望立即停止这种无理的胡闹。死者侄子钱迷心窍，不听劝说。两天后，医院给派出所打电话，警察依法把死者侄子等带头闹事的地痞流氓请到派出所，这场闹剧才结束。然而，这件事传到了江滨市的每个角落，几乎人人皆知。

"今天在办公室，我们单位有几个人在议论医院医闹的事。"舒爱凌说道。

"那个病人家属太可恶，听不进去我们解释，就是要钱。纠集了社会上的一批流氓在医院闹事，妄图给医院施加压力，让医院赔钱给他。"陈利民说道。

"发现苗头，把这些坏分子给抓起来。"舒爱凌说道。

"医闹分子如果仅是缠着你，没有打砸，把警察叫来也没有用，警察最多是警告这帮流氓，不许在医院胡来。医院也不想把事情搞大，想能自己解决就自己解决。后来，这帮人闹得越来越不像话了，影响到病人看病，影响医院的正常医疗秩序，这样警察才有理由把这些人抓起来。"

"是这样的。如果对方仅仅是给医院提出无理要求，警察只能是劝说。"小强解释道。

"小强，听说这个病人是你管的那个小区的。"

"我听说有一位平时身体挺好的老人，在家里突然发病，送到医院没有几分钟就死了。"小强说道。

"对，就是这个人。这个病人是胸主动脉瘤破裂出血，主动脉瘤一旦破裂出血，在很短的时间内就没命了。"陈利民说道。

"那这种病该怎么治？"

"需要在胸主动脉瘤破裂之前，进行治疗，治疗的效果非常好。如果发生破裂，则凶多吉少。由于病人在胸主动脉瘤破裂前没有症状，关键在平时要做增强胸部 CT 检查。"

"我听明白了。新城小区大多是拆迁户，原来都是农民，健康意识很薄弱或者根本没有，不像有些从单位退休的人，每年都有体检。"小强说道。

"是的。常规体检很重要，能发现问题及时处理。"陈利民说道。

"我在想怎样让新城小区的居民们能听到医学保健知识，而且能听懂。"

"这个很简单，让你爸爸找几个医生到小区办个讲座。"舒爱凌出主意。

"凌凌这个主意好，大医院来的专家、教授给他们讲医学知识，老百姓肯定愿意听的。"张守芳认为舒爱凌的主意好。

"小强，这事最好先和派出所的领导说说，另外也和居委会的人通个气，适当地造点声势，年终总结又是一个好材料。"舒爱凌说道。

"我打算找两个医生，一是心内科李德明主任，还有内分泌科朱月霞主任，重点讲慢性病的防治，他们两个人在江滨市有一定名气。另外，让他们到小区讲医学知识，符合上面要求送医到基层的精神。"陈利民说道。

"这件事就这样定下来了，小强和利民你们俩分头去落实，一定要把这件事办好。"舒爱凌说道。

"这样做，是为老百姓做了一件实实在在的好事情，是积德。"张守芳说道。

2010年10月15日，内分泌科主任医师朱月霞在滨江新城小区给居民们讲糖尿病。朱月霞主任首先给大家讲的两个典型的病例，第一个病例是位老先生，右小腿动脉完全闭塞，造成右足缺血性坏死，被迫做右小腿截肢术。第二个病例是视网膜的小血管闭塞导致病人的失明。在讲完这两个病例的时候，朱月霞主任指出这两种疾病的罪魁祸首是糖尿病，一下就把病人对糖尿病的兴趣提起来了。朱主任很会讲课，深入浅出，很生动，居民很认真地听讲。在最后朱主任总结道："糖尿病发生、发展很缓慢，是健康的隐性杀手，很多疾病都与糖尿病有关。所以我们大家平时一定要科学地、合理地饮食，另外有高血糖一定要到医院，在医生指导下使用治疗糖尿病的药物。"

这天，江滨市报社和电视台都派人来做了现场采访。朱月霞主任讲完后，居民举手问这问那，朱月霞主任则一一耐心地给予解答。现场气氛很热烈，达到了预期的效果。

后来心内科李德明主任又给小区居民讲了一堂生动的心脏病、高血压防治的课，同样深受小区居民的欢迎。派出所社区民警科叶玉珠科长、居委会鲁主任也来听讲,他们俩都有高血压,一直在吃降压药。

"小强,这两次的医疗科普活动搞得非常好,深受广大居民们的欢迎,通过这次医学知识的宣传教育活动,老百姓们增强了自我保健意识,这对提高人民群众的健康水平,预防疾病有着现实的意义。江滨市报社和电视台也报道了这两次活动。局里对我们这次活动很满意,说我们实实在在地为老百姓办了件好事、实事。"叶玉珠科长说道。

"小强把大主任、大教授叫去给老百姓科普,真不容易。"韩红说道。

"这是我爸爸的功劳。"小强实事求是地说道。

"小强把全家人都动员起来了。"刘晓岚说道。

成功举办医疗知识讲座,让小强很有成就感,更加踌躇满志。小强心想,现在是法制社会,做事一定要有法律依据,不能想当然地由着性子来。小强觉得眼下很有必要给居民们上堂法律课,普及法律知识,把不符合法律的生活习惯和思维改掉。

根据医学讲座的成功经验,小强觉得要找个业务能力强的人来讲。医院主任是他父亲通过私人关系请来的,没有花钱,请律师需不需要付给人家钱?如果需要,该付多少钱比较合理,还有这钱从哪里支出?小强带着这些困惑问母亲。

"一般来说,请律师是要花钱的。但也有些律师是愿意参加公益活动的。"舒爱凌说道。

"你妈妈讲得对。小强,你多跑几家,看谁愿意做好事。"张守芳说道。

"我想律师会愿意到小区举办讲座的。滨海新城小区有一万多人,四千多户人家,对律师来说是个非常好的资源,给小区居民讲课,小区人认识他了,找他打官司,他的生意就来了。"舒爱凌说道。

"妈妈分析得有道理。我明天就去找律师事务所。先找离小区最近的一家律师事务所。"

位于滨江新城小区附近的长江律师事务所韩文强所长是位热心公益事业的人，知道小强的来意后，他一口答应免费给滨江新城小区居民讲法律知识，两人一拍即合，就定在后天下午的2点。

"大家请安静，讲课马上就要开始了，今天下午我们请来了我市著名的韩文强律师，给大家做法律知识的讲座，大家欢迎。"小强主持讲座。

"谢谢陈警官的邀请，在这里和大家一起学习法律知识。现在党和国家特别强调依法治国，依法治国首先我们要知道法，对法律的内容要有所了解，而不是想当然地由着自己的性子行事。

"我今天就与我们生活最密切相关的法律问题与大家共同学习，讲的内容有遗产法、婚姻法、物权法，现在我从遗产法开始讲……"韩文强结合真实的事例给大家讲解法律条文。在遗产法讲解结束时，韩文强律师总结道："我们中华民族有个很好的传统，就是孝，我们常说百善孝为先。老人还活着就立遗嘱，是不是不孝？通过我们的讲座，大家知道老人在头脑清楚、身体好的情况下立遗嘱，可以减少日后的纠纷，对老人和子女都是一件大好事。大家有什么问题可以问。"

"韩律师，今天听到你的讲座，我深受教育。为了日后减少子女的矛盾，我回家立马就写个遗嘱。"

"对，我回家也要写。"

"韩律师，我死后，国家肯定按照遗嘱执行吗？"

"按遗嘱执行是国家的法律，这点你尽管放心。"韩文强律师回答道。

现场的气氛很热烈，大家也七嘴八舌地问各种问题。

一看时间差不多了，小强就站起身说道："我们国家是个法治国家，做什么事，都要有法律依据，要依法行事。今天的法治学习就到这里，谢谢韩律师。"

2010年11月的一天，小强到滨江新城小区检查工作，39幢的组长任大妈向小强反映39幢501室男主人47岁，没有工作已有两年了，老婆在商店当营业员，家里经济困难。小强知道后，就很想帮助他们一家。

"社会上还是有不少穷人。"陈利民说道。

"这种人是挺可怜的，快到50岁了，又没有一技之长，很难找到工作。"

"阿弥陀佛，小强能帮助他就尽量帮他，这种人实在是太可怜了。"张守芳说道。

"我一定要帮助他。"

"小强，你最好先了解一下这个人的品质怎么样，他为什么没有工作，他自身有什么问题。千万不要你帮助他找个工作，干不了几天，就被用人单位开除了。"舒爱凌提醒小强。

"凌凌说得对。最好先和他聊聊，对他的人品一定要有了解。"张守芳同意女儿说的。

"知道，我明天去调查一下。"小强心里明白，万一被帮助的对象是个地痞流氓，用人单位会骂他的。如果不帮他，他们家的日子实在太难过。

小强把他管辖区域所有的工厂、商店、物业跑遍后，最后在一幢写字楼给他找到一份保安工作，一个月3000元，只要好好做，就能一直干下去。

小强把这个消息告诉滨江新城小区的物业和楼长、组长们，他们都非常高兴，终于为这户人家松了一口气。郭经理把39幢501室的刘德荣叫到物业办公室，对他说道："老刘，告诉你一个好消息，陈警官帮你找到一份工作了。"

"老刘，现在找工作可不容易，特别是像你这种快50岁的人。"39幢楼长任大妈说道。

"陈警官又为我们小区做了一件好事。"郭经理说道。

"多少钱一个月？"刘德荣淡淡地问道。

"在建平大厦做保安，每个月的收入大概有 3200 元。你明天就去到建平大厦报到。"

"哦，知道了。"刘德荣无所谓地说道。

"去了以后要好好做。"任大妈特地嘱咐他。

"要好好地做，否则就对不起陈警官。"郭经理说道。

小强把刘德荣的工作安排好，心里很高兴，也很有成就感。在长江路派出所社区民警科办公室，刘晓岚说道："后生可畏啊，长江后浪推前浪，一代新人在成长。"

"刘晓岚，什么是后生可畏？我们有那么老吗？我们只不过是比陈小强大几岁而已，都是同一代人。"韩红反驳刘晓岚的话。

"我说的意思是陈小强厉害，我们总归是大姐姐吧。"刘晓岚给自己找个台阶。

"你们都是小朋友。在这里，只有我有资格说是长辈或称为前辈，我再过两年就要退休了。"叶玉珠说道。

"领导，你就要退休了？你看上去，怎么也不像个要退休的人。"刘晓岚说道。

"笑的时候，我眼角的鱼尾纹就像搓衣板似的。头发也不行了，虽然不是满头的白发，但也是黑白相间，过不了几年就是个白发老太婆了。"

"叶科长，你比我妈大两岁，但你看起来比我妈要小两岁。"小强夸奖叶玉珠年轻。

"小强跟着刘晓岚学坏了，我今年是 58 岁，58 周岁，还有两年退休。话说回来，到了我这个年龄，头发白一点，脸上出现一点皱纹，完全正常。"

"对，完全正常。"韩红说道。

"小强虽然年龄在我们这里最小，但工作做得比两位姐姐好，我们有一说一。小强是我们科的人，小强做得好就是我们科室工作好。希望小强再接再厉，百尺竿头更进一步。"叶玉珠说道。

"我倒是真心希望那个叫刘德荣的人，在单位上表现好一点，千万不要辜负我们小强的一片好心。"韩红说道。

"这种人知道找工作不容易，一定会好好干的。"刘晓岚说道。

"小强，你帮助刘德荣找到一份工作，真是做了一件好事。希望他知道小强帮他找工作是多么不容易，要好好地珍惜，做好自己的工作。"张守芳说道。

"姑妈，对这种人不能抱太高的希望。"舒爱凌说道。

"他自己找不到工作，完全是小强帮他找个工作。一个月有3200元的收入，多好啊。"张守芳说。

"我想也是。"陈利民说道。

"一般来说，刘德荣应该感谢小强，感谢小强最好的方式就是他把工作做好。但是这人长期待在家里，找不到工作，会不会他自身有问题？中国有句话叫作可怜之人必有可恨之处。"舒爱凌说道。

小强对刘德荣不了解，他只知道刘德荣家里经济条件差。至于刘德荣能否好好地工作，小强心里一点底也没有。

6幢302室的老先生把孙子小龙从幼儿园接回家后，带孙子在小区里玩。小家伙拼命骑自行车，骑了一圈又一圈，并且和几个小朋友进行追逐。不一会儿，小龙就全身大汗，骑累了就歇一会儿，缓过劲再骑。一个叫小明的孩子拿着奥特曼卡片进行炫耀："这是我爸爸昨天在网上买的，是限量版的。"

"什么是限量版？"一个稍微小一点的孩子问道。

"限量版，什么是限量版？"另一个孩子也问道。

"限量版就是漂亮的，买不到的。"小明得意地说道。

"对，就是一般人买不到的。"一个孩子给小明帮腔。

"买不到，那你是怎样买到的？"小龙不服。

"因为我每个星期都买奥特曼卡片，是它的 VIP 客户。你知道什么是 VIP 客户吗？VIP 客户就是重点客户，它们出任何新的卡片都会给我家留着。"小明显得很骄傲。

"小明，给我看看可以吗？"小龙说道。

"当然可以。"

大约 20 分钟后，小龙失去了对奥特曼卡片的兴趣，就想继续骑他的儿童自行车。四周一看，他的自行车不见了。孙子的自行车不见了，老先生立刻停止观看下象棋，和孙子一同找自行车。这自行车是今年新买的，怎么一转眼就没有了？

说起来也奇怪，爷孙俩怎么找就是找不到。就在这时，孩子奶奶从楼上下来，听说孙子的自行车没有了，就大声骂老先生："你有什么用？我在家做饭做菜，就让你看着孙子骑自行车，在眼皮底下还让小偷把自行车偷走了。"

"小龙奶奶，不急，我们小区最近几年还没有出过小偷，你们再好好地找一找，准能找到。"一位邻居劝道。

"找什么找？就这么大一块地方，该找的地方都找了。肯定是被小偷偷走了，赶快报警，打 110 报警。"小龙奶奶气愤地对老头说道。

"什么事要找 110 报警？"正巧小强路过，准备找刘德荣聊聊。

"警察，我孙子的自行车被偷了。"

"自行车被偷了？请你讲详细一点。"小强说道。

小龙就把他在小区里骑自行车，然后看小朋友的奥特曼卡片的事，告诉了小强。

"小朋友讲得很好,把事情的经过讲得非常清楚,予以表扬。大伯,你们找过吗?"

"找过,没有找到。"小龙爷爷说道。

"就是因为没有找到,我们才准备报警抓小偷。"小龙奶奶说道。

"大伯,你找了哪些地方?"小强问道。

"就是这幢楼的前后。"

"小龙,你的自行车很好骑,我也要让我爸妈给我买一辆和你这辆一样的自行车。"一位和小龙年龄一样大的小朋友,骑着一辆自行车飞驰过来。

"这是我孙子的自行车。"小龙奶奶一眼就认出了她孙子的自行车。原来这位小朋友骑着小龙的自行车在小区里面兜了几圈。

"大伯、大妈,我们小区是文明小区,大家平时都互相帮助,互相关心,不会有人偷东西的。"小强说道。

"警察,我孙子的自行车是今年新买的,一看不在我就急了。"

"如果以后再遇到这种情况,我们是先报告组长和楼长,还有物业,大家会帮你想办法的,最后报警。"

"知道了。"

刘德荣在物业公司做保安,工作两个月后被辞退了。其实用人单位在用他一个月的时候就不想要他了,碍于小强的面子,后来又给刘德荣一个月的机会,刘德荣依然没有达到公司的要求,最后公司辞退了刘德荣。

刘德荣被公司辞退一事,弄得小强很不开心。帮刘德荣找工作完全是小强出于同情,谁知道刘德荣自己不争气,真是个扶不起的刘阿斗。现在小强只能把这件事埋在心里,没有在家讲,也没有在派出所说。

小强在心里骂刘德荣烂泥扶不上墙,但仍希望刘德荣有个工作。于是,小强决定找刘德荣以及刘德荣家人好好谈谈,推心置腹地谈谈。

小强骑着自行车来到滨江新城小区,直接去刘德荣的家。刘德荣不在家,家中只有刘德荣母亲。

"我是社区民警,陈小强。"小强自我介绍。

"哦,是陈警官,就是你给我儿子介绍的工作。"刘德荣母亲似乎知道小强。

"是的,大妈。"

"陈警官,你真是个好人了,可惜我儿子不争气。"

"我今天来,就是想知道他为什么在那里不做了。"

"我儿子自由散漫惯了,在物业公司上班,其实要求还挺多的。在上班时间要这样要那样,最主要是我儿子在值夜班时睡觉,人家叫他都叫不醒。"

"保安工作的特点之一,就是值班啊。"小强说道。

"我儿子现在也十分懊恼,生自己的气。我儿媳妇也没给他好脸色。所以,他自己到外面去找工作了。"

"他自己去找工作,为什么不告诉我?"

"他哪有脸跟你说啊?!"

"这样吧,你叫他明天上午在家等我。"小强仍不死心,总想给他一次机会。

"陈警官,你去找刘德荣?"39幢楼组长任大妈和一群大妈们坐在楼前聊天,看到小强立即站起来和小强打招呼。

"是的。"

"陈警官,这件事真是对不住你。"任大妈抱歉地说道。

"我是负责小区的社区民警,帮助居民解决生活上的困难是我的职责,也是我愿意做的事。他不能老待在家里,靠他老婆养,而且他老婆工资又不高。"

"正是这样,所以上次我才麻烦你,可是他自己实在太不争气。"

"我想找他谈谈,了解一下真实的情况。大妈,你们聊,我去他家了。"

"陈警官真是个全心全意为人民服务的好警察。"任大妈说道。

刘德荣坐立不安地在家里等小强,他觉得自己很没脸面,对不住小强。

"刘大叔好。"小强客气地称刘德荣为刘大叔。

"陈警官好,请坐。"

"我就长话短说,和你聊工作的事情。"小强开门见山。

"陈警官,实在对不起你,我这次工作是……"刘德荣把被辞退的原因说了一遍,和他母亲说的情况差不多。

"嗯,我知道了。你以后打算怎么办?"小强问刘德荣。

"这些天我每天都在反思,为什么我一直找不到工作,工作不到两个月就被辞退。我还是想有个工作。"

"想做工作,这种想法很好,毕竟你不到50岁,不能整天浑浑噩噩地过日子。工作是人生的需要,收入多少是一回事。在工作中,每个人都会遇到不遂人愿的地方,那怎么办?只能忍着。我们都是成年人了,你比我要大20来岁,我们不能凭自己性子做事。"

"我家的开支完全靠我老婆做营业员挣来的,养活我们全家。我儿子明年就要高考了,儿子学习成绩还可以。如果考上大学需要一笔开支,我必须要参加工作,为家做出一些贡献。"

"刘大叔,你有这样的认识很好,为什么你在过去没有认识到?"

"过去我也认识到了,只不过当时认为上班受约束太多,挣钱也不多,还不如我打麻将挣得多。"

"你还打麻将,赌博?"小强心里一咯噔。

"过去打麻将有赢有输,最后并没有给家里挣一分钱。"

"赌博不好，要坚决摒弃。一旦有瘾，纵有万贯家产也会败完。"

"陈警官说得对，我早已不打麻将了。朋友们知道我没有钱，也就不带我玩了。"

"我相信你的话。这几天你自己再去到外面找工作，同时我也帮你找找看。"

"好的，谢谢陈警官的关心。"

10天后，小强帮他在市政管理局的市政公司找到一份工作。虽然需要每天到外面跑，有不少体力活，但不需要上夜班，刘德荣非常满意。

"饭菜都上桌了，出来吃饭吧。"张守芳今天做了一顿丰盛的晚餐，"前几天，菜做得少了一些，今天多做一些。小强、利民都需要增加营养。"

"谢谢奶奶，我今天可以大吃一顿了。"小强高兴地说道。

"最近工作还好吧？"张守芳靠着椅背，似乎有些疲倦。

"姑妈，你太累了，以后不用做这么多。"舒爱凌明显地感到了张守芳的衰老——容易累。

在舒爱凌怀孕后期，张守芳就来到了他们家。转眼也25年过去了。在这25年中，小强从小婴儿成长为一个顶天立地的男子汉。陈利民、舒爱凌也是人到中年，而张守芳则到了老年，体力出现了明显的下降。

"爸爸妈妈，我不能在家里做个寄生虫，今天晚上我来洗碗。"

"不用你洗碗，你把女朋友谈好就可以了。"张守芳心里惦挂着孙子的女朋友一事。

"小强，你说过你女朋友的事不要我们过问，所以这一年半的时间里，我们一直没有过问。再给你半年的时间，你如果还没有动静，我和你爸爸就要给你介绍对象了。"

"爸、妈，还是那句话，我的事，我自己解决。"小强坚决地说道。

"但你要行动起来。"

"快了，快了。"小强不想和父母谈论结婚恋爱的事。

叶玉珠自从当上社区民警科科长以来，工作很顺利，自己也很开心。她所管辖的5个社区没有发生过一起刑事案件。老大难的滨江新城小区，被评为市文明小区。

2011年春节后的一天，办公室只有叶玉珠和小强。叶玉珠对小强说道："今年我们派出所管辖的社区没有出现刑事案件，局里表扬我们了。"

"滨江新城小区只有两例纠纷，都及时制止住了。"小强说道。

"能把滨江新城小区从老大难小区变成文明小区，只有你了。"

"谢谢领导表扬，这是大家的功劳。"

"小强，工作固然重要，但个人的大事也不能耽误啊！"

"领导说得对，革命、生产两不误。"

"我弟弟有个女儿，去年大学毕业，在小学做老师。我看你们俩还挺般配的。"

"这，这个……"小强的脸马上就红了。

"我这里有她的一张照片，你看看。"

照片上是位漂亮的姑娘，乌黑的头发非常柔顺地披在肩上。眉毛漆黑细长，两只眼睛清澈透明，放出温柔的光。给小强留下深刻印象，还有姑娘眉宇之间的书卷气，这是一般女孩子少有的。

见小强出神地看着照片，叶玉珠心里就有底了。她说道："小强，我想你最好先见到她本人，如果你不反对的话，最近几天我安排你们见个面。"

2011年3月的一个星期六晚上，小强按叶玉珠的要求，穿上一身深色的西装，打着领带，显得特别地帅气和精神。小强特地提前15分钟来到约定的地点,而这时叶玉珠和她侄女已经坐在了那里。小强觉得有些难为情,让领导和女性先等他了。

"小强,我们俩刚到,我给你们俩介绍一下,这是我的侄女庄小慧,这是我的同事陈小强。"叶玉珠给他们俩介绍。

小强近一米八的身高,一身的阳光和朝气,而庄小慧淡妆的脸和照片一样,或是照片和真人一样。在叶玉珠给小强看照片的时候,小强唯一的担心就是真人与照片有差别,因为现代化妆和电脑编辑技术太厉害。见到本人,小强心里就踏实了。

"3天前,叶科长把你的照片给我看,你本人比照片更加漂亮。"小强说道。

"哪里,哪里。"庄小慧脸红了。

"我侄女从小就是个美人坯子,她是去年从师范大学毕业的,追求她的人可多了。我对她说第一年先把工作做好,我保证给她介绍个优秀的。"

"我是前年从公安大学毕业的,毕业后就在社区民警科工作。"

"我在大学学的是数学,现在市实验小学做数学老师。"

"一个大学生教小学生数学,太容易了。"叶玉珠说道。

"姑妈说得对。教小学数学是容易的,但要让小学生对数学有兴趣则不容易。"庄小慧说道。

"应付工作很容易,但要做好则不容易。必须要全身心投入,同时还要热爱自己的工作。"小强身有同感。

"是的。必须要有热爱。只有热爱才会认真去做,否则是完成领导布置的任务。"庄小慧说道。

"小强是负责滨江新城小区的警察。小强都是主动为小区居民服务,主动为百姓排忧解难,小区居民把他当成自己的贴心人。"叶玉珠说道。

"叶科长,我没有你说得那么好,我还有很多不足的地方。"小强谦虚地说道。

"到了吃晚饭的时间了,我们简单地吃点。"叶玉珠提议。

"你们俩点。"小强把菜单递给叶玉珠和庄小慧。

"那我就恭敬不如从命了。小强,你有什么忌口的吗?"叶玉珠问道。

"不要太辣就行了。"小强回答。

"我也是。"庄小慧说道。

"我心里有数了。我就替你们俩做主,把菜点了。"

"谢谢。"

叶玉珠点了几个家常菜,辣子鸡块、麻婆豆腐、清蒸鲈鱼等,三个人一边吃一边聊天。

"这家饭店的菜做得不错。"小强说道。

"是的,环境也好。"庄小慧附和道。

"小强,你们家平时谁做饭?"叶玉珠问道。

"我奶奶做。"小强答道。

"你奶奶多大岁数了?"

"快80岁了,身体很好。"

"听说你爸爸是个外科医生,外科医生是不是工作很忙?"

"我们家就数我爸工作最忙,不仅上班忙,8小时之外,也很忙。星期六、星期天还要到病房去查房看病人。"

"那你妈妈呢?"

"我妈在单位上班时很忙,好像回到家就没什么事了。"

在叶玉珠科长的牵线下,小强开始了和小慧的约会。

2011年4月,舒爱凌因为子宫肌瘤住院。

"姑妈,子宫肌瘤是良性肌瘤,做完手术就没有事了。"陈利民给张守芳解释。

"把子宫切掉,那就不是女人了吗?"张守芳害怕地问道。

"子宫是生孩子用的，胎儿在子宫内发育生长。维持女性特征的是卵巢，手术不动卵巢。"

"凌凌都 50 岁的人了，不会再生小孩了。"

"奶奶，爸爸是外科医生，手术方面的问题，爸爸肯定会想到的。"小强说道。

"前天你妈妈告诉我，她要住院手术，我的心一下子被拧了起来。连续两天没有睡好觉，想这想那，为你妈担心。"

"姑妈，明天的手术医生，还有麻醉师，我都安排好了，你就尽管放心。明天的手术用腹腔镜做，就是通常说的微创手术，手术后两天就可以回家了。"

"两天就能回家？！"张守芳惊讶道。

"是的，现在科学进步了，老的那种创伤性大的手术方法被微创手术取代了，手术后第一天就能下床活动，第二天就能出院。"

"现在科学真是了不得，利民你这么说，我心里就稍微踏实一些了。"

"凌凌住院这几天，姑妈你就在家里待着，手术两天后，凌凌就回家了。"

"不行，不行。"张守芳坚决地说道，"明天我一定要到医院去陪凌凌。"

手术那天早晨，小强陪着张守芳来到妇科病房，大约在 8 点 15 分，手术室来人把舒爱凌接入手术室。

"小强，你妈妈都去手术室了，你爸爸怎么还不来？"张守芳着急地问小强。

"奶奶，你不要着急。我爸说了，一切都安排好了。"

"老天保佑，老天保佑我的女儿。"张守芳闭着眼睛紧张地念叨。

大约在 8 点 30 分，陈利民来到妇科病房。看到陈利民，张守芳就像看到救星似的。

"利民，你怎么现在才来啊？！凌凌都已经进手术室了。"

"小强，你陪奶奶在这里，我现在去手术室。"陈利民又对张守芳说道，"手术室接人都很早，一般在 8 点 45 分开始麻醉，手术 9 点才开始。你就放心在病房里等着，我现在去手术室。"

"快去吧。"张守芳说道。

小强和张守芳在病房焦急地等着。张守芳对小强说："小强，人家都是在手术室外等着，我们俩在病房这里等，不好吧？"

"人家在手术室外等是没有办法，人家没有我们的条件。我爸是外科医生，可以自由出入手术室。"

"哦。"张守芳似懂非懂地点着头。

张守芳焦急地在病房等待，坐一会儿，站一会儿，嘴里还不停地念道"阿弥陀佛，菩萨保佑"。这个上午对张守芳来说，实在是太煎熬了。

"奶奶，从这里可以看到长江，这里的景观比我们家要好。"小强找话说道。

"嗯。"张守芳随口答了一声。

"奶奶，听爸爸说这个病区单人房间只有这一间，我爸爸在两个星期前就预定了这间单人房间。"

"嗯。"张守芳只是机械地应付一下，她心思全部在舒爱凌身上。张守芳焦急不安，不停地祷告，请求上天保佑舒爱凌。

10 点 30 分，小强的手机响了。"手术结束了，很成功。"陈利民告诉儿子，舒爱凌的手术结果。

"太好了，我和奶奶急得要命，马上就要回病房吗？"

"先去苏醒室观察一下，然后再回病房，大约在 11 点 20 分回病房。你和奶奶在病房待着就可以了。我一直在手术室，到时和你妈妈一起回到妇科病房。"

"奶奶，爸爸说手术很成功，他在手术室陪妈妈。"

"哎,放心了。"

由于是本院医生的家属,妇科的医生和护士对舒爱凌特别关照。

"这袋液体结束后还有两袋液体,一袋是500毫升,另一袋是100毫升。如果有什么不舒服,就按这个按钮。"换液体的护士客气地对小强和张守芳说道。

"谢谢。"小强礼貌地说道。

"姑妈。"舒爱凌醒来看到张守芳站在身边。

"凌凌,你不要说话。医生说了,你今天刚做手术,人比较虚,过了今天,到明天就完全正常了。利民说手术很好,你就闭眼睡一会儿吧。"

"小强。"舒爱凌模模糊糊地看见儿子。

"妈妈。"

"你照顾好奶奶。"

"我知道。妈妈,你放心好了。爸爸说手术很成功,后天就可以回家。"

"嗯。"舒爱凌脸上露出宽慰的笑容。

大约在傍晚5点30分,陈利民拿了3份盒饭进来。

"姑妈,你和小强先去吃饭。"

"利民,你也去吃吧。"舒爱凌轻声地说道。

"不急,让他们俩先吃,我在这里看着输液。"陈利民用手无限温情地触摸着舒爱凌的手,"我找了病理科陆易峰主任,请他看了切下来的标本,初步印象是子宫肌瘤,良性肿瘤,这你就彻底放心了。"

舒爱凌朝陈利民会意地笑笑,充满幸福和柔情。

3个人吃过晚饭后,张守芳把病房收拾得干干净净。陈利民对张守芳和小强说道:"你们俩回家,今晚我陪在这里。"

"利民,你和小强回家,我在这里陪凌凌。"张守芳坚持要陪舒爱凌。

"姑妈,你就让利民在这里吧。他是医生,对医院熟悉。"舒爱凌希望张守芳回家休息。

"我最年轻，今晚我在这里。"小强说道。

"凌凌，你不用管谁今晚陪你，你闭着眼睛好好地睡一会儿。"陈利民说道。

"好的，我再睡一会儿。"舒爱凌很快就睡着了。

看到舒爱凌睡着了，陈利民低声对张守芳和小强说，他去趟外科，一会儿就回来。张守芳和小强坐在墙角低声说着话。

"小强，你最近怎样？"

"工作很好。"

"你的工作肯定是很好，我问你个人问题。"

"个人问题过段时间再说。"

"小强，这几天我一直就想问你这件事。你爸妈他们俩都是糊涂粗心的人，儿子这样大的变化都没有看出来。"

"奶奶，你看出来了？"

"我当然看出来的，你是我从小一手带大的，我对你最了解。"

"果然，我什么事都逃不过奶奶的火眼金睛。"

"小强，那个姑娘怎样？说给我听听。"

"是我们科长介绍的，是她的侄女。"

"她把她侄女介绍给你，她一定是认为你人最好、最可靠。"

"她侄女是去年大学毕业参加工作的，在实验小学做老师，长得挺漂亮，初步接触下来，觉得不错。"

"小强，你觉得人不错，就应该告诉家里了。"

"我想再接触一段时间把她带到家里来，让你给我把把关。"

"你人老实善良，你看中的人也一定是老实善良的孩子。找对象主要看人品，结婚后几十年在一起，人品最为重要，要会看人，用你的慧眼看准人。"

"我在找对象时，一直都是按照你平时说的标准找对象。"

"你现在是最关键的时候，明天你就不要来了。"

"奶奶，你年龄快80岁了，怎能让你在医院陪这么长时间？"

"正是我年龄大了，趁现在还能为你们做点事，我就多做一些。将来，再老了，想做也做不动了。"

"奶奶你身体很好，将来我有了孩子后，一定让奶奶你来教育。"

陈利民很快就从外科回到妇科病房。陈利民知道任何人陪凌凌，张守芳都不放心。由于拗不过张守芳，就在最后一袋液体输完后，陈利民和小强回家了。在回家之前，陈利民给妇科值班的医生和护士客气地嘱咐一番。

晚上，张守芳只是趴在舒爱凌的病床边断断续续地睡了一会儿，估计一个晚上也睡不到两个小时。舒爱凌曾劝张守芳到陪客床上睡一会儿，张守芳坚持要在舒爱凌的床边，只有这样她才放心。

第二天，天刚亮舒爱凌就醒了。

"凌凌，你醒了。"张守芳说道。

"今天比昨天好多了。姑妈，我想到卫生间刷牙洗脸。"

"你昨天刚做的手术，还是躺在床上不要动，我把刷牙的东西给你准备好。"张守芳去卫生间把刷牙的物品，拿到床上，让舒爱凌坐在床上刷牙。

"姑妈，你辛苦了。"

"看到你没事，我就踏实了。"

"姑妈，你虽然身体还好，但毕竟是近80岁的人了，其实你昨天晚上应该让利民留在这里。"

"利民是个外科主任，他工作忙，压力也大。我一个老太婆没有什么事，就该多陪陪你。还有，利民是个男同志，我担心他粗心。"

"姑妈，我怕你身体受不了。"

"我身体好得很，小强说将来他有孩子，还要我带。"

"小强的孩子？他现在连女朋友都没有。"

"小强……"张守芳正要说小强开始谈女朋友了，突然想起小强要她不要给他爸爸妈妈说，"小强说今天上午还要来，我让他在家好好休息。"

"小强要来就让小强来吧，今天上午姑妈你一定要回家，好好睡一觉。"

"妈妈，你醒了，现在怎么样了？"小强和陈利民来到病房。

"今天比昨天好多了。虽然是微创手术，但人还是很疲倦，一点精神也没有。"

"妈妈，昨天回家后，爸爸给你做排骨冬瓜汤。早晨刚加热的，用保温瓶给你带来了。"

"难为利民了。"张守芳说道。

"你们俩早晨吃了吗？"舒爱凌问道。

"吃了，爸爸起得早，做的早饭。我们是吃过早饭过来的。"

"姑妈，你和小强回家。我今天没有手术，今天我就陪在这里。"

"小强回单位上班，利民你也去外科上班。我在这里陪凌凌，如果有事，我给你们打电话。"

就在这时，肝胆胰外科曹建新副主任、杨小晴护士长来到妇科病房看舒爱凌。

"凌凌，这是外科曹主任，这是外科杨护士长。"

"舒科长好，听说你住院手术，我代表外科来看看你。"

"谢谢你们，你们这么忙，还来看我。"

"我们就在一幢楼上，过来很方便，这是我们科室的一点小心意，祝舒科长早日康复。"

"谢谢，谢谢。"

"陈主任的儿子长得像妈妈，比陈主任还要英俊。"护士长说道。

"我儿子长得像我，但性格像他爸爸，不爱和人说话。"舒爱凌说道。

"陈主任是个有福气的人，有漂亮的太太和帅气的儿子。"

手术后的第二天早晨，舒爱凌自己能下床了。下午静脉输液结束后，舒爱凌就出院回到家中休养。

第15章

奶奶住院

"小强,你吃完中饭再出去,你奶奶给你做了不少好吃的。"舒爱凌说道。

"奶奶天天做好吃的,这些天大鱼大肉吃得太多,我今天中午节食一顿。"

"你快点走吧,晚上回家我给你多做一点。"张守芳知道今天小强出门是去见女朋友的。

"奶奶,你不要太累,要注意休息,保重身体。"小强出门仍不忘提醒奶奶不要太累。

"奶奶不累,你去吧。"家里人只有张守芳知道,小强今天出去是去会女朋友的。小强特地给她嘱咐,不要告诉他父母,等到小强自己认为时机成熟时再告诉父母。

9月上旬的秀山,树叶和杂草黄绿相间,树叶依然结实地挂在树梢上,站好它们的最后一班岗。

小强和小慧按约定的时间在江滨中学大门见面,然后沿江滨中学后面的一条山径向秀山山顶走去。这是他们俩约会半年后，第一次来到秀山。

"你妈妈回家还好吗？"小慧问小强。

"很好。已经上班了。"

"你妈妈在家期间，是你奶奶照顾你妈妈？"

"我奶奶做事特别仔细。只有她照顾我妈，她才放心。"

"你奶奶真好。"

"我从小是我奶奶带大的，我和奶奶的感情特别深。"

"你爸妈知道我们的关系吗？"

"不知道。你和你爸妈说了吗？"

"刚说。"

"我也准备最近几天和我爸妈说，不过我奶奶知道了。"

"你告诉你奶奶了？"

"就是我妈做手术的那天，我奶奶问我最近是不是在谈恋爱。"

"你奶奶看出来了？"

"是的。我奶奶是个细心的人，大概是她看到我心情好，从而猜想我是不是在谈恋爱。"

"你这段时间比从前要开心、高兴？"小慧问道。

"当然。就是觉得世界变得美好了，看什么都舒服、顺眼。"

"你打算什么时候告诉你爸妈？"

"我准备过几天就告诉我爸妈。"

两人一边走一边聊，不知什么时候，两人的手握在了一起。

"小强，你以前谈过恋爱吗？"

"没有。"

"你爸妈没有介绍过？"

"我对我爸妈说恋爱的事不需要他们管，我自己解决。在公安大学几乎都是男生，没有和女生接触的机会。"

"你什么时候喜欢上我的？"小慧问小强。

"什么时候，应该是第一面吧。在见你之前，叶科长把你的照片给我看过，那张照片很漂亮。当时我想照片很漂亮，不知见到真人会怎样。因为现在化妆和照片编辑软件很厉害，可以掩饰很多的缺点。和你见面后，感觉你比照片上更真实、更漂亮。"说完，小强低头偷偷地看了眼小慧。只见小慧脸色绯红，犹如满天的红霞。小强情不自禁地说道："你真漂亮。"

小慧脸越发红了，就像燃烧的火。"小强，你也很帅气，有年轻人的青春朝气。"

"小慧，我喜欢你。"

"我也喜欢你。"

"小慧，可以吻你吗？"小强鼓足勇气说道。

"嗯。"小慧的声音非常小，比风的声音都要轻，说完她闭上了眼睛。

小强将小慧紧紧地抱住，拥入怀中。

小慧深情地看着小强，用手在小强的脸蛋上轻轻抚摸着道："我爱你。"随后热烈地亲吻起来。

此后，两个人的感情迅速升温，再也不避开众人，江滨市又多了一对幸福的恋人。

"小强，我们单位的人说看到你和女朋友在一起。"舒爱凌在家里问小强。

"我也听说你和女朋友在外面吃饭。"陈利民说道。

"小强，既然大家知道了，你就把她带回家，让我们见见。"张守芳劝小强。

"那就这个星期六上午或下午。"舒爱凌说道。

"下午吧。上午我们打扫卫生，准备一下。"

"不要特意准备，和平常一样就可以了。"小强说道。

"这个你就别管了，你只需要把她带回家。"

星期六上午，张守芳打扫清理厨房，小强整理自己的卧室，舒爱凌和陈利民整理自己的房间，并打扫清洁阳台，一家人就像迎接新年一样。

"妈，我出去了。"吃过午饭后，小强披上一件夹克，就出门了。

下午，小强和小慧俩人提着一袋水果和一盒牛奶，来到小强家。

"奶奶，这是小慧。小慧，这是我奶奶。"小强给她们俩介绍。

"奶奶好。"小慧礼貌地喊了一声奶奶。

"孩子，快进来。凌凌、利民，你们俩快出来，来客人了。"

"伯父、伯母好。"小慧客气地说道。

"小慧好，请坐。"舒爱凌招呼小慧坐下。

"伯父、伯母，你们坐，奶奶您请坐。"小慧很有礼貌地说道。

"孩子，你喝茶还是饮料？"张守芳问道。

"喝茶吧。"

"奶奶，我来吧。"小强想让张守芳休息一会儿。

"你陪好小慧就行了。"张守芳说道。

"听小强说你在学校做老师？"舒爱凌说道。

"是的，我是从师范大学毕业的，在实验小学做数学老师。"

"做老师好，能按时上下班，节假日能休息。"陈利民说道。

"这是老师职业的一大特点或者说是优点吧。"小慧说道。

"小强爸爸在医院工作，经常不能按点下班回家，周末和节假日还要去医院查房。所以小强爸爸特别羡慕8小时之外就能安心在家的人。"舒爱凌说道。

"听小强说伯父是外科主任，好厉害的。"小慧羡慕地说道。

"小强爸爸是个外科医生，什么都好，就是顾不了家。虽然下班人在家，但是心还牵挂着病人。"

"伯父真是个好医生。"

"你伯父的的确确是个好医生,他对病人的关心,远胜过对小强的关心。"舒爱凌说道。

"我爸爸是个标准的劳模。"

"劳模有什么好,我让他关心小强对象的事,他一直给我拖。最后,还是小强自己解决的。"舒爱凌说道。

"凌凌,这是天意。你看小慧这姑娘多好,长得漂亮,人又好,到哪去找啊?"张守芳高兴地说道。

"奶奶……"小慧脸红了,但又不知道怎么说。

"一看就知道小慧是个好姑娘。"舒爱凌做了近30年的行政,阅人无数,"以后有空常来阿姨家,阿姨、叔叔、奶奶,我们全家人都欢迎你。"

"谢谢伯母。"

"姑娘,你来我给你做好吃的。"张守芳说道。

"小强平时就喜欢他奶奶做的饭菜。"舒爱凌说道。

"小强给我说了,他是奶奶一手带大的。"小慧说道。

"是的,我们平时工作太忙,顾不上带小强。"舒爱凌说道。

"小强和他奶奶的感情很深。"陈利民说道。

"时间差不多了,我们准备吃饭怎么样?"张守芳征求大家意见。

"小慧,就在我们家吃个便饭吧,这是小强奶奶的一片心意。"舒爱凌说道。

"谢谢伯母,谢谢奶奶。"

"奶奶,你坐着,你忙累了一天了,我去厨房。"小强说道。

"小强,你陪好小慧,我和你妈去厨房端菜。"

12道菜把餐桌放得满满的。

"奶奶,你今天怎么做了这么多的菜?"小强惊讶道,"比我家过年都要丰盛。"

"这几年，因为怕高血压、糖尿病，我们吃饭是越来越简单。因为今天你要来，小强奶奶特地做了这么多的菜，招待最珍贵的客人。"舒爱凌对小慧说道。

"谢谢奶奶。"小慧感激地说道。

"做了这些菜，也不知道小慧喜不喜欢吃。"张守芳说道。

"喜欢，肯定喜欢。"小慧立即说道。

"小慧，这个红烧小排味道特别好，是小强奶奶的拿手好菜。"舒爱凌说道。

"小强，你要招待好小慧。"陈利民说道。

"伯父、伯母、奶奶，你们自己也吃啊！"

张守芳满心欢喜地看着小强和小慧，心里充满了喜悦，情不自禁地说道："你们俩真是天造地设的一对呀！"

"奶奶。"小强欲打断张守芳的讲话，他想小慧第一次到他们家，就说是天造地设的一对，不合适。

"小慧多好啊，打着灯笼都难找啊。小强也是个优秀好青年，像他爸妈一样，心地善良。小慧，你找到小强，你算是有福了。"张守芳没有理睬小强的话，仍然按自己的思路讲话。

"奶奶……"小强说道。

"小慧，你今天来我们家，看到了我们家人。我们全家都是老老实实过日子的人，我也希望你们俩踏踏实实、恩恩爱爱地过一辈子。"张守芳话越说越多。

"奶奶，小慧刚到我们家来看看，你说到哪里去了。"小强说道。

"小强，妈妈一直做行政工作，看人看得很准。小慧这姑娘人很好。妈妈恭喜你找到了这么一位优秀的姑娘，这样我就放心了。"舒爱凌说道。

"大家不要只说话不吃菜。"陈利民说道。

第15章 奶奶住院

"我奶奶做的菜好吃吧?"小强对小慧说道。

"好吃,很好吃。"小慧连忙答道。

整个吃晚饭的过程,气氛很亲切、温馨。舒爱凌和陈利民对这个未来的儿媳妇很满意。张守芳多次告诉小强要用慧眼看人,果然,小强找的女朋友非常优秀,张守芳很满意。

2012年3月,叶玉珠退休,小强接任社区民警科科长。2012年5月1日,小强和小慧在认识1年后结婚成家。婚房就是医院分配给陈利民的两室一厅的房子,其优点是地理位置好,缺点是没有电梯,对老年人不是很友好。

小强结婚后,每天和他联系最多的就是奶奶张守芳。张守芳隔三岔五就要给孙子打电话,说家里做了很多好吃的,希望孙子和孙媳妇一起回家吃饭。每次小强和小慧吃过晚饭回家时,总要带些菜走,再加上小慧每个星期也要回趟娘家,所以小强和小慧两口子很少开火。

2012年年底,年近60岁的赵局长因为胃癌住院接受手术治疗。在他住院和休养期间,工业局的工作由副局长李翔负责。2013年春节后,组织宣布赵局长退休,李翔接任局长。

舒爱凌凭着自己聪明才华、认真踏实的工作作风,在同事中间享有很高的威望,也得到了上级领导的肯定。2013年6月,舒爱凌被提拔为工业局的副局长。陈利民在他的专业上做得也很好,在国内创新了很多的手术方法,多次应邀在全国的学术大会上交流手术经验,并在全国医学学术机构中担任职务。

结婚的次年8月,小慧怀孕产一子,取名皓亮。出院后,小慧到小强父母家坐月子。一家5个大人围着一个小太阳转,从早到晚,忙得不亦乐乎。

时间过得飞快,转眼小强儿子皓亮到了上幼儿园托班的年龄。为了让小强和小慧休息好、专心工作，张守芳建议让皓亮和她睡。小慧和张守芳在一起生活3年了，知道张守芳特别心细，把儿子交给太奶奶应该没有问题。小强对小慧说道："你看，我就是我奶奶教育出来的，虽然说我奶奶只有初小文化水平，但我奶奶做人的智慧远超过硕士、博士。"

"我担心奶奶的年龄太大，精力跟不上。"

"这一点也是我担心的，奶奶比以前要老多了。好在现在皓亮大了，奶奶给他讲道理就可以了。你放心。奶奶很会讲道理，皓亮一定会听我奶奶的话。"

2017年年底，张守芳因风寒感冒，继而发展成为肺炎。

"利民，你在医院给我带些药，我在家吃药就可以了。"

"不行，姑妈，你现在应该住院，静脉用抗生素，赶快把炎症压下去。"

"姑妈，你要听利民的，利民是医生。"舒爱凌劝张守芳。

"我怕住在医院太麻烦。"张守芳说道。

"姑妈，你现在炎症还不是太严重，用几天药就好了。如果不及时治疗，发展下去，炎症加重，治疗就复杂了。"陈利民说道。

"奶奶，你就听我爸爸的。我爸爸是医生，他会给你安排好的。"

"利民在医院做医生，姑妈，你尽管放心。"

"好的，就听你们的，要麻烦利民了。"张守芳说道。

"我在医院，没有什么麻烦。我马上给呼吸科主任打电话。"

"姑妈，明天上午利民上班时，顺便把你带到医院，治疗几天就回家。"

第二天上午，陈利民和舒爱凌带着张守芳来到江滨医院。

"陈主任，你昨天晚上才给我打电话，现在没有单人房间和双人房间，只能住在5床的3人房间。"在呼吸科病房，呼吸科施主任对陈利民说道。

"谢谢。这是昨天下午拍的胸片,右下肺有些炎症。"

施主任拿起胸片对着亮处仔细看,说道:"嗯,现在只是右下肺有炎症,其他部位还好。"

这天,舒爱凌请了一天的假,守在张守芳的床边。到下午 2 点,护士给张守芳测量体温和氧饱和度,体温 37.6 摄氏度,氧饱和度 98%。

"医生,5 床病人有低热。"舒爱凌到医生办公室,向医生汇报张守芳的体温。

"肺炎会有发热。"

"要处理吗?"舒爱凌问道。

"抗生素已经用上了,药物起作用要两三天的时间。"医生给舒爱凌解释。

"发热对人体有影响吗?"舒爱凌又问道。

"这点低热对人体没有多大的关系。"

张守芳住院后,又做了一次胸部 CT 检查,证实炎症仅位于右下肺。血常规检查,白细胞和中性粒细胞仅轻度升高。

舒爱凌坐在张守芳的床边,轻轻地触摸张守芳的右手,心底升腾起无限的情感。张守芳为她忙碌了一辈子,双手皮肤十分粗糙。

"凌凌,你回去上班,我一个人在这里行。"

"姑妈,我已经请假了。今天我什么地方也不去,就在这里陪你。利民说了,他把病房事情处理好后,也来这里。"

"我自己太不争气了,生个病不但给你添了麻烦,还给利民添了麻烦。有你在,利民就不用来了。"

"利民在医院上班,他过来很方便。"

"想不到老了,生病给你添麻烦。"

"姑妈,你身体很好,医生都说你的身体很好。这次生病,用几天的抗生素就能好,就可以回家了。"

"皓亮谁去接送？"

"小慧。小慧上班的时候顺便把皓亮带到幼儿园，下午也是小慧去幼儿园接皓亮。"

"还是老师好，能照顾家。"

"姑妈，还好吧？"陈利民来到呼吸科病房。

"很好。"

"病房的事处理好了？"舒爱凌说道。

"处理好了。"

"医生，你把这个凳子拿去。"6床病人让陈利民把她的凳子拿去坐。

"谢谢，我站着没关系。"陈利民客气地说道。

"利民，你就坐着吧。"张守芳劝陈利民坐下。

"好的。"陈利民坐下，对6床的病人说道，"谢谢你。"

"利民，你到我这里来，对你工作没有影响吧？"张守芳说道。

"没有。我把病房的事全部安排好了。如果有事，病房的护士和医生会给我打电话的。施主任说姑妈的胸部CT问题不大，我们来的时间，恰到好处。如果再晚几天，炎症就会扩散，治疗起来就麻烦多了。"

"多亏利民了。凌凌，你不要老是说利民没有用，我住院全靠利民了。"

"我能安心工作，是家人鼎力支持的结果。"陈利民说道。

"知道就好。"舒爱凌说道。

就在这时，外科曹建新副主任和杨小晴护士长带着一束鲜花来看张守芳。

"哎呀，我说不要，你们还是来了。"陈利民说道。

"陈主任，你岳母住在这里，我一定要来看看的。"外科护士长杨小晴说道。说完，便把花放在张守芳的床头柜上。

"谢谢、谢谢你们。"张守芳激动得要流出眼泪。

第 15 章 奶奶住院

"你们那么忙还抽空来看我姑妈,真是太感谢你们了。"舒爱凌说道。

"舒局长,你姑妈住院,我是一定要来看的。"曹建新客气地说道。

"阿婆,如果需要我们帮忙请尽管说。"杨小晴说道。

"谢谢,这里的医生和护士对我都很好,大家费心了。"张守芳真心地谢道。

同病房的另外两位病人,投来羡慕的目光。

"利民,你下午就不要来了。在病房好好地上班,把你病房的事处理好。"吃过中饭后,舒爱凌对陈利民说道。

"下午有个病人家属要投诉刘刚峰,我作为科主任要接待他们。"

"利民,你可千万要小心,千万不要和病人家属发生争执。这事医院不是有投诉接待办吗?怎么要你处理?"

"还没有到医院层面那一步,医院也是希望我们科室能解决最好,不要一有问题就推给医院。"

"利民,不管病人说什么,你不要和他争执。他提出任何要求,你就说我们要讨论研究。还有和病人谈话时,尽可能多叫几个医生在你旁边。"舒爱凌嘱咐陈利民。

"知道了。"

"凌凌,利民没有事吧?"陈利民离开呼吸科后,张守芳问舒爱凌。

"病人对利民科室的一个医生不满意,利民去给病人解释,利民没有事。"

"这我就放心了。"

"利民这么多年一直小心谨慎地给病人看病,而且是真心对病人好。他不会有事的。"舒爱凌说道。

"小强也像他爸爸,工作认认真真,一心为老百姓服务。"张守芳说道。

"小强是你教育得好。"

5点，陈利民脱下工作服，换上自己的便装来到呼吸科。不到一刻钟，小强夫妻俩带着儿子皓亮也来到呼吸科病房。

"太奶奶、太奶奶。"皓亮看到躺在床上的张守芳，就晃晃悠悠地跑过来。

"皓亮，慢一点，别摔跤。"小慧着急地说道。

"宝贝，小宝贝。"看到重孙子，张守芳欲起身坐起来，抱怨地对小强说道，"有你爸妈在，你们就不要来了。"

"皓亮非要来看太奶奶，我拿他一点办法也没有。"小强说道。

"皓亮很懂事，是个孝顺的好孩子。"舒爱凌欢喜地说道。

"皓亮，你今天在学校表现好吗？"张守芳问道。

"表现很好。"小嘴往上一噘，引起大伙一阵笑声。

"具体说说。"小慧说道。

"今天，老师要求我们讲一个故事。"

"太奶奶不是在家里给你讲了很多的故事吗？"小慧说道。

"我在幼儿园里讲了济公的故事，老师说我讲得最好。我说济公不是最好听的故事，最好听的故事是田螺姑娘。"

"皓亮，太奶奶给你讲的故事，你都能记住？"张守芳说道。

"能，我都记住了。"说着用手往脑袋一指，"我们班上的同学要到我们家听太奶奶讲故事。"

"太奶奶出名了。"小慧说道。

"吃饭的时间到了，你们都回家吧。"舒爱凌对小强和小慧说道。

"妈，你在这里陪奶奶一天了，你回家休息。"小强说道。

"我盐水吊完了，没什么事了，你们都回家。"张守芳劝大伙都回家。

"我们先回家吃晚饭，到时再来。"陈利民说道。

"皓亮，我们要回家了，和太奶奶说再见。"舒爱凌拽着皓亮。

"太奶奶再见。"

"宝贝再见。"

第二天上午,小慧的父母来到病房看张守芳。

"是,是亲家……"张守芳和小慧父母见过两面。

"奶奶(小慧父母随小慧称呼张守芳为奶奶),听说你病了,我就和皓亮的外公特地来看看你。"小慧妈妈说道。

"我这么一个小病惊动了这么多的人,多不好意思。"

"您现在怎么样了?有咳嗽发热吗?"小慧妈妈问道。

"快好了,没有什么了。"

"好,那就好。"

"我这次住院给大家添了很多麻烦,凌凌昨天请了一天假陪我。昨天晚上,小强和小慧带着皓亮也来医院看我。病房的人都说,我们这一家子非常团结,非常孝顺。"

"小强对你非常孝顺,是你的福气。"

"小强人好、善良,他会对小慧很好的。"张守芳对小慧父母说道。

"奶奶,你今天看上去还可以。"小慧父亲说道。

"我本来就不严重,我说在家吃吃药,可利民非要送我到医院来,说老年人肺炎一旦发展成重症就很危险。"

"小强爸爸是医院的外科主任,这里的医生和护士对你会多加照顾的。"

"这里的医生和护士都很好,对我们病人很热情,态度又好。"4床病人说道。

"昨天晚上小强要陪我,我坚决不同意。让他晚上在家好好地睡一觉。小强工作很忙,不能影响工作。"

"是的,小强工作很忙。如果有什么事,我有空,反正退休在家有的是时间,我可以来医院陪你。"

"你们来医院看我，我都过意不去了，真是上辈子修来的福分。我不能再麻烦大家了。"

"张奶奶是个面善有福气的人，全家人对她都非常孝顺，现在像她这样有福的人越来越少了。"6床病人说道。

"妈妈，你不要管人家的事，安心治疗你的病。"6床病人女儿不让她妈妈多说话。

"你也有福气，大家都有福气。"小慧妈妈对6床病人说道。

"我们可没有张奶奶那么有福气，女儿、女婿、孙子、孙媳妇都是好人，好人都跑到一家去了。"

晚上下班后，一家人全部来到呼吸科病房集中，张守芳提出要回家。

"姑妈，能不能出院我要问呼吸科施主任。"陈利民说道。

"利民，你快给施主任打个电话，就说我全好了。今天上午，小慧爸妈来看我，我就是一个乡下老太婆，不值得劳烦大家花这么多的时间。"

"奶奶，你可是我们家的主心骨。"小强说道。

"我是80多岁的人了，什么主心骨？凌凌和小强才是我们家的主心骨，我不能影响你们。"

"奶奶，你没有影响我们，我们都是下班来看你的。就算是我请假在病房陪你，也是完全应该的。"

"施主任说了，姑妈明天用完药后就可以回家了。"陈利民说道。

"我说啊，我可以回家了。我住在这里，看到你们天天来医院，我心里不安啊！"

"你们家应该每年都是五好家庭吧！"6床病人说道。

"看到你们一家人相敬如宾、尊老爱幼，真是让人羡慕。"4床病人说道。

"我家的人如果像你们家人这样关心我、看我，不用药，我的病也好一半。"

第 15 章 奶奶住院

"妈妈，你就不能少说一句吗？"6 床病人女儿不希望她母亲多说一句话。

"怎么就不能说，你弟弟来过吗？还有……我不说了。"6 床病人说道。

"张奶奶真是个有福的人。"张守芳出院后，4 床病人说道。

"会不会张奶奶特别有钱，家里人看中她的钱。"6 床病人说道。

"她只有这么一个女儿，没有人能分她的财产。"

"你没有听见她女儿叫她姑妈吗？而且那个做医生的女婿也叫她姑妈。"

"是这么一回事。"

"张奶奶以前一定是做大官的，要么就是特别有钱。"6 床病人说道，

"我看就是一个普普通通的老百姓，只不过她的一家人对她很孝敬。"6 床病人女儿对她们的判断不屑一顾。

"如果真是姑妈，那么这个侄女儿对她则是太好了，就像自己的亲妈一样。"4 床病人说道。

"比对亲妈还要亲。你看到没有，那个做警察的孙子对老太太可亲了。另外，他孙子的丈人和丈母娘都来看她，是看在她孙子的份上来看她的。"6 床病人说道。

"最大的可能就是张奶奶是舒局长的姑妈，警察是张奶奶从小带大的，两个人的感情很深。"

"如果是这样，这家人真是太好了，太有良心了。不过大部分人家，孩子一带大，就把老人赶走了。"

第16章

医学人文

陈利民从美国进修回国后,积极开展新技术、新的治疗方法,提高了治疗效果,深受病人及病人家属的欢迎,取得了非常好的社会效果。由于陈利民是第一位在江滨市开展腹腔镜脾切除术以及腹腔镜胰腺切除术的医生,陈利民因此获得了江滨市卫生局以及江滨市科委颁发的科技进步一等奖和二等奖,陈利民自然而然地成为江滨市肝胆胰外科的学术带头人。陈利民还多次在全国学术大会上做专题报告,成为了这个行业的全国知名专家。

医疗水平高,对病人又好,找陈利民看病的人越来越多,带动了整个科室的发展。由于病人多,病人住院时间缩短,医生的工作量就大,医生就更忙了。年轻医生每天苦于应付日常事务性的工作,特别是应付病历等各种医疗文书。近几年,国家对医疗文书要求越来越高,而且不断有新的要求。年轻医生的时间,都用于准备处理各种医疗文书。每位病人住院都有10页纸的医疗文书要签字,比如授权委托书,患者告知书,输血同意书,劝阻住院患者外出告知书,手术知情同意书,创伤性检查、治疗知情同意书等，就是各项告知制度。如果有一项没有告知病人，没有让病人签字，一旦出现纠纷，肯定是医生败诉。所以病人一住院，医生在第一时间就让病人签字，完成一项重大任务。医院有个检查组，专门检查医生写的病历，如果有哪个项目病人没有签字，医院就要处罚这位医生。其实，医生最应该到病人床边观察病情，和病人进行交流，而不是坐在电脑前处理这些文书。

2018年9月8日下午，医院就当前的医疗形式，专门召开医院职能部门负责人、科主任和护士长大会，首先是医院医务处周朝辉处长讲话。

> 各位院领导、各位职能部门的负责人、各位科主任和护士长，下午好。受范院长的委托，由我向大家传达省卫生厅关于减少医疗投诉、提高病人满意度的通知。同时，对我们医院上半年的医疗投诉、医疗纠纷进行总结和分析。
>
> 今年上半年，我们医院共有医疗投诉22起，其中有效投诉10起，有3例病人家属不服调解，已向上级医疗机构申诉。在这半年期间，发生了1起严重的医闹事件，扰乱了医院的正常医疗秩序，挫伤了广大医务工作者的积极性，造成极其恶劣的社会影响。
>
> 医疗纠纷增加的原因是多方面的，一部分是病人对医疗结果期望值过高，对医疗有不切实际的要求；另一部分是我们自己没有做好。如果我们的工作做得细致一些，和病人沟通好一点，至少一半的医疗纠纷是可以避免的。

周朝辉处长把今年上半年医院发生的医疗投诉、医疗纠纷事件向全院科主任以及医疗职能部门负责人作了汇报。听完后，大家心情都非常沉重，显然，这种情况是大家不愿意看到的。医务处周朝辉处长讲话结束后，范院长讲话。

我们医院是江滨地区一所历史悠久的医院，有着深厚的文化底蕴。改革开放后，特别是进入21世纪后，我们医院在学科建设和发展方面，取得了很大的成就，使江滨人民在家门口就能享受现代化的医疗服务。

我们的医疗条件比以前好了，我们的技术比以往高了，而且我们的医生工作比以前也更加累了，但是病人投诉和医疗纠纷没有相应地减少，却有增加的趋势。按道理，医院条件好了，医疗水平提高了，医疗纠纷要下降，为什么我们的医疗纠纷没有下降，反而有升高？这需要我们好好地深思。它说明有些医疗纠纷不是通过提高医疗技术能解决的。社会向前发展，人民群众生活水平提高了，病人对医疗的要求也提高了。我们必须适应新的形势，改变我们以往的工作作风，更好地服务广大的病人。

有位病人母亲向我反映，她13岁儿子因为急性阑尾炎住院，做母亲的非常担心、害怕，有非常多的顾虑和疑问。麻醉对大脑有什么影响？手术后是否和正常人一样？能不能上体育课？然而，我们的医生只是让她在一大堆的医疗文书上签字，签字后，多一句话也不和病人说。

我们医生在处理病人时，只注意疾病，忽视了病人。大家请记住病人是个社会的人，他有复杂的社会关系，他有非常丰富的思想情感。在我们和病人接触、谈话时，都要考虑到这些因素。在和病人谈话时，要认真听病人讲，让病人感到自己被重视、被关爱。作为一个医生，你不能只想到怎样做手术，你还要想到病人对疾病和治疗有什么担心，你怎样打消这些疑虑，让病人信任你。和病人以及病人家属谈话，一定要和风细雨，对病人充满关心、同情。现在，我们医生谈话的目的是让病人尽快签字，医生就完成了一桩事。然而我们医生把精力全部放在疾病的诊断和治疗上，忽略了对病人的关爱，以后我们一定要加强这方面的教育工作。

现在，范院长的话提醒了陈利民，病人有些问题是医学解决不了的，需要用医学人文知识来解决。陈利民也是第一次听到医学人文这个词，他自己对医学人文缺乏系统的了解。于是陈利民在网上搜索了这方面的资料，陈利民得出结论：好医生要以病人为中心，而不是以疾病为中心。作为一个医生，必须要有强烈的同情心，这是我们成为好医生的前提。医生誓言和医生格言规定了医生的行为，明确地规定了怎样做一个医生。医生要有高贵的品质，技术只是医生服务病人的一个手段。陈利民曾一度按医生誓言和医生格言要求自己，只是在繁忙的工作中淡忘了一些，他的全部心思放在怎样提高医疗技术、增加科室的业务量上。

医生时刻要把帮助病人放在心上，在做任何事的时候都要想到我这样做是否对病人最好。医学之外有人心，医学替代不了人心底深处的守望相助。

陈利民白天工作，晚上看书，一直站在外科的最前沿，带领整个学科向前发展。在陈利民的带领下，肝胆胰外科的新技术、新方法开展得最好、最多，每年申请的课题和发表的论文数量在医院是大户。陈利民对年轻医生严格要求，但在手术上，陈利民手把手教他们。虽然年轻医生在陈利民手下工作辛苦些，但进步快，也就愿意在陈利民这组。

陈利民发现现在年轻医生问病人的情况，不是主动关心病人，是为了写病史，不得不问几句。陈利民还发现有些年轻医生缺乏对病人真正的关心，满脑心思就是想学习医学知识和技术，重技术、轻人文。陈利民是科主任，他必须要让全科医生认识到人文和技术同样重要。

"利民，你怎么心事重重的？是不是病人有什么不好？"舒爱凌在家里说道，"看你吃饭和我们讲话都心不在焉。"

"没有啊，手术病人都很好，就是……"

"就是什么？"舒爱凌追问道。

"就是最近医院的医疗纠纷比较多，还有胃肠外科出现一起医闹事件。我这些天在想怎样解决这些问题。"

"怎么会这样？是什么原因？"张守芳好奇地问道。

"出现纠纷是病人对医疗不满意，其原因归纳下来有以下三点：一是病人原因；二是医疗负担重；第三就是医生自身的问题。"

"坏人也会生病的，你一定要多加小心，保护好自己。特别不要和那些对医疗不满意的人讲道理、辩解，让医院有关部门处理，躲着这些人。"舒爱凌对陈利民叮嘱道。

"是要保护好自己。我在想，如果医生做得好，就能减少一半以上的医疗纠纷。"陈利民实事求是地说道。

"利民，病人到医院都是挺可怜的，心里都是非常害怕的，做医生要关心安慰病人。"张守芳总是同情病人。

"姑妈说得对。比如一个病人要做手术，病人及病人家属有一肚子的担心害怕，有很多的问题要问医生，希望能从医生这里得到解释和安慰，而我们的医生只关心签字。医生在处理病人时，只注意疾病，而忽视整个人，人是个社会的人。"陈利民说道。

"是啊，很多人都反映，现在医院的医生多一句话也不愿意说。"舒爱凌说道。

"不过我看利民做得很好，对病人服务态度好。"张守芳说道。

"现在情况变了，医生必须要适应新的形势。但有一点，人心是肉长的，如果你真心对病人好，病人能感觉得到。"陈利民说道。

"利民讲得对，给予表扬。"舒爱凌说道。

"如果医生能像利民这样为病人着想，病人就有福了。"张守芳总是表扬陈利民。

"我打算给科室医生做个医学人文讲座。"陈利民说道。

"你准备怎样讲？"舒爱凌问陈利民。

"现在只是个想法，刚有个想法就和你说了。"

"这个想法好。"张守芳鼓励陈利民。

"姑妈说了你这个想法好，你就抓紧时间去准备吧，要好好地准备。"

在用了两个星期的准备后，星期五的下午，在科室的业务学习时间，陈利民把全科医生召集在一起，讲"医学人文"。

  大家好，今天下午我们将用1小时的时间讲医学人文问题。今天我讲课的题目是：人文点亮医学，温暖病人。

  为什么我们外科医生要讨论医学人文问题？答案是时代的需要。

  近30年，我们国家的医学取得了飞速的发展，医学水平已经接近甚至达到了国际先进水平。然而医疗纠纷、医闹、伤医事件，并没有随着医学的进步而下降，这说明医院出现的某些问题和医学水平无关，是人出了问题。现在医院特别头痛医疗纠纷，要求各科室降低医疗纠纷的发生率。这就是我们今天要讲医学人文的原因，我们在这样一个大的医学背景下，讲"医学人文"。

  如果有个病人因为转移性右下腹疼痛，右下腹有固定性压痛，我们诊断该病人为急性阑尾炎，然后告诉病人需手术治疗。如果有个病人有上腹部疼痛，B超检查发现胆囊结石，医生就会对病人说，你得了胆囊结石。又如病人有剧烈的左侧胸部疼痛，心电图检查提示ST段弓背状抬高，医生就会对病人说，你得了急性心肌梗塞，马上要到DSA室做冠状动脉造影，然后再放置心脏支架。

  我刚举的3个例子就是告诉大家，我们看病先是找到病变的部位，然后对病变部分进行治疗。一切医疗活动的中心是疾病，和兽医治疗狗、猫完全一样。然而，人和动物是完全不一样的。人虽然有生物学属性，但是还有他的社会学属性。人之所以称为人，就是人具有社会属性：丰富的思想，复杂的社会关系。

比如有个小学生因急性阑尾炎来住院，虽然急性阑尾炎是个简单的疾病，但在这个小学生的背后却站着父母和四个老人，承载着两家人的巨大希望。我们的医生只是在简单问几句，能完成病史的材料后，让病人在病房等候手术室通知。现在的年轻医生电脑特别熟练，在和病人家属谈话时，就把病人病史打印好了，让病人家属签字，转眼就不见人影了。我说转眼不见人影，并不是说他离开工作岗位，还是在医院上班。病人家人十分想知道手术对小孩有什么影响，包括对学习的影响。我们常说要设身处地为病人着想，你想了吗？

所以，我们给病人看病，不能只看到疾病的部位，要看到整个人，以及他的社会关系。医学不同于其他科学，医学有它的特殊性。医学的特殊性是医学直接面对人，所以有人说过医学也是人学，就是这个道理。

任何一个人来到医院看病，他就是一个弱者，一个需要被帮助、被关爱的人。不论是在门诊还是在病房，和病人接触首先是从询问病史开始。在病人讲述病史的过程中，医生要耐心、专心地听病人讲述病史，甚至还要耐着性子地听病人唠叨。在病人讲到他的病情时，医生要表示同情，给予病人安慰，这样让病人感到自己被重视、被关心。一个人要把自己的生命交到一个陌生人的手中，一定会紧张的。怎样消除病人的紧张，医生要想方设法取得病人的信任，让病人觉得你是一个可以托付生命的医生。

我们都想成为一个好医生，甚至是一代名医。我要告诉大家的是，要成为一个好医生，仅有技术是不够的，还要有仁心。因为医学取代不了人心底深处的爱与温暖，取代不了人心底的守望相助和感同身受的恻隐之心。麻木不仁的人，是永远成为不了好医生的。

所以我们在给病人看病过程中，要时刻想着怎样帮助病人，怎样做才是对病人是最好的。大家要知道，医学之外有人心，你对病人好，对病人的真心、关心，病人是能感知的。只要你真心对病人好，即使术后出现了并发症，病人也不会和你吵架，甚至会安慰你不要难过。互相理解，换位思考，你也就能原谅病人对你说过的不礼貌的话，你在处理病人过程中就不会那么容易发脾气。

……

今天我啰里啰唆地讲了近1小时，最后对我的讲话做一个总结，就是常常提醒自己，我这么做是否对病人最好，并把它转化成为一个自觉行为，让医学有温度、有大爱。

按约定的时间，5天前来科室要投诉刘刚峰医生的病人家属来到医生办公室。病人是肝癌，做了右半肝切除术，手术很成功。手术后出现切口感染，切口感染是外科中最小、最常见的并发症，对右半肝切除术来说可以忽略不计。然而这个家病人家属对刘刚峰不依不饶，非要投诉。陈利民觉得很奇怪，很想知道这个病人家属为什么要抓住刘刚峰不放。

病人家属来了两个人：一个儿子和一个女儿。陈利民亲自和病人家属谈话，郭凯和刘刚峰旁听。

"你是37床病人的儿子，你是女儿，我们在门诊就见过。那天是你们俩把病人从家里送到医院的。"

"是的，陈主任记忆力真好。"病人女儿说道。

"我记得起初老人不愿意来医院，说在家里休息几天就能好。幸亏你们俩把他送到医院来。如果再晚一两个月，肿瘤就要侵犯肝中静脉和门静脉，这手术就没有办法做了。"

"是啊，我父亲很倔强，我和我弟弟硬是把他从家里拽到医院。非常幸运，那天我们在门诊碰到你。"病人女儿说道。

"姐姐，和他讲这些干什么？和他讲医疗事故的事。"病人儿子在旁不耐烦地说道。

"我今天就是想和你们好好地聊聊，听听你们对我们科室有什么意见。"陈利民笑咪咪地说道。

"我父亲手术不成功，是个医疗事故，要赔钱。"病人的儿子一点不遮掩，要求赔钱。

在中国，医生对"医疗事故"这个词十分反感，甚至过敏。陈利民按住胸中的怒火，仍心平气和地和病人家属说道："手术很成功，手术后的恢复也很顺利，哪来的医疗事故？"

"陈主任，我们全家对你非常感谢，你对我父亲很关心。我们都看见了，全记在心上。然而刘医生完全不像你这样，我们对他非常不满意。"病人女儿说道。

"你说说刘医生在哪些方面做得不好。"陈利民想知道病人家属为什么对刘刚峰不满意。

"刘医生在办公室，问我父亲的情况，一边问一边弄电脑。"

"现在我们的病史、病历全部记在电脑里。医生在询问病史的时候，就把病人提供的病史，记录在电脑上。好，你继续讲。"

"刘医生把一大叠打印好的材料要我们签字，是各种各样的知情同意书。我问他为什么要签这些文件，他说这是医院规定，必须遵守。如果不签字，下面的程序就没有办法向前推进，就是说不签字，就出院。我心想，这哪是自愿书，分明是强迫书。"

"刘医生要求你签的文件，是行业规定。比如患者告知书、授权委托书、特殊检查知情同意书，还有劝阻住院患者外出告知书，等等。"

"我们家属最关心的是疾病的诊断，怎么治疗，以及治疗效果怎样。刘医生不耐烦地说就是肝脏长了个肿瘤。我说门诊做过了很多检查，为什么还要做检查？刘医生的脸马上就拉下来，生硬地说是手术必须要做的检查。"

"你说的这些，我能理解。虽然我们医生是按照医疗常规做，也应该和你们解释一下。谢谢你说的，以后我们要在工作中注意这些问题。"

"陈主任，刘医生要是像你这样就好了。我们是受了一肚子的气，才找到你的。起先，我弟弟说要找院长，我说陈主任人很好，我怕找院长会对你不好，就没有找院长。"

"这种问题你找到院长，最后还是科室来处理，因为我们是当事人。"

"最令人气愤的是手术的前一天，密密麻麻两页纸的手术知情同意书，写了四五十条手术危险性，好多还有死亡。我看了，被吓得心脏'咚咚'地乱跳。我问他，这些情况会发生在我父亲身上吗？他十分冷漠地说：不知道。好像明天手术我父亲就要死在手术台上。我想回家好好地把手术签字内容研究一下，刘医生说马上要签字。不签字，明天的手术就要停了。后来，我还问他：手术安全性怎样，手术对人体的影响怎样，手术后能活多少年？刘医生回答十分简单，有风险，手术后具体活多少年，每个人的情况不一样。按我的脾气，我肯定要把刘医生大骂一通，然后到别的医院去看病。但一想到陈主任你人好、技术高，就不和他计较了。"

"你反映的这些情况非常好，非常及时。我们医生工作再苦再累，心里也要装着病人，要设身处地为病人及家属着想。至于签字，的确是一个问题。作为一个病人或病人家属，在短短的几分钟时间内，要完全理解或搞明白签字上的内容是不实际的。手术签字那么多的内容，只是告知病人和病人家属手术有这些可能性。尽管这些可能性很小，但我们必须要告诉你们，还要你们签上名字，这是国家规定的，如果不签字就不手术。"

"是不是我们签字了，手术出现并发症，你们就没有责任了？"病人儿子说道。

"你这个问题问得很好。手术签字只是手术知情同意书，不是医生逃避责任书。假如手术后出现严重的并发症，如果是我们医生或医院的责任，医生或医院还是要担责任的。"

"陈主任，我父亲刀口流血，没有长好，是个医疗事故，医生和医院要赔偿的。"病人儿子一心只想钱，一点不体谅医生的辛苦。

"你父亲从住院到出院，我们的医生对你父亲十分关心，星期六、星期天，我们都从家里来看你父亲，这样做就是为了发现问题及时处理，使你父亲早日康复。右半肝切除术是外科风险最高的手术之一。你父亲在手术后第二天就吃饭了，第四天停止了所有的补液，是一个非常好的结果。至于大手术出现切口感染只能说是美中不足吧，因为切口感染不影响你父亲活动、吃饭。"

"这话不是你一个人说了算。"病人儿子说道。

"当然不是我一个人说了算。如果你不认可我的话，你可咨询其他医生。"

"陈主任，我父亲在你这里住院，让你费心了。总的来说，我们全家对你是满意的，就是对刘医生……"病人女儿说道。

"就是对刘医生不满意。刘医生以为当个医生就了不起，端个臭架子，我们要不是看在陈主任的面子上，和他没完。"病人儿子说道。

"刘医生和你们交流沟通不好，我要批评他，这点他以后必须要改正。但在你父亲治疗上，刘医生还是付出很多心血的。手术当天晚上一直守到晚上9点半，确认你父亲平安后，他才回家。还有周末两天，他放弃休息来医院来看你父亲也是不容易，大家互相理解。"

"他星期六、星期天来医院，医院给他发加班费。"病人儿子说道。

"我们周末、节假日，哪怕是大年初一来医院看病，医院一分钱也不给。"

"医院这样做不对，把人当傻子。"

"我们每天来看病人，完全是出于对病人的负责，出于医生的责任心。"

最后病人儿子见捞不到什么好处，就离开了。

病人家属走后，陈利民对年轻医生说："大家平时工作都很辛苦，如果这时，再有病人和我们搞，不是太冤枉了吗？"

"是的，陈主任说得对。"

"预防工作一定要做好，病人一入院就做好沟通解释工作，虽然要多花点时间，但它能为我们以后的工作节省很多的时间，这叫作磨刀不误砍柴工。明天我有个胆囊病人要入院，你们看看我是怎样和病人家属谈话的。"陈利民心想，这帮年轻人只想着学习手术技能，对和患者沟通一点不重视。

第二天上午，来了一位65岁、满脸愁容的胆囊结石病人。查房结束后，陈利民把病人叫到办公室。

"你请坐。"陈利民客气地请病人坐下，"我姓陈，叫陈利民，这是刘医生，这是郭医生，我们三位是负责你的床位医生。"

"谢谢陈主任。上个星期看你的专家门诊时，你给我讲得很清楚，但真正来到医院准备接受手术治疗，又害怕起来。"

"老唐，你这种担心害怕是完全正常的，任何人做手术都会害怕。老唐，你有什么顾虑和担心，尽管说出来，我们一起帮你解答。"

"陈主任，没有胆了，对人有影响吗？"病人问道。

"老唐，几乎所有做胆囊切除术的病人都问过这个问题。我想从两方面回答你提出的问题。"

"陈主任，我自己查了一些资料，但没有看明白。"

"对一个正常人的胆囊我们是不会切除的，但是你的胆囊内有3枚结石，大的有2.7厘米，胆囊壁有增厚。胆囊壁增厚是胆囊结石长期刺激胆囊壁造成的。你的胆囊已经是个病变的胆囊了，所以切除病变的胆囊对你的身体影响不大。胆囊切除术已经有100多年的历史了，也就是说在你的前面已有大量的人给你做过实验，证明胆囊切除术是个安全有效的手术。少数人在手术后出现腹泻，但只要控制饮食，低脂饮食一两个月就能恢复正常饮食。"

"陈主任，这个手术有风险吗？"

"任何手术都存在一定的风险，这就是我们害怕手术的原因。但是胆囊切除术是一种安全性非常高的手术。可以说胆囊切除术的危险比一个人在外走路被汽车撞到的概率都要低。我们科室这5年没有发生过任何一起严重的并发症。"

"陈主任，你说的我听明白了，胆囊切除术是一个安全的手术，不要太担心。"

"是的。现在我们采用微创技术做胆囊切除术，术后当天晚上就能下床，术后第二天就可以出院，这是科学进步给病人带来的好处。"

"我听说过，现在都是用腹腔镜做胆囊切除手术，这种手术创伤性小，恢复快。我后天的手术是用微创手术的方法吗？"

"你的手术安排在后天，用腹腔镜做。到时，我给你做。"

"你给我做手术那太好了，太谢谢你了，这我就彻底放心了。嗯，陈主任，我还有一个问题，我是普通老百姓，还是很关心这个费用。"病人吞吞吐吐地说道。

"总的费用在1万出头。但是我可以明确告诉你，所用的每一分钱，都可以进医保报销的，而且是能省钱就给你省钱。"

"陈主任，我找你看病做手术实在是太对了。起初，我听别人说我还半信半疑，现在我彻底放心了，今晚可以放心地睡一觉了。"病人高兴地说道。

"还有什么要问的吗？"陈利民提醒道。

"就这些，没有了，非常感谢陈主任。"

"这两天要做一些必要的手术前检查，过两个小时后，待我们把你的病历写好了，请你过来签字。"

"知道了，谢谢陈主任。"

"我们平时主要是做肝癌、胰腺癌等大手术，胆囊切除术对我们来说就是小菜一碟，到时候我亲自给你做手术，一定把你手术做好。这两天你如果有任何想法和任何问题，随时来找我。"

"谢谢陈主任，该问的都问了。"

病人离开后，陈利民对郭凯和刘刚峰说道："刚才的谈话看到了吧。"

"陈主任，我平时和病人谈话就像完成一项任务，让病人签完字，就完了。我以后要注意了，要向陈主任这样，和病人谈话。"

"大家平时因为工作忙而忽视了和病人的谈话。其实和病人谈话、沟通是我们工作的一个重要部分，和手术一样重要，是我们每位医生必须要掌握的一门技能。怎么做好这项工作？除了掌握必备的专业知识，我们必须要走进病人的世界，理解病人，站在病人的立场上，想病人所想，急病人所急。比如说手术后能不能正常生活和工作，麻醉对人的智力和思维会不会有影响，都要给病人解答。我们是给人做手术，既然是个人，他有思想、情感、社会关系，这些都是要考虑的问题。否则和我们给狗、给猪做手术没有任何区别，我希望大家能站在病人的立场上，理解病人、同情病人，和病人交流沟通，并把这些养成一种工作习惯。"

正在这时，陈利民的手机响了，是范院长打来的。

"陈主任要麻烦你一件事。"

"你怎么这么客气？尽管指示。"

"鉴于现在的医疗形势及环境的改变，我们医生必须要高度重视医患交流、医患沟通。我和医务处周处长商量后，想请您给全院的医生做一次医患沟通的讲座，你看怎样？"

"医患沟通讲座这个题目很好，在当前形势下，讲这个题目很有必要。范院长，我怕讲不好，达不到你的要求。"

"陈主任，你肯定行。"

"那我就准备起来。"陈利民说准备起来，说的是大实话。陈利民心里十分清楚，如果在大礼堂给全院医生讲这个题目，他必须要看好多书和文章，自己要系统地掌握医学人文的理论，进而把医患沟通上升到理论高度。

"利民，你这两天在忙什么？吃饭都在应付。"舒爱凌说道。
"人家利民是个外科大主任，工作忙。"张守芳护着陈利民。
"范院长让我给全院医生做个医患沟通或医患交流之类的讲座。这个题目平时随便讲讲很容易，如果是以讲座形式讲则不容易，我必须要好好地看些文章。"
"医患沟通这个题目不错，医生是要多和病人以及家属沟通，多关心病人。现在经常听到有人抱怨，说医院的门难进，医生的脸难看，医生对病人冷漠。你们医院有那么多的医生，为什么偏要你去讲。"
"这肯定是利民平时做得好，病人家属反映好吧。"张守芳说道。
"医生对这方面重视不够，导致病人不满意，所以医院要我做个讲座。"
"这个讲座好，要好好讲。你准备得怎么样了？"舒爱凌问道。
"讲稿快写好了。"陈利民回答道。
"爸爸写这个稿子，那是小菜一碟。"小强说道。
"这个和做手术不一样，手术我做了三十多年了。"
"爸爸，我想你只要按你平时怎么做的，就怎么讲。讲的时候，再加上几个例子，就生动活泼了。"小强说道。
"现在医院里像爸爸这样好的医生太少。我们学校好几个老师都抱怨医院。语文胡老师到门诊看病，医生问了几句话，把药都开好了。还有钱老师的母亲住院，医生让她签字，签字后，医生的人影都找不到。"小慧说道。
"你们讲的问题，的确存在。如果医生对病人多加关心，医患沟通好，即使医疗没有达到预期的结果，病人和病人家属也可能体谅医生，就能减少不少医疗纠纷。"

"所以利民，你一定要在医院，好好地把这个讲座讲好。"舒爱凌说道。

两天后，陈利民把他写的《医学人文指导下的医患沟通》给舒爱凌看。全文如下：

医学人文指导下的医患沟通

医学是一门面对人的学科，和其他学科相比，医学有自己的特殊性，主要是：医学的对象是人。人除了拥有一般的生物学特性外，比如饿了要吃饭，困了要睡觉，人还有社会学属性，即人是社会中的人，存在于一定的社会关系之中。人有丰富的思想、感情、道德、文化意识，人具有人文精神，人文精神也是人和动物相区别的主要标志之一。

过去，我们的医学模式主要是生物学模式，比如：病人有右下腹的疼痛，检查发现右下部有压痛，医生就能确定病人患有阑尾炎，然后给病人做阑尾切除术。如果狗或猫得阑尾炎，我们也是这么处理的，这就是生物学模式。

我们医生的注意力全部在这个病上：病变的部位和病变的性质，我们完全忽略这个急性阑尾炎病人，忽视了这个疾病给病人带来的痛苦，以及疾病给这个病人生活、工作上带来的影响。病人可能关心手术对他身体的影响，手术后能否正常生活和工作。我们完全站在医学角度，站在医生角度思考问题，没有站在病人角度看问题。我们往往只考虑疾病的诊断是什么，该怎样治疗，和病人多一句话也不愿意说，或没有时间说。

改革开放以来，我们国家的医学取得了突飞猛进的发展，我们的诊断准确了，治疗效果好了，我们的医学水平提高了，还有我们医生越来越辛苦了。然而，病人对我们医院、对我们医生的满意度并没有同步上升。相反，病人对医生的依从性、信任度下降了，医疗纠纷提高了，甚至出现个别的恶性伤医事件。

我们要想想这些问题出在哪儿，然后怎样解决这些问题，这就是我今天讲座的原因之一。经过改革开放近40年的发展，我们国家取得了巨大的进步，人民群众的生活水平有了大幅度的提高，我们国家的医疗水平接近或达到了世界先进医疗水平。我们的社会发生了深刻的变化，与医疗有关的变化有：1.人民群众的健康意识、法律意识比以往任何时候都要高；2.对医疗的要求也比以往任何时候都要高；3.病人还希望医生对他们要尊重，保护他们的隐私；4.病人要参与医疗过程，要知道各种治疗方案的优缺点，一起制订医疗方案。

如果我们还是按老方法接待处理病人，可能从一开始在病人心中就种下一颗不满意的种子。所以我们从现在起就要改变我们的工作作风、工作方法，走入病人的生命，从病人角度和病人对话。

现在病人对医生依从性下降。病人依从性低，首先是病人不如以前那么听医生的话，甚至病人对医生说的话会怀疑。应该说病人依从性下降是社会进步的表现，过去那种病人对医生所说的每句话都坚信不疑的时代过去了，一去不复返了。现在老百姓知识文化水平提高了，不好糊弄了。还有就是我们医生自己做得不好，造成的病人依从性下降，比如手术出现严重的并发症，个别医生的医德不好。

无论如何，病人依从性下降是不利于病人就医和治疗的，对病人是不利的，对医生更不利。因此，必须要提高病人的依从性。怎样提高病人的依从性？不是你对病人说，我是医生，你必须听我的，而是通过你的语言和行动，赢得病人对你的信任，让病人觉得你是个可以信赖的医生。从你接触病人的第一分钟起，就要想着怎样帮助这个病人，耐心倾听病人的心声和诉求，走进病人的世界，和病人交朋友。医生对病人要有强烈的同情心，在询问病史和病人交流过程中，让病人感到他被重视，医生关心他，从而取得病人的信任。

我们平时常说医生要有医德。什么叫作医德？医德就是你在和病人相处的过程中，时刻准备着为病人提供帮助，你做的每一件事都是对病人最好。下面我谈谈我最近看书以及我在工作中的一些经验和体会。

认真听病人讲述自己的病史，这是我们医生和患者沟通的第一步。一定要认真听讲，要专心听讲。在病人讲述病史的时候，医生思想千万不要开小差，也不要轻易地打断病人的讲述。在听病人讲述病情的时候，医生可以用"嗯""请讲下去"等话语，表示对病人讲述的支持和同情，让病人感到他是被认真对待的，取得病人对医生的信任，建立良好的医患关系。

在医生听完病人的叙述后，医生可以问病人这次来医院是要解决什么问题，让病人说出他关心的事，医生也可以重复病人讲的重要内容，表示医生听懂了病人的陈述，然后说"我听了你的讲述后，我认为你患有……疾病"，最后，就治疗和他一起讨论，共同制订治疗方案。在与患者沟通过程中，我们要遵循三个原则：1. 患者自主原则；2. 患者利益第一原则；3. 社会公平原则。

如果是外科病人，我们还有个术前谈话。我们现在的术前谈话，就是让病人在手术知情同意书上签字。医生把病人或病人家属叫到医生办公室。说明天要做手术，这个手术有哪些可能的并发症，说完这些话，就期望病人家属签字。病人签完字，我们医生的术前准备工作就结束了。任何人对手术都是有恐惧感的，这是一种完全正常的心理状态，是可以理解的。病人在做手术之前一定有很多的担心或疑虑，比如病人担心手术成功率是多大，手术后能否恢复到手术前的正常身体状况，术后能否胜任目前的工作，麻醉对大脑有无影响，还有一个经济负担问题。这些都是病人期待在手术前医生能够给予解答的。4天前，我在外科医生办公室接待一位准备要手术的病人。当时我和该手术病人的谈话内容大致如下：

医生：先生请坐，明天要给你做胆囊切除术。

病人：你在门诊的时候就给我说了，手术切除是目前治疗我这个病最好的方法。但接近手术日期，我的心就开始怦怦乱跳起来，紧张得要命。

医生：你对手术的担心，我能完全理解。我可以十分明确地告诉你，胆囊切除是一种十分安全的手术，手术后出现并发症的概率非常低。万一出现并发症，我们有应对的方案。

病人：手术后，多少天可以活动？

医生：手术当天，就可以下床，刷牙、洗脸。这是科学进步给病人带来的好处。一般在术后第三天，就出院了。

病人：明天我是微创手术吗？

医生：是的。用腹腔镜做。

病人：手术后多少天，我可以上班？

医生：你是坐办公室的，我想在两个星期后，你就可以上班了。

病人：还有就是费用……

医生：我们严格按照国家标准收费，能给你省，就给你省。

病人：听有些人说术后会出现拉肚子，不能正常饮食。

医生：少数人会在术后短时间内不耐受油腻的食物。所以手术后的第一个月饮食要清淡一些，以后慢慢地增加油荤，过渡到正常饮食。

病人：还有这个麻醉，听说是用全麻，全麻对智力有影响吗？

医生：全麻是目前最安全的麻醉方法，现在不但是做手术用全麻，做胃镜、肠镜也用全麻。

病人：谢谢医生，听你这么一说，我放心多了。

医生：胆囊切除术是一种常规手术，是医生们最熟悉的手术，是安全性高的手术，你就放心好了。你还有什么其他任何问题吗？

病人：谢谢医生，没有了。

刚才我举了一个术前谈话的例子。这种谈话难度一点也不大，比手术要简单得多，而且谈话所用的时间也不多。做一个好医生，需要设身处地为病人着想，站在病人的角度，考虑问题。你对病人的关心，病人是能感知的。万一手术出现了并发症，病人家属也会原谅医生。你们为什么没有做？是因为你们对医患沟通不重视，大家平时关注的只是医疗技术。今天，我要告诉大家，在治疗病人的过程中，单纯的医术是不够的，还要有仁心。大家要时刻提醒自己，我们面对的是一个人，一个有思想、有文化的人。

医患沟通是医生的一个基本技能，和看病、做手术同样重要。怎样自觉地做好与患者的沟通工作，需要每位医生从心里真正地关心病人，设身处地为病人着想，没有同情心的人是做不好医生的。医生在做每一件事的时候，都要想到我这样做是否对病人最好，随时准备给病人提供帮助。病人在住院过程中，医生要常常到病人的病床旁看病人，观察病情，和病人交流。让病人感到被关心，让病人在整个治疗过程中感到温暖。

第 17 章

奶奶老了

在小强参加工作 11 年后，2019 年 6 月，小强被提拔为派出所的副所长。同年 8 月 25 日，小强来到湖南省张家界市，参加公安部举办的一个全国性学术会议。会议 3 天，白天领导、专家讲课，晚上分组讨论。28 日下午会议结束，晚上小强和几个参会的人去宾馆附近的一个剧场看《魅力湘西》演出。

剧场很大，舞台设计和布置十分华美，布景是湘西的风景画，画面一幅又一幅地变换着，穿着湘西民族服饰的演员一批又一批上场演出。小强第一次看这种演出，不知道这种演出的形式是话剧、舞剧、音乐剧，或其他。舞台上的演员卖命地表演，如果不是有人讲解剧情，小强一点都不知道演出讲的是什么内容，倒是舞台两侧的大屏幕吸引了小强。

舞台两侧的大屏幕写着《边城》，这是中国现代著名作家沈从文的代表之作。作品生动再现翠翠与天保、傩送 3 人间的感情故事，将人性的真善美在灵动自然的山水中进行纯美演绎，再现了湘西人民的生活和风土人情。

第 17 章 奶奶老了

第二天上午，小强离开宾馆前往张家界机场，坐 10 点 30 分飞江滨的飞机。大约两个半小时后，飞机着陆在江滨机场。下飞机后，小强坐出租车直接回自己的小家。

小慧吃过早饭就离开怡和景苑，来到他们自己的小家。她和小强在这里住了 1 年多，后来因为生孩子需要老人照顾，就搬到小强爸妈那里，一住就是 6 年的时间。现在儿子皓亮到了上小学的年龄，就搬回自己的房子。因为这房子除了没有电梯，其他都是优点。房子位于市中心，到实验小学步行只要 10 分钟，到小强单位也很近，到哪里都方便。

这天天晴，阳光灿烂，小慧进门后，立即把所有的窗户打开，迎来新鲜空气和带有力量的阳光。小慧擦桌子、抹凳子、拖地板，把整个家打扫得干干净净，小慧看了满心欢喜。在卧室的床头挂了一幅她和小强结婚的大照片，心中又荡漾起刚结婚时的喜悦。这次是他们结婚后，小强第一次到外地出差，第一次短暂的分离。小慧不时地看手表，估计小强坐的出租车快到家门口了，心跳也随之加快起来。

俗话说：小别胜似新婚。小强一进家门，两个人便热烈地拥抱和亲吻。

"你这次走没几天，就好像很长时间一样。"小慧说道。

"我在外面天天想你。会议一结束，就回来了。"小强说道。

"你不在家，我还真的有些不习惯，天天盼望你回来。"小慧娇嗔地说道。

"我们离开这里有 6 年了，时间过得真快。"小强说道。

"过两天皓亮就要上小学了。孩子长大了，我们就慢慢地变老了。"

"你一点没有变老，还是和我们第一次见面一样。"

是的，小慧的皮肤依然白皙富有弹性，眼睛依然清澈明亮，金色的阳光涂抹在小慧的脸上，散发出迷人的光泽。

小强双手捧着小慧的脸，情不自禁地说道："真漂亮。"两个人再次亲吻。

激情过后，小慧说道："听说张家界非常漂亮，是旅游胜地。"

"我到了公园大门，没有进去，有些遗憾。"

"其实，你应该进去看看。"小慧说道。

"这次开会是省公安厅厅长带队的。我们局长每天都在会场，所以下面的民警哪个敢出去游玩，也只能是老老实实地坐在会场听讲。"

"从道理上来讲，开会就应该在会场认真听讲。但是现在谁不是在会后去游玩。"

"有个别人在会议结束后，也就是今天去旅游。我会议一结束就回家了，主要是皓亮马上要上小学，家里有好多的事。还有，我想这么漂亮的地方，我们一家三口一起去才有意思。"

"对。以后找个机会，我们一家三口，一起去一趟。"小慧说道。

"昨天晚上，我看了一场演出。我看到有一个家庭带着一个坐轮椅的老人从北京来张家界旅游。当时我就想，哪天我也应该带奶奶出去旅游。"

"你心肠就是好，你们家人个个都是善良的人。奶奶天天说，好人有好报，我希望你有好报，我和儿子都沾你的光。"

"你人也很好。"小强说道。

"你看的是什么演出？"小慧问道。

"叫作《魅力湘西》，我是第一次看到这种演出，演出动用了大量的人力和物力，舞台设计和舞美很震撼，给人很大的视觉冲击。演出的内容主要是根据沈从文小说《边城》改编的，讲湖南湘西地区的乡土民情。"

"沈从文是位作家，我在上大学的时候还买过他的小说《边城》，这本书应该叫作沈从文的小说集更为恰当，因为《边城》只是其中的一篇。"

"你在大学还买小说看？"

"买小说不是很正常吗？我虽然是学数学的，但我是个文学爱好者，按现在的说法叫作文艺青年。"

"看不出来。"

"告诉你，在大学时期，我是学校的通讯员，我们年级黑板报是我负责的，还有我们年级给学校投的稿件，一半以上也是我写的。"

"我们小慧很有才气，我一直以为只有中文系的人，才会看小说、写稿件。"

"法律也没有规定只有学中文的人才可以看小说、写文章。我在校刊上发表的文章一点不比中文系学生写得差。在我把全书看完后，最使我感动的是《边城》里面的《黄昏》。"

"《黄昏》？没有听说过。"小强说道。

"《黄昏》是夹在《边城》这本书里的一个短篇小说。很短，你20分钟就能看完，我去找给你看。"小慧很快就把《边城》这本书找出来，"小强，你现在就看，保证你看完，一定说好，而且会感动得流泪。"

小强翻开书，找到短篇小说《黄昏》。第一页的第一句话："雷雨过后，屋檐口每个瓦槽还残留了一些断续的点滴，天空的雨已经不至于再落，时间也快要夜了。

"日头将落下那一片天空，还剩有无数云彩，这些云彩阻拦了日头，却为日头的光烘出炫目美丽的颜色。这一边，有一些云彩镶了金边、白边、玛瑙边、淡紫边，如都市中妇人的衣缘，精致而又华丽……"

文辞太优美了，小强就一口气读下去。翻过一页后，小强的心慢慢紧缩起来，那个年代的人生活是那么的贫困，叫人不敢想象。"孩子则几乎全部是生下来不养不教，很稀奇地活下来……死了人时，都只用蒲包同芦席卷去埋葬……"沈从文用精准的文字给后人记录了90年前中国人生活的真实情况，现在的电影无法再现当时人们极度贫穷的状况。

草菅人命的官兵"随随便便用草绳、麻绳，把这些乡下庄稼人捆上一批解押入城，牵到团部去胡乱拷问一阵……"引起小强对这些自私、冷漠、人性被扭曲的官兵的愤怒。当官的随便点一个名字，就把人拖到刑场斩首，连一个装模作样的过堂都省略了。官员就是法律，就是天。

　　沈从文太了不起了，在文章近结尾处，一个即将被斩首的囚犯对御史说的话："大爷，我寨上人来时，请你告诉他们，我去了，只请他们帮我还村中漆匠五百钱，我应当还他这笔钱……"小人物在死之前，不是为了自己所遭的不公伸冤，而是请求家人帮他把欠人的钱还了，多么好的人啊！

　　小强的心中顿时涌起万般情感，百姓的善良、守信和官员的自私、冷酷形成鲜明的对比。

　　"小强，看完了吗？"

　　"看完了，总共就8页纸，一会儿就看完了。"

　　"你看完，怎么也不说一声。"

　　"心里特别难受。"小强回答道。

　　"一个心地善良的人或是一个正常的人，看后一定会很难受的。书中的老百姓太苦了。"

　　"我就不明白，怎么会那么苦？！"小强说道。

　　"正是老百姓的日子太苦，活不下去。所以共产党毛主席大手一挥，贫苦人们立即响应，推翻旧中国。"

　　"是这样。"

　　"小强，这篇小说前半部分或一大半写老百姓生活的苦，以及官员的嗜血和冷酷，是为了后面也可以说是犯人死前说的最后一句话作铺垫，彰显出普通老百姓善良、守信，即使在自己遭受巨大苦难时，还坚守着人性最美好的东西。"

　　"这么好的人肯定不会犯杀头的罪，该杀的是那些草菅人命、冷酷、无法无天的官员。按奶奶的说法那些官员一定会遭祸的。"

　　"小强，奶奶是个善良、智慧的人。奶奶的智慧来源于中国传统文化，从老祖宗那里听到的故事。奶奶给你以及给皓亮讲的民间故事，都是中国传统文化中教育人的道理，教人做一个正直善良的好人。"

"中国老百姓太善良，太伟大了。这个人在死之前对人们说的最后一句话，竟是求人告诉他的家人，帮他还钱，多么好的人啊！"

"小说描述了让人心酸的贫困，穷人拼命地劳作，只能使自己勉强地活着，不至于饿死。而他们的孩子则放到天地之间，任凭他们自生自灭。贫困的原因是生产力的低下和生产方式的落后。两千多年的封建社会，生产方式没有一点进步，一直都是人拉牛耕，每年只是重复往年的故事，没有任何一点更新、进步。所以我们说要发展科学，解放生产力。推翻封建社会，发展生产力，中国社会才会发生翻天覆地的变化，人民群众才能过上好日子。"

开学后，小强、小慧带着皓亮住在他们自己的小家。早饭后，小慧送皓亮去学校，晚上一家三口到爷爷奶奶家吃饭。星期五晚上吃过晚饭后，皓亮坚决要求留在爷爷奶奶家，要和太奶奶住在一起。直到星期天晚上，小强夫妻俩才把皓亮带回自己的小家。

张守芳越来越老了，稍微多走一点，双脚就会酸胀，有时还出现气喘。陈利民曾带她到医院找相关科室医生看过，说是慢性心功能不全，没有什么器质性毛病。陈利民给舒爱凌解释慢性心功能不全就是心脏老了，心脏功能减退了。舒爱凌一听就明白了，姑妈老了。姑妈在为他们全家操劳一日三餐生活起居中，不知不觉地老了。这年，舒爱凌59岁，还有一年就要退休了，组织部领导找她谈话，安排舒爱凌做调研员，从一线退下来。

虽然舒爱凌不让张守芳去菜场买菜，但张守芳每天还是早早起床，把早饭做好，让舒爱凌和陈利民吃完早饭就去上班；晚上在他们俩下班之前，就把晚饭做好了。一家六口在一起吃晚饭，是张守芳一天中最幸福的时光，重孙子坐在她旁边。吃过晚饭后，张守芳和舒爱凌总是抢着洗碗。

星期六早晨，皓亮 6 点半就起床了。

"姑妈，我还以为皓亮要睡懒觉呢，没想到他这么早就起床了。"舒爱凌说道。

"他昨天晚上 8 点就睡觉了，睡到早上 6 点有 10 小时了。"张守芳说道。

"宝贝，你昨晚睡得好吗？"舒爱凌问皓亮。

"睡得好，睡得很好。"皓亮回答道。

"凌凌，你看这孩子讲话的神气和小强小时候一模一样。"

"是的，很像小强小时候的样子。"

"皓亮，你告诉奶奶你在学校的情况。"

"我在学校的情况，嗯……昨天晚上我说过了，你又问。"

"人不大，脾气还不小。今天不上学，说说你今天的打算。"

"我一会儿要出去和小朋友们在一起玩。"

"你不是有作业吗？"舒爱凌问皓亮。

"小慧说皓亮的作业两个小时就能做完，让皓亮做完作业，再出去。"张守芳说道。

"太奶奶，你不是同意我今天和小朋友一起玩吗？"皓亮生怕张守芳不同意他出去玩。

"太奶奶同意你和小朋友一起玩，太奶奶说过的话，一定要算数。"张守芳说道。

"我就是相信太奶奶。"

"现在是 7 点半，小朋友都要到 9 点以后才到院子里玩。我们现在去做作业，9 点一到，我就和你一起去院子。"

"好吧，还是要做作业。"皓亮嘟囔着嘴说道。

到了 9 点，张守芳问皓亮："作业做得怎么样了？"

"今天的任务完成了啦！"皓亮把作业本向上一扬。

"好的，我看看。嗯，字很工整。皓亮，你妈是老师，你必须要比别的同学表现要好一些，要为你妈争气。"

"知道，爸爸也是这样跟我说的。"

"穿好衣服、穿好鞋，我们下楼。"张守芳对皓亮说道。

张守芳牵着皓亮的手，走出电梯。皓亮一看见花园草坪上小朋友就挣脱张守芳，一溜烟地跑到草坪。张守芳跟在后面吃力地喊道："皓亮，慢点。"

小区的小花园就像个公园一样，有几位老人在打太极拳，也有人遛狗，更多的是保姆或家长带孩子玩。有个只有一岁多点的孩子，看到孩子们在草坪玩耍，就想从童车中出来，妈妈不让就拼命哭。妈妈拗不过，就把小朋友放出来，小家伙跟跟跄跄走几步就摔倒了，妈妈只好抱起孩子放入童车中并固定好。

"张奶奶好，带重孙子出来玩？"王招娣说道。

"你好，你看上去不错，身体很好。"

"张奶奶，你的气色真好，根本不像八十多岁的人。"

"我现在是外强中干了。到下午脚就会肿，走快一点，走多一点就会气喘。人老了，不行了。"

"人老了，终归是不行的，但你是我们老人中间身体最好的。"王招娣说道。

"你们尽安慰我，我老了，老朽了。刚才我带重孙子出来，小家伙看到小朋友撒腿就跑，我跟在他后面跑两步就气急。"张守芳和老人们说话的时候，眼睛时刻盯着重孙子皓亮，并不断地嘱咐道："不要和小朋友打架，不要跑。"

孩子们在草坪上欢快地蹦着、跳着、跑着，浑身有使不完的力气，显示出蓬勃的生命力。看着这样一群充满活力的孩子，张守芳心里充满了喜悦。

虽然到了吃中饭的时间，张守芳不忍心叫皓亮回家，希望重孙子能多玩一会儿。直到小朋友们都回家了，张守芳才带皓亮回家。

"太奶奶，我吃过中饭再出来。"

"好的，就依你，我们吃过中饭再来。"

下午，小朋友们在一起玩得不亦乐乎，吵闹声也不断。在玩闹中，皓亮和一个比他大的男孩子发生争吵。突然，那大男孩用力把皓亮推倒在地，张守芳见状立即跑过去，气喘吁吁地说："好孩子是不能打架的。"

"太奶奶，他打我。"皓亮哭着向张守芳告状。

"我没有打他，他抢我的球。"推倒皓亮的小朋友为自己辩解。

"没有打就好。我们都是住在一个小区里的，大家在一起应该互相帮助，互相关心才对。在学校，老师也是这样教育你们的，是吗？"张守芳说道。

"我比他大，我和他不在一个班。"小朋友说道。

"既然你比他大，你就是大哥哥，是不是要爱护小弟弟，让着小弟弟？"张守芳循循善诱。

小朋友低着头，不吭声。

"好了，你去玩吧。"张守芳拍了一下小朋友的肩膀，让他去玩。把皓亮叫到一旁，教育皓亮："皓亮，刚才那个小朋友比你大，他的力气比你大，他一推你就跌倒了。如果你跌倒把脸弄破了，多难看，是吗？"

"是的。"

"皓亮，你是个聪明的孩子，太奶奶一说就明白。以后遇到这种情况，遇到大孩子欺负你，你要告诉老师，告诉爸妈，千万不要和大孩子打架。"

"太奶奶，我知道了。小朋友不许打架。"

"好孩子，真聪明，就是这样。你不能欺负比你弱小的小朋友，也不要和比你大的小朋友打架。遇到问题，报告老师，做一个好孩子。"张守芳见缝插针教育皓亮。

"张奶奶，你以后要多来到我们这里，我们大家都想你。"

"我也想和大伙在一起聊聊天，就是腿不争气。"

"张奶奶，你重孙子的身体很好，活蹦乱跳，全身是力气。"马大妈是今年国庆节前，搬到怡和景苑的。

"是的，小家伙精力过剩。"

"我那个孙子被他爸妈宠得不像样子，简直是无法无天，要什么给什么。看到你们家孩子听话，我们都非常羡慕。"马大妈说道。

"大人要关心爱护孩子，但是不能太宠，要给他们讲道理，要知道哪些事能做，哪些事不能做。溺爱会害孩子，也会害大人。"张守芳俨然像个教育家。

"张奶奶，你下次带你重孙子出来的时候，我让我儿子、媳妇过来，让他们看看你是怎样教育孩子的。"

"马大妈，千万不要这样说。我只是说我的一点感受，哪敢教育现在的年轻人。"

在不知不觉中，太阳已缓慢西下，把万物的影子重重地压在地上。傍晚来了，在草坪玩耍的孩子陆续回家，皓亮虽然是不情愿，依然一蹦三跳地跟张守芳回到家中。

"皓亮，你喜欢奶奶这里吗？"舒爱凌问孙子。

"喜欢，比我爸妈住的地方好玩。"

"小家伙肯定喜欢我们这里。医院的房子是老公房，几乎没有孩子玩的地方。只是那里离他们俩工作单位近。"陈利民说道。

"爷爷、奶奶，我想和太奶奶住在一起。"

"你在这里，上学不方便。"舒爱凌说道。

"太奶奶住到我们那里，可以吗？"

"你太奶奶的腿脚不行。4层楼，她走不上去了。"

"我就是喜欢太奶奶，喜欢听太奶奶讲故事。"

晚饭后，皓亮缠着张守芳讲故事。

"太奶奶就这么多的故事，全讲给你听了。"

"没有，我爸爸说你有很多很多的故事。"

"在家里，你爸妈没有给你讲故事吗？"张守芳问道。

"讲了，但是他们讲得不好听。"

"好吧，今天我给你讲一个《斧子》的故事。"接着张守芳就有声有色地给皓亮讲《斧子》的故事。

　　古时候有一座大山，山上长满了各种各样的参天大树。山脚下有一个小村庄，住着三十多户人家。村庄前面有一条小河，随着山脚蜿蜒到远方。

　　有一天，村庄有位农民叔叔拿着一把斧子，上山砍柴。

"太奶奶，他为什么要去山上砍柴？"皓亮好奇地问道。

"他上山砍柴，是为了拿到集市去卖，然后用卖柴得到的钱，买些油、盐回家。"

"哦，我知道了。"

　　这位农民叔叔在经过一座水塘时，摔了一跤，斧子掉到水塘里。这个叔叔急了，没有斧头，他怎么砍柴呀？不能砍柴，他全家的生活来源就没有了。于是他跳入水中，在水塘里寻找他的斧子。他找啊找，找了半天也没有找到，他就蹲在水塘边伤心地哭起来。

　　他的哭声被水塘里河神伯伯听到了，河神伯伯就问他有什么事。于是这位农民叔叔就把他的斧子落到水中的事，向河神伯伯说了。好心的河神伯伯看农民叔叔是个勤劳诚实的人，就安慰他说，"你不要急，我到水底帮你找"。

农民叔叔连声说谢谢。不一会儿，河神伯伯浮出水面，手里举着一把金光灿灿的金斧子，农民叔叔摇头说，这金斧子不是他的。河神伯伯又潜入水中，拿着一把银斧子，农民叔叔又摇头。河神伯伯再次潜入水中，寻找农民叔叔的斧子。

"太奶奶，这次河神伯伯找到了吗？"

很快河神伯伯从河底浮出水面，高高地举起一把铁斧子，农民叔叔高兴地说就是这把斧子。河神伯伯把铁斧子交给农民叔叔，并对农民叔叔说，"请你等一下"，便一头扎进水中。这次河神伯伯左手拿着一把金斧子，右手拿着一把银斧子，对农民叔叔说，"请你把这两把斧子也拿回家"。农民叔叔说金斧子和银斧子不是他的斧子，他不能要。河神伯伯说，"我知道不是你的，是我送给你的"。

那个农民叔叔非常高兴地拿着金斧子和银斧子回到村里，把他遇到好心河神伯伯的事告诉了村民们。

村民有位姓李的人，非常小气和贪婪，村民们都不喜欢他，所以他在村中一个朋友也没有。当他听到斧子的事情后，他非常羡慕这位诚实的农民叔叔有这么好的运气，河神伯伯居然送给他一把金斧子和一把银斧子。他一个晚上都没有睡着，在床上辗转反侧，想怎样也能得到一把金斧子和银斧子。

第二天上午，这个贪婪的人也带着一把铁斧子来到水塘边，故意把铁斧子扔进水中，然后就坐在水塘边，大哭起来。

"太奶奶，他为什么要大哭？"皓亮问道。
"他希望他的哭声能被河神伯伯听到。"
"那河神伯伯听到了吗？"
"河神伯伯听到了。"

河神伯伯听到了以后，问他为什么哭得这么伤心。这个贪婪的人说，他的斧子掉到水里了。河神伯伯劝他不要哭，河神伯伯帮他去找。没有几分钟，河神伯伯手中拿着一把金斧子，这个贪婪的人连忙说，"这把金斧子是我的"。河神伯伯说"这金斧子不是你的"，就潜入水中，带回一把银斧子。那个贪婪的人伸手就要夺银斧子，河神伯伯就对他说，"这把银斧子也不是你的，你的斧子是把铁斧子。因为你不诚实，太贪婪，我不帮你找了"。说完，河神伯伯潜入水中便无影无踪了。

　　这个贪婪的人十分懊恼地回到家，他不但没有得到金斧子和银斧子，反而把自己唯一的铁斧子也弄丢了，真是偷鸡不成反蚀一把米。这件事很快就在村中传开，成为笑话。他觉得自己太丢人，就离开了这个村庄，到别的地方居住去了。

"太奶奶，是不是第一位农民叔叔人好，才得到金斧子和银斧子？"皓亮问道。

"宝贝真聪明。这个故事就是要告诉大家，做人要诚实，不要耍小聪明。诚实善良的人终究会有好报的。"

"太奶奶，我一定要做个诚实善良的人。"

"真是个好孩子，和你爸一样。"张守芳十分慈爱地抚摸着皓亮的头。

星期天上午10点不到，皓亮已把作业做完，等待着张守芳带他到院子里和小朋友玩。这时，小强和小慧来了，要带皓亮去外公外婆家。小慧说她爸妈想他们了，昨天就在家里准备好了今天的饭菜。

"妈妈，我把作业做完了，正准备和小朋友玩。"

"皓亮，你现在是个小学生了，可不能整天想着玩。"小慧说道。

"妈妈，我吃过早饭就开始做作业了。"

"你一大早就做作业了？"小慧惊讶地看着儿子。

"你不是说一日之计在于晨吗？所以，我早晨一起床，就做作业。"

"皓亮表现很好，你布置的任务都完成了。"张守芳替皓亮说话，"皓亮像他爸爸，是个听话、懂事的好孩子。"

"太奶奶说了，你是个听话、懂事的好孩子。要听爸妈的话，跟爸妈一起去外公外婆家。"

"嗯，我想和其他小朋友在一起玩。"皓亮心里依然想着玩。

"皓亮和爸妈一起去外公外婆家，下个星期再来和小朋友一起玩。"张守芳劝道。

"小强，你把这两罐茶叶，还有这瓶酒带给小慧爸妈。"陈利民对小强说道。

"小慧，这几天小强爸爸比较忙。等他忙过这阵，我们去看看你爸妈。"舒爱凌说道。

"爸妈，你们这么忙。有空让我爸妈过来看你们。"小慧说道。

"如果下个星期天的天气好，我们两家人一起去外面吃顿饭。"陈利民提议道。

"这个主意好，就这么定了。"小强说道。

"哎呦，皓亮来了。"外婆看到长得漂漂亮亮的外孙，高兴地把他往怀里搂。

"小慧、小强，你们坐下。"小慧爸爸客气地请小强坐下，看见女儿回家，小慧爸爸也是十分高兴。

"爸爸，这是小强爸妈给你的茶叶和酒。"

"你们来就行了，千万不要带东西来。小强，你爸妈真是太客气了，你替我谢谢你爸妈，你爸妈他们好吗？"小慧爸爸说道。

"我爸妈身体都很好。我妈妈现在退居二线,做调研员,明年就要退休了。我爸爸是越来越忙,最近市卫生局又让他到其他医院讲怎么做个好医生。"

"你爸爸是个医学专家,对医院来说,就是个金字招牌。"小慧妈妈说道。

"小强爸爸不但是技术好,医德更好。"小慧说道。

"我长大要做个像爷爷那样的好医生。"皓亮突然冒出一句话,引起大家一阵笑声。

"好,皓亮长大成为爷爷那样的好医生,那可是我们全家的福分。"小慧妈妈说道。

"现在医院就缺像皓亮爷爷那样的好医生。小强,你工作还好吗?"小慧爸爸问道。

"小强工作一如既往地认真、卖命。"小慧调侃道。

"我的工作还是老样子,没什么变化。"小强说道。

"外婆,怎么还是《美少女战士》,我要看新的。"皓亮嚷道。

"有,我前天特地给你买了新动画片。"

"妈妈,不能再给皓亮买动画片了。看电视太多,对眼睛不好。"小慧说道。

"没事,孩子只是偶尔来一次,没关系的。"

皓亮一个人熟练地把碟片放入DVD机器中放映动画片。

"孩子就是这么长大的。刚生下来的时候,天天带在身边,一分钟也不离开。稍长一点到两三岁就把孩子送到幼儿园,再大一点,就上小学了,一眨眼几十年就过去了。小慧,你小时候的事情就像发生在昨天,现在你自己的孩子都上小学了。你妈妈去年就退休了,我明年也要退休了。"小慧爸爸说道。

"老庄,小慧长大好像是你带大似的,小慧从小到大都是我管的。小慧上幼儿园有一天生病发热,是我一个人把她带到医院的。"小慧妈妈对小慧爸爸说道。

"那天是特殊情况,我走不开。"

"妈妈最辛苦,爸爸也辛苦,谢谢爸爸、妈妈。"小慧说道。

"小强,你奶奶还住在你们家吗?"小慧妈妈问小强。

"在啊。"小强对小慧妈妈问的话觉得有些奇怪。

"你奶奶身体还好吗?"小慧爸爸问道。

"身体已远不如以前了。主要是腿脚不行,走路多了就会肿。"小强如实说道。

"那她需要你们照顾?"小慧妈妈立即问道。

"我奶奶很要强,她不要别人照顾。只是现在我妈不让我奶奶去菜场买菜了,尽可能让我奶奶少走路。"

"人老起来很快,说不行就不行。要不要把你奶奶送回乡下去?"小慧妈妈试探性地问道。

小强明白了小慧爸妈说话的意思,很不高兴。但出于礼貌,小强平静地说道:"我奶奶是我们家的主心骨,我们全家都需要她。"

"皓亮现在住爷爷奶奶家,就喜欢和太奶奶在一起,太奶奶每天给他做好吃的,还给他讲故事、做人的道理。皓亮,你最喜欢谁呀?"小慧来圆场。

"太奶奶。"皓亮眼睛没有离开电视机,不假思索地答道。

"太奶奶会教育孩子,皓亮需要太奶奶。"小慧妈妈自己给自己下个台阶。

"时间也差不多了,我们吃中饭吧!"小慧爸爸换个话题,"你妈从昨天开始就准备今天的饭菜,她说让你回家时,带一些走。"

"妈妈,你不要这么辛苦,看你这么累,我下次都不敢回家了。"

"我们回家就是为了看看你们,你们不要太辛苦。"小强说道。

"不辛苦，你们来，我就高兴。"

"皓亮，不要看动画片了，来吃饭。"

不大的餐桌上摆满了各式菜，辣子鸡块、青椒土豆丝、红烧划水、糖醋排骨、红烧肉等，小慧妈妈把她能做的菜全搬上了餐桌。

"实在是太丰盛了。"小强说道。

"妈妈，你做的菜实在是太多了，我们吃不了这么多。"小慧说道。

"没关系，吃不了你们带回家。你们晚上和明天继续吃。"小慧妈妈说道。

"皓亮，好好吃饭。"小慧说道。

"皓亮这孩子吃饭已经是非常好了。老郭夫妻俩，每天吃饭的时候，端着饭碗跟在他孙子屁股后面跑，惯得不像样子。长大后，这老两口就要一把眼泪一把鼻涕了。"小慧妈妈说道。

"有小强奶奶的教育，皓亮就不会有这些方面的问题。小强奶奶教育出来的人，都是老实善良的人。"小慧说道。

"老实善良好。"小慧妈妈说道。

"有时会吃亏，被别人占便宜。"小慧说道。

"你看小强这样多好啊，年纪轻轻就当上领导了。"

"他这领导做得太辛苦，他付出的劳动是别人的好几倍。"

"我爷爷和奶奶也是自己做出来的。"皓亮突然说出一句话，引得大人们大笑。

"你爷爷奶奶都是自己干出来的。皓亮，你将来也要闯出一番天地。"

"我一定是个好孩子。"皓亮自信地说道。

"这次小强参加全国公安会议，受到表扬了。"小慧说道。

"小强这么好的人不表扬，那表扬谁呀？"小慧妈妈说道。

"领导一表扬，我倒有压力了，在各方面的表现总要比别人好一点。"

"小强，我们是普通百姓人家，只要不犯错误，对得起良心就行了。"

小慧爸爸说道。

国庆节后的第2个星期五，小强和小慧在小强爸妈家吃饭，吃过晚饭后他们俩回家，儿子皓亮留在爸妈家。

"太奶奶，给我讲故事。"皓亮又要张守芳讲故事。

"今天晚上，你做作业，明天上午我给你讲故事。"

"太奶奶，你不是说过一日之计在于晨吗？早晨是学习最好的时间，我明天上午做作业。妈妈也说过，早晨的时间最宝贵。"

"太奶奶说不过你了。太奶奶讲，今天讲什么呢？"张守芳在她的大脑中快速搜索故事。

"太奶奶，你的故事多，随便拿出一个，给我讲就可以了。"

"再多也有讲完的时候，不过我昨天上午，在电视戏曲频道看的《梁山伯与祝英台》，我以前听老人说过，这个故事在中国流传有一千多年了。"

"太奶奶，你就快给我讲吧。"

张守芳停顿了一会儿，回忆电视中的故事情节，整理了一下思路，就给重孙子讲《梁山伯与祝英台》的故事。

很久以前，祝家庄的祝员外有个女儿叫作祝英台。祝英台从小就喜欢读书写字，还求她爸妈把她送到学校上学。但在古时候，只有男孩子才能上学读书。她爸妈对她说："你一个女孩子怎么能上学读书呢？"然而，祝英台满脑子就是上学读书，她急中生智想出女扮男装去学校读书。祝英台爸妈都认为这个主意太荒唐，但由于太疼爱这个女儿，就勉强答应了女儿的要求。

在距祝家庄18里地的梁家庄，有一位小伙子叫梁山伯，也是个喜欢读书之人。这天也准备去红罗山书院求学。在去红罗山书院的路上有一个曹桥亭，祝英台和梁山伯恰巧在曹桥亭相遇，于是两人就结拜为兄弟，一起去学校读书。

从此，祝英台和梁山伯在红罗山书院拜师读书，朝夕相处，形影不离，又互相尊重。祝英台和梁山伯同窗3年，梁山伯居然没有发现祝英台是个女的。在他们的学习期间，只有师母怀疑祝英台是个女学生。几经试探，师母确认祝英台是个女学生，但师母为祝英台求学上进的勇气所感动，在学校里师母处处帮助祝英台保守女儿身的秘密。

在红罗山书院学习3年后的一天，祝英台接到家中来信，让她速回。在3年的学习过程中，祝英台和梁山伯结下深厚的情谊，特别是祝英台从心底里喜欢这位勤奋、正直的梁兄弟。因为急于回家，祝英台把她的蝴蝶玉扇坠交给对自己关爱有加的师母，让师母日后转交给梁山伯。

梁山伯一听祝英台要回家，就给祝英台送行。在路上，祝英台问梁山伯，"如果我是个女的，你愿不愿意娶我"，梁山伯叹气说"可惜你是个男的"。任凭祝英台怎样暗示，梁山伯也没有明白祝英台的意思。最后，祝英台只好说她家有个长得和自己一模一样的妹妹，不但人长得漂亮，还饱读诗书。她要把她妹妹介绍给梁山伯，梁山伯一听，十分高兴，就一口答应。转眼间，两人就走了18里的路。千里相送，终有一别。分别时，祝英台再次嘱咐梁山伯早日到祝家去提亲。

梁山伯一心学习，他的师母看了十分着急，就对梁山伯说，祝英台是个女的，祝英台喜欢他，并把祝英台的蝴蝶玉扇坠转交给梁山伯。梁山伯突然明白了祝英台所说的话，立即告别老师，离开书院去找祝英台。

梁山伯一路马不停蹄地来到祝家。祝英台父亲见梁山伯只是一个穷书生，对梁山伯说，祝英台已经许配给了太守的儿子，近日内就要举行婚礼，梁山伯当时就觉得天旋地转，天崩地裂。祝英台知道梁山伯来了，就让书童安排梁山伯在楼台后面见面，两人相见便抱头痛哭，诉说衷肠，并立下誓言，非对方不娶，非对方不嫁。

祝英台的父亲把祝英台看管得非常严，根本不给祝英台和梁山伯见面的机会。梁山伯从此一病不起，带着深深的绝望和悲痛离开了人间。梁山伯爸妈应梁山伯的要求，把梁山伯埋葬在祝英台出嫁的路上。听到梁山伯病逝的消息后，祝英台悲痛欲绝，万念俱灰，整日与泪水相伴。

祝英台结婚那天，迎亲队伍敲锣打鼓，祝英台忍着巨大的悲痛坐在轿中。当轿子经过梁山伯的坟前，祝英台让抬轿子的人停下。祝英台走出轿子，扑倒在梁山伯的坟墓上，放声大哭。突然间，天昏地暗、雷鸣电闪，倾盆大雨从天而降。天空有道耀眼的闪电伴随强烈的轰隆响声，把梁山伯的坟墓炸裂开。祝英台毫不犹豫，纵身跃入坟墓。站在祝英台两旁的佣人，惊慌失措地抓住祝英台的两个衣角，衣服撕破了，手里只留下一片碎布。两个佣人还没有反应过来，坟墓又合上。雨停了，天亮了，天空中出现一道美丽的彩虹。两个佣人就把手上的衣服碎片向天空一抛，两片衣片化作两只美丽的蝴蝶，在金色的阳光照耀下翩翩起舞。每当人们在雨过天晴的时候，看到两只漂亮的蝴蝶，在天空中、在花丛中相亲相爱，自由自在飞翔的时候，就会想到梁山伯与祝英台。

张守芳有声有色地讲完《梁山伯与祝英台》的故事，皓亮对张守芳说道："太奶奶，我要变成一只蝴蝶。"

"傻孩子，你是人，怎么能变成蝴蝶？"

"我要和小玉一起变成蝴蝶。"皓亮一本正经地说道。

第二天，张守芳早早地就起床，做好一家人的早饭。

"我昨晚做梦了。我梦到我自己变成一只非常漂亮的蝴蝶，在天空中飞啊飞啊！"在吃早饭的时候，皓亮对大家说道。

"皓亮，你怎么做梦变成蝴蝶了？"舒爱凌疑惑地问道。

"昨天晚上，我给他讲《梁山伯与祝英台》的故事。梁山伯与祝英台不是在最后变成一双蝴蝶了吗？小皓亮就想变成蝴蝶了。"张守芳给舒爱凌解释。

"皓亮，老师要你给同学们讲《梁山伯与祝英台》的故事，你能讲得出来吗？"舒爱凌问道。

"能。"

"那你讲给我听听。"

"我现在就讲？"皓亮问道。

"对，现在就讲。"

"在很久、很久以前，在祝家庄住着一位叫祝英台的女孩子，聪明又好学……"

"好，皓亮讲故事讲得特别好。"舒爱凌高兴地说道。

皓亮吃过早饭，张守芳就盯着他做功课，不到一小时的工夫，皓亮就把当天的功课做完了，和张守芳下楼到小区花园。

皓亮想着和小朋友们玩，小区的一些老人和保姆特别希望能和张守芳聊天、说话。

"皓亮，不许和小朋友打架，好好地和小朋友在一起玩。"和往常一样，张守芳总是要叮嘱皓亮几句。小家伙一到草坪，见到小朋友就像出笼的兔子，跑得飞快。

"张奶奶，你好。"一位年龄在 45 岁左右的中年女性找张守芳说话。

"黄春燕，我前天找你，没有看到你。"张守芳对黄春燕说道。

"前天心情不好，人又有点不舒服，就没有出来了。主要是、主要是……"黄春燕欲言又止。

"说出来。"张守芳鼓励她说出来。

"我老公又要我把每个月的工资给他，而且还逼我向东家借钱。"黄春燕给小区一户人家做保姆。

"家里有急事吗？"张守芳问道。

"没有。我儿子在读大学，我每个月寄给他两千块，每个月给我老公寄一千，够用了。我老公要钱就是胡花。"

"那可不行。一分钱也不能给他，你辛辛苦苦挣来的钱，要保存好。"张守芳认真地说道。

"他在厂里和一个新来的人好上了。我听别人说了，只是比我年轻点，其他方面都不如我。他要钱是为了讨好那个女的。"

"黄春燕，既然你知道他的情况了，你要和你老公好好地谈一次，对他的所作所为一定要严肃批评，绝不能纵容、迁就他。"

"我怕……"

"你怕什么？你又没做错事，怕的应该是他。"张守芳认真地说道。

"我怕他要离婚。"

"你们结婚这么多年了，而且有个孩子在读大学，多么不容易，他应该珍惜才对。在这点上，你要旗帜鲜明地告诉他，希望他以家庭为重，看在20多年的夫妻感情份上，希望他悬崖勒马，给他一次改过的机会。"

"我给他说了，没有用。"

"如果都这样了，这种人就没有什么值得留恋了。"

"我还是不想离婚，对孩子不好。"

"为孩子着想是对的，这是一种负责的态度。然而，现在的问题是他铁了心，要和第三者在一起，还要你在经济上给他们支持，天底下哪有这么无耻的人！你看这样好不好？你把这件事和你上大学的儿子说一下，实事求是和你儿子说，听听你儿子的意见。"

"好的，我先征求我儿子的意见，或叫我儿子劝劝他爸爸，或许我老公会看在儿子的份上，停止和那个女人的往来。"黄春燕依然幻想他的老公能回头。

"你赶快和你儿子说，越快越好。"

"谢谢张奶奶，我就知道这件事，只有你能帮助我，给我出主意。"

"我们小区有二三十个姐妹，大家就是应该互相帮助，互相关心。李翠花，你又给家里寄钱啦。"张守芳对站在旁边的李翠花说道。

"我弟弟的儿子结婚，他们全家打了好几次电话，非要我去参加我侄子的婚礼。张奶奶，你知道，我要照顾两个80多岁、行动不方便的老人，走不开啊。"

"是啊，有时候忠孝两难全，不过你可以给他们寄些钱。"

"他们给你打电话就是为了向你要钱。"保姆唐小霞说道。

"就是这样，所以我给他寄了1000元钱。"李翠花说道。

"李翠花，你这家人家条件不错，儿子女儿都挺孝顺的，你在他们家好好做，到明年，或许会给你加工资。"张守芳说道。

"家里条件还可以，儿女对父母也挺孝顺的，有一天我都不想干了，但想想给的钱不少，就忍住了。"

"什么事让你不想做了？"张守芳想知道原因。

"老太婆在家里非常霸道，经常指使老头做这做那，一切要听她的。有一天，我看不下去就帮助老头说了一句话，只是随口说一句。看把老太婆气得跳起来，简直要和我玩命。我连忙向她解释，只是随便说说，没有任何用意，并保证以后再也不说了，老太婆的怒气才慢慢地消退。我第一次见到城里女人这么厉害，算是让我长见识了。回去后，我也要对我老公厉害一些，让他好好地听我的话。"李翠花说道。

"是啊，我挣的钱不比老公少，为什么要我听男人的话？"唐小霞说道。

"黄春燕，你看到没有？现在姐妹都觉醒了，你不能太窝囊，你越窝囊，他越欺负你。"李翠花对黄春燕说道。

"是的，是的。"黄春燕低下头，说话的声音很轻。

"李翠花,他们两个老夫妻都80多岁了,双方都习惯了,就随他们去。你只要把他们的生活起居照顾好就行了。还有,万一老太太发脾气,你就让让她。80多岁的人了,发脾气容易发生心脏病和脑出血。"张守芳劝道。

"张奶奶说得对,我记住了。"

"我带的小孩特别烦人,吵的时候我真想打。"唐小霞说道。

"唐大姐,你千万不能打孩子,你没有打过吧?!"张守芳着急说道。

"没有,我只是说说气话。"

"我把孙子带大,现在又带重孙子。怎样才能带好孩子,我有一个体会,就是你要真心喜欢孩子。如果你是从内心里喜欢孩子,你在带孩子的过程中就不会觉得累,也不会觉得烦,而且看到孩子逐渐长大,心里也特别高兴。"

"张奶奶说得对。我们就是喜欢这个孩子,如果要是看他妈的脸色,我早就不带了。"马大妈说道。

"你们俩把这个孙子带得多好啊!"张守芳表扬马大妈夫妇。

"没有办法,既然带了,就要尽心尽责带好。"

"爱孩子,喜欢孩子是人类的天性。"张守芳乘机教育其他保姆,"只有你喜欢孩子、爱孩子,你才能带好孩子,为孩子考虑得十分周全。时间长了,你和孩子就会建立感情,东家把孩子交给你,他们就放心,你在这家才能继续做下去。将来孩子大了,他们也许还请你住在他们家,帮他们做些家务,就像一家人一样。"

住在小区里的老人和保姆都喜欢和张守芳聊天,什么样的话都愿和她说,张守芳俨然成为她们心中的大姐大,精神导师。

星期天下午,小强和小慧来到小强爸妈家吃晚饭,带来一个崭新的轮椅。

"带这个轮椅干什么?"陈利民好奇地问道。

"给奶奶买的。"

"给你奶奶买的,你奶奶能走路啊?!"舒爱凌说道。

"国庆节那天,我们在外吃饭,奶奶因为腿不好就没有去。小强就想买个轮椅,以后外出可以带上奶奶。"小慧说道。

"小强,有你这份孝心,我这辈子就满足了。"张守芳感动地说道。

"奶奶,你坐在轮椅上试试。"小强说道,"奶奶,你慢慢坐下,好,皓亮你过来推推太奶奶。"

皓亮高兴地在家里推了一圈又一圈。

第18章

问题学生

2019年6月底，皓亮年终考试成绩在班级名列前茅。班主任李老师在给皓亮的评语中写道：品学兼优。

"庄老师，你儿子在我们班上特别地懂事，而且有正义感。"李老师对小慧说道。

"一年级的小学生有什么正义感？在家里整天想的就是动画片和玩。"小慧客气地说道，"如果他表现好，那完全是你教育得好。"

"是你在家教育得好，教他做人的道理。你儿子还知道很多古代神话故事，比我知道的还要多。"李老师说道。

"那是他太奶奶给他讲的故事。皓亮在家里整天就是缠着他太奶奶讲故事。"

"庄老师，下个学期我遇到一个麻烦。"

"什么麻烦？"小慧问道。

"班上有3位学生家长要求让他们儿子和你儿子坐在一起，但我只能安排一个学生，另外两个怎么办？"

"李老师，你就按身高安排座位，这样大家就没有意见了。"小慧给皓亮班主任支招。

小慧教4年级1班和2班的数学，学生是一群10岁左右半懂事的孩子。4年级3班班主任祝娟老师，这些天为班上一位问题学生而伤透脑筋。

该问题学生在学校和家长中间撒谎，拿同学的物品，搞恶作剧，还鼓动同学和老师对抗。有些家长要求学校开除这位问题学生，还说不开除这个问题学生，他们的孩子就转学。

一个班上总是有表现好的、表现一般的，以及表现差的学生，但有如此恶劣品行的学生则是少之又少。祝老师向董校长反映该学生的情况，并说自己不能胜任这个班的班主任。没有哪位老师喜欢有问题的学生，但是国家教育制度明文规定不能开除学生，而且老师的责任就是教育培养下一代。正在董校长左右为难时，皓亮班主任李老师给董校长出主意，让庄小慧做这个学生的班主任。

"皓亮，到妈妈身边来。"小慧无比骄傲地抚摸着儿子的头，对公公婆婆说道，"爸爸、妈妈，皓亮在学校表现非常好，老师说皓亮聪明、正直、善良，是个难得一遇的好学生。"

"老师对皓亮的评价很高啊！"陈利民说道。

"皓亮班主任李老师说我会教育。我说是太奶奶的功劳，太奶奶会教育。"

"皓亮和他爸爸都是奶奶教育出来的。"舒爱凌说道。

"皓亮在学校出名了，我跟着他沾光。学校要把最难管理、最难教的问题学生让我带。"

"小慧，你具体说说问题学生是什么样的学生。"舒爱凌说道。

"我当老师快10年了，班上总有几个注意力不集中、成绩不好的学生，这些都很正常。像这个问题学生的情况我还是第一次听说，比如在家里和老师之间撒谎，拿同学的物品，伸腿把同学绊倒，甚至鼓动同学一起对抗老师。"

"还有这样的学生？"陈利民表示不可理瑜。

"不但是老师不喜欢这种学生，有个别学生家长到学校要求把这个学生调走，说不把这个学生调走，他们的孩子就转学。"

"这个学生家庭怎样？"小强问道。

"就是个普通的人家。爸妈急得要命，带他去儿童医院还有去精神病医院看医生。这个孩子现在越来越逆反，有一次他妈妈说他，怎么这么简单的题目不会做，小家伙回答说：'我就是故意做错，气气你。'"

"这个学生太不正常了。"张守芳说道。

"现在，这个学生家长不指望这个学生学习成绩有多好，将来有多大的出息。家长最大的希望就是这个学生不走上歧路就行了。"小慧说道。

"什么是歧路？"皓亮问道。

"歧路就是坏的路。"

"小慧，学校把这问题学生交给你，说明你工作能力强。学校既然已经决定让你做这个班的班主任，你就要好好动脑筋，把这个问题学生带好。"舒爱凌说话像个领导，而且她本来就是个领导。

"小慧，一个家有个这样的孩子，父母多着急啊。现在，家家户户都是独生子女，都是宝贝。我们一起给小慧出主意，把这个孩子教育好了，那可是积大德了，小慧就是这家人的大救星。"张守芳说道。

"我一定要想方设法教育好这个学生。遇到困难，大家一起帮我出主意。"

"小慧，你一定行的。"张守芳鼓励孙媳妇小慧。

晚上回到自己的小家，小强问小慧打算怎样教育这个问题学生。

"自从校长让我做这个班的班主任以来，我就一直在想怎样管好这个班，带好这个学生。目前思路还不清晰，我想先做个调研。"

"虽然这个问题学生难管,但只要全身心地投入,总能管好的。就像我一开始接手拆迁户小区一样,当时拆迁户小区被公认为最难管理的小区。我动脑筋想办法,硬是把拆迁小区建设成文明小区。'世上无难事,只怕有心人。'"小强鼓励小慧。

"这两天我看看书,查查资料,看看人家是怎样教育问题学生的,借鉴一下别人的经验。老师是做教育工作的,如果都教好学生,算不了什么,如果把一个问题学生教育好,把一个问题学生转变成一个好学生,那才是本事,成就感也就特别地大。我一定要把这个问题学生给教育好。"

"小慧,就凭你有这个决心,你就一定能把这个学生教育好。和这个问题学生相比,皓亮在学校中是个品学兼优的三好学生,我实在是太幸福了。"

"你和皓亮都是奶奶一手带大的,所以你们两个人都一样,都是老实、善良的人,不会做那些害人、伤人的事。奶奶把你和皓亮从小带大,你们俩对奶奶有深厚的感情,而保姆同样把孩子带大,他们和孩子之间则没有这么深厚的感情。因为保姆带孩子,只是完成一项任务,而奶奶则是用心、用爱来带你们。另外,奶奶是个特别有智慧的人,她很会教育人。奶奶若是个老师,一定是个模范老师。"

"奶奶的确是用心、用爱把我和皓亮带大。"

星期二下午,小慧按预定的时间,来到问题学生家,进行家访。学生的家是一个普通的两室一厅的房子,学生的爸妈都在国有企业上班,看上去是老实人。

"我是孔永辉的班主任,今天来就是了解孔永辉小时候以及在家里的表现。"

"孔永辉调皮不听话,给你添麻烦了。"孔永辉母亲抱歉地说道。

"孔永辉是个非常有个性的学生。"小慧没有说是个问题学生。

"是的,是的。孔永辉从小就有主见、有个性。"孔永辉父亲一听老师说他儿子有个性,顿时距离就拉近了。

"孔永辉有鲜明的个性,有自己的主意,这是好事。但要把它用到学习上,用在正道上。如果孔永辉不听老师的话,不做作业,还做恶作剧就不好了。"

"庄老师,我们也为这件事伤透了脑筋。为了孔永辉,我和他爸爸还经常吵架,互相抱怨。我们心里也非常急,担心孩子大了怎么办。"孔永辉母亲诚恳地说道。

"孔永辉在幼儿园的时候表现怎样?"小慧问道。

"孔永辉小时候和小朋友一样,一天到晚就是要玩。"

"和小朋友相处好吗?"

"和小朋友相处很好。刚上小学的时候也还好,老师也没有说什么。"孔永辉母亲说道。

"什么时候发生变化的?"

"什么时候发生变化的?应该是二年级下学期的时候。那年我生病住在医院,他爷爷因急性心肌梗塞也住在医院,他爸爸几乎每天都往医院跑。放学后,孔永辉就到我爸妈那里吃晚饭。那段时间,我们太忙没有注意孔永辉细微的变化,等到我们发现时,小家伙已有明显的叛逆表现,弄得我们十分头痛。"

"孩子出现叛逆情况后,你们和他谈了吗?"

"谈过,但是没有效果。实在没有办法,我们还带孔永辉到儿童医院和精神病医院看过,医生也没有说出个所以然。医生只是给我们分析一大堆可能的原因。"

"医生说有哪些原因?"小慧问道。

"什么早产、胎儿宫内缺氧、缺乏日光照射,还有缺乏维生素。"

"哦,我知道了。"

"庄老师，我补充一下，我带孔永辉到儿童医院，医生给孔永辉做过智商测定。"孔永辉父亲说道。

"多少？"

"医生说是正常的，好像是117分。"

"这个智商结果很正常，说明孔永辉的学习能力没有问题。现在需要矫正他的行为。"

"是的，我儿子是聪明的，小时候左右邻居都挺喜欢他的。不知道为什么，到了小学就让人讨厌了。"

"我是孔永辉的班主任，我会尽自己最大的努力，教育孔永辉。在教育孔永辉的过程中，希望能得到你们的配合。孔永辉现在是个问题学生，说明我们以前的教育方法在他的身上是失败的。作为老师和家长，我们都要反思我们的教育方法，多和孔永辉交流，了解他的思想，发现他的优点，及时给予肯定和表扬，增强他的自信心。"

"庄老师，你的话实在是让我感动。我们父母一定会配合老师做好工作。我相信你一定能教育好我的儿子。"

"小慧，你今天去学生家走访，情况怎样？"舒爱凌问道。

"有收获。学生的家庭是个正常的家庭，不是那种离异、父母整天吵架的家庭。他们也为孩子伤透了心，想尽了一切办法，甚至上医院找医生，看有没有生理和心理问题。"

"发现问题了吗？"

"医院检查一切正常。学生母亲说，他在小时候很正常，就是个普通孩子。"

"那是什么时候出现问题的？"舒爱凌继续问道。

"二年级下半学期那次考试没有考好，才发生了转变。我想这个学生是能救的。"

"只要把工作做细,我想这个学生是能被教育好的。"小强说道。

"这个孩子如果能教育好,实在是太好了。我真想见见这个孩子,和他好好地谈谈。"张守芳听到小慧说能教育好孩子就特别高兴。

"教育这种所谓问题学生,我倒有我个人的看法。过去,如果我听说哪个孩子上课不听讲,在学校表现差,我肯定会说这个学生不好。现在,我的观点改变了。出现这种情况,不完全是学生一个人的责任,老师和学校也要做自我检讨,想想自己有哪些地方没有做好,比如尊重学生、关心学生。"陈利民突然发表对教育的看法。

"利民突然讲出这些高水平的话,让我对你刮目相看。"舒爱凌惊讶陈利民对教育的言论。

"这与我前段时间学习医学人文知识有关。过去我总是站在医生的角度和病人及病人家属谈话沟通,但这样的效果并不好,并不能减少医患矛盾。现在我站在病人的角度看问题,很快就拉近了和病人的距离,和病人谈话就变得容易,双方都能理解对方。所以我想小慧是老师,试着从学生角度看问题,走进学生的世界,也许小慧就能把这个特殊学生给教育好。时代变了,教育的方法,也要随之改变。我就是随便说说,仅供参考。"陈利民说道。

"爸爸成了教育家。"小强说道。

"爸爸这些话说得特别好。站在学生角度看问题,走进学生的世界,我一定按爸爸说的去做。"小慧坚定地说道。

"小慧,自从听说你要做这个学生的班主任,我每天在心里为你祷告,希望你能把这个学生教育好。"舒爱凌说道。

"现在我们全家的力量都发动起来了,我们一定能把这个学生教育好。"小强举起拳头说道。

"小慧,只要你心中有对学生的爱,你就能教育好学生。"张守芳说道。

"奶奶说得对。有位名人说过，一切教育的成功都要建立在老师发自内心的关爱学生、赏识学生上。"小慧说道。

得到全家人的支持，小慧更加坚定帮助这个学生的决心。在回家的路上，皓亮问她："妈妈，什么是问题学生？"

"问题学生就是一些不听老师话、调皮捣蛋的学生。"小慧回答儿子的问题。

"妈妈，我是个问题学生吗？"皓亮问道。

"你是个好学生，是老师喜欢、爸妈爱的好学生。问题学生在学校老师不喜欢，在家里爸妈也是经常批评他，同学不愿意和他在一起玩。"

"妈妈，你是老师，你不批评他，他就是好学生了，就不是问题学生了。"皓亮天真地说道。

"唉，宝贝，是他表现不好，老师才批评他。"

"妈妈你是老师，你让他表现好一点。"

"妈妈这两天在动脑筋，怎么让他表现好。"小慧回答儿子的话。

"小慧，刚刚皓亮说，老师不批评他就是个好学生，启发了我。对这个学生，我们尽量采取表扬的方式和他接触交流。可能他一直认为老师和同学都不喜欢他，在内心有抵触的思想。我们换个教育方法，就像我爸爸说的，站在学生这边，走进学生的世界。"

"明天到学校后，我就采取这种方法，和这个问题学生沟通。我们家，就连上小学二年级的儿子也关心问题学生的教育，我已无任何退路，我一定把这个学生教育好。"

"上个星期我去过你家，见到了你爸妈。你爸妈说你小时候很聪明，很听话，邻居都喜欢你。"一天课外活动时间，小慧找孔永辉谈话。

"我不知道，现在……"

"你妈妈说你小时候，力气比其他小朋友大，跑得比别人快。"

"嗯。"

"我看了你的语文作业，作业本还在我这里。这一页的字写得非常好，为什么另外一页的作业，字非常潦草，而且有错别字？"

"因为，那天周老师批评我，我不高兴，就不好好地写作业。"

"是这样，我知道了。"

小慧第一次知道，学生做作业不是给他自己做的，是给老师做的。如果她要了解这个学生的思想，她就必须和这个学生做朋友，走进学生的世界。"如果我不喜欢老师，我也不会认真做老师布置的作业。"

"老师，你也会？"孔永辉似乎遇到知音了。以前总是被老师批评，没有人能理解他。

"当然会，如果老师批评我、说我，我就故意不做作业，或者故意写错，气气老师。"

"老师，你比我还厉害。"孔永辉佩服地看着小慧。

"老师说我，我不听，老师让我把作业给我爸妈看，我给老师说我爸妈看过了，其实我根本就没有给我爸妈看。"

"那签字怎么办？"孔永辉问道。

"我在作业本上模仿我妈妈签字。"小慧说道。

"老师，你真厉害。"

"老师拿我没有办法，我自鸣得意，上课想听就听，作业想做就做。但是没有过多久，我的学习成绩就从全班第 5 名，降到全班最后一名。老师问我为什么成绩下降，我说不想学。虽然我对老师的态度不好，老师还是关心我、帮助我。老师到我家告诉我爸妈教育人的正确方法，比如：要鼓励，不要打骂孩子。此后，我爸妈就不再批评我了。每当我有一点小进步，他们立即给予表扬。但在学校里，同学们仍然不理我，我不开心，我还是不想好好地学习。后来老师又找我谈话。"

"老师找你谈话，谈什么？"孔永辉想知道。

"老师和我讲了很多的道理。到现在我还都记得，我会一辈子感谢他的。"

"你的老师和你讲了什么？"孔永辉想知道讲话的内容。

"老师说我不听老师话，想怎么做就怎么做，只是图一时痛快，其实什么也没有得到，害了自己。"小慧说到这里偷偷地瞥了一眼，见小家伙低着头没吭声就继续说道，"由于我不好好学习，造成学习成绩下降，被同学看不起，也给我爸妈丢脸。老师说如果我学习好，将来能上大学，当科学家，还能出国，那多好啊。老师还说和同学不说话，每天弄得不开心，你说是不是不划算？"

"嗯，是的。"孔永辉小声说道。

"听了老师的话，我自己就下决心不和老师作对，好好地学习。看到我向好的方向转变后，老师和同学都特别高兴，我的学习成绩提高了，我又和同学们成为好朋友，每天高高兴兴地来到学校。"

"老师，其实我……"孔永辉欲言又止。

"其实什么，说下去。"小慧鼓励孔永辉说出来。

"我有时也想做个好学生，但怕……。"

"不要怕，有老师帮助你。"

"因为前段时间，我不听老师的话，搞恶作剧，我怕老师和同学都恨我，不接受我。"

"虽然你以前有过不听话，调皮捣蛋。如果你改了，改正过去的缺点，老师是非常高兴的，同学们也是非常欢迎你的。大家在同一个教室里上课，大家关系亲亲热热的多好啊。"

"老师，你说同学们会喜欢我吗？"

"只要你改正缺点，同学们肯定会喜欢你的。如果有哪位同学不喜欢你，我找他。"

"老师，我能改好吗？"孔永辉说道。

"当然能。你本来就是个好学生。"

"那老师，我一定改正错误。"

"我说你就是个懂事讲道理的好学生，我相信你。"小慧对孔永辉的回答非常满意。

孔永辉哭了起来，这是他这一年多来第一次听到老师说他是个好学生。

"你回教室去吧，你一定能成为一个好学生。"小慧拍着孔永辉的肩膀，热情地鼓励他。

此后，孔永辉上课听讲，有时还举手回答老师的提问，作业也能按时完成，而且字比以前要工整得多。孔永辉慢慢地从一个问题学生变成一个正常学生。

小慧本准备到孔永辉家向孔永辉父母报告孔永辉变好的消息，谁知那天小慧母亲突发心脏病，小慧就在电话中向孔永辉父母说了孔永辉最近一个月在学校的表现。

"谢谢庄老师，谢谢庄老师，告诉我们天大的好消息。自从你上次来我家，告诉我怎么教育孩子。我和孔永辉爸爸改变过去责备打骂的教育方法，多讲他的优点，增强他的自信心。现在做作业比以前要自觉多了，写的字也比以前要工整多了，但不知道在学校的表现。"

"在家里变好了，在学校肯定也是变好了。现在，上课能认真听讲，有时还举手发言。"

"庄老师，你是我们家的大恩人。哪天我和孔永辉父亲一起到你家，谢谢你。"

"千万不要，你在家盯着孔永辉就可以了。我是老师，教育学生是我分内的工作。我们密切保持联系，关注孔永辉的变化。"

"好的，谢谢庄老师。"

就在小慧和全家人为孔永辉的转变而高兴的时候，出现了幺蛾子。孔永辉在上体育课时和同学打架，被体育老师罚站。这一罚站，把小慧的前期努力，全部泡汤了。孔永辉的自信心遭到打击，又回到从前的状态。

一天小慧在走廊上遇到孔永辉，孔永辉马上向另一个方向走去，回避她。前段时间，孔永辉上课时能认真听讲，还举手回答老师的提问，现在上课经常开小差。有次上课时，小慧特意提问孔永辉：

"孔永辉同学，如果第二天，他们都在家，那么参加游玩的人有多少？"

"嗯……"孔永辉站起身，为难地抓着脑袋。

"好的，请坐下。"小慧知道了孔永辉没有听讲。

课后，小慧把孔永辉叫到办公室。

"你坐。"

"嗯，谢谢老师。"

小慧心想这个小家伙还懂礼貌，就说道："刚才，我看你没有和同学在一起玩。"

"我不想和他们在一起玩。"

"大家在一起玩多开心啊。"

"上个星期，我和同学打架了。我就不愿意和同学在一起玩。"

"为什么？"

"我怕他们不喜欢我。"

"不会的。都是同学，怎么会不喜欢。你不要有思想包袱。"

"他们认为我不是个好学生。"

"这只是个别同学这么想的，但老师认为你是个好学生。"

"老师，你还认为我是一个好学生？"孔永辉有些受宠若惊地问道。

"当然，你是一个好学生。我给你爸妈打过电话，说你最近表现比以前好多了。"

"老师，你和我爸妈联系了，我爸妈怎么说的？"

"你爸妈对你抱有很大的希望。"

"我爸妈总是要我好好地学习，听老师的话。可是我在上体育课时，又犯错误了。"

"我们每一个人都会犯错误，不能因为犯一次错误，就一棍子把人打死。学校是教育人的地方，如果每个学生都十分优秀，就用不着教育人了。你说是吗？"小慧循循诱导。

"是的。"孔永辉低着头小声说道。

"你是个男学生，不要遭受一点挫折，就自暴自弃。要知错就改，改正错误后还是个好学生。你愿意改吗？"

"愿意。"声音依然很小。

"你首先要遵守学校的纪律，包括：上课认真听讲、不做恶作剧、不打架等，可以吗？"

"可以。"

"好。我明天给全班同学讲，同学们在一起，要互相帮助、互相关心，不允许排斥和歧视任何一个同学。"

"谢谢老师。"

"好了，你回去吧。"

孔永辉走后，小慧反思自己的工作，她自己有哪些工作没有做好，有哪些根本就是没有做。

"奶奶、妈妈，我班上的问题学生，又出问题了。"小慧在家里说道。

"怎么又犯错误了？不是变好了吗？"张守芳着急地问道。

"小慧具体说说。"舒爱凌说道。

小慧就把孔永辉在上体育课时和学生打架，被体育老师罚站等事，全部说出来。

"我觉得这学生还有救，能被教育好。"小强说道。

"小慧你前段时间的教育很成功，很有成效，学生发生了那么大的改变。现在出现了一些反复，这算不了什么，最多是不顺利。但是千万不要气馁，绝不能放弃。"舒爱凌说道。

"小慧，你妈妈说得对。你前期做了很好的工作，如果放弃，实在太可惜了。我们一定要把这个孩子给教育好。"张守芳从心底里希望这个学生能转变成为一个好学生。

"奶奶说了，我们一定要把这个学生教育好。前几年，小强在做社区民警时，搞的那个发动群众，警民联合，就非常好。如果把班干部的作用发挥出来，小慧的工作就好做了。"

"妈妈的提醒太好了。明天，我就把班干部的力量发挥出来。"

第二天下午放学后，小慧把班长、副班长和学习委员叫到办公室。"我们班上有46个学生，大家坐在同一个教室内学习，我们要珍惜这来之不易的缘分。我们同学要像亲兄弟、姐妹一样，互相帮助、互相关心，46个同学一起前进，绝不能让一个同学掉队。是不是这样？"

"是的。"3位班干部同时回答道。

"你们3位在班上表现非常好，担任班干部。班干部除了自己表现好外，还要团结同学，特别是帮助后进的同学，带领全班向前进。你们能做到吗？"

"能。"

"10天前，孔永辉同学上体育课时和同学打架，被体育老师批评。谁知他没有正确对待，反而变得消极，甚至有自暴自弃的表现。孔永辉是我们的同学，我们要一起进步，不能把他落下。"

"嗯。"

"同学要互相帮助，特别是班干部，要帮助后进的同学，才配得上班干部的称谓。现在，孔永辉认为同学不愿意和他交往，他有些孤独和自卑感。这就需要我们和他说说话，主动和他说话。让他感到他是我们班上的一员，大家都是好朋友。课外活动时，你们要主动和孔永辉在一起玩。"

一天体育课结束后，同学们在球场打篮球，小慧站在远处观看。一开始，没有人给孔永辉传球，孔永辉只是在球场来回跑。后来副班长来到球场，有意识地传球给他，孔永辉运球、投篮和抢球，忙得不亦乐乎，很快又和大家融为一体。

有天下午，学习委员在教室收作业时，有位同学拖拉没有完成。学习委员就对那位同学说："你怎么还没有做好啊。孔永辉 20 分钟前，就做好了。"

听到学习委员的话，孔永辉得意地说道："我还可以更早一点做完作业。"

"妈妈，按你说的方法，我把 3 位学生干部发动起来，让他们主动关心、帮助问题学生，收到非常好的效果。"

"小慧，你妈妈做了这么多年的行政和领导工作，按她说的做，肯定没有错。"张守芳说道。

"小慧，你做得非常好。工作有时要讲究一些方式、方法。"舒爱凌向小慧传授工作的经验。

"小慧是什么人。只要小慧认真做，就一定能做得成。"小强说道。

对于孔永辉的变化，最高兴的自然是他的父母。以前他们的儿子在学校调皮捣蛋，不好好学习，不但老师、同学讨厌，做父母的自己也讨厌。父母还担心孔永辉长大后，走上犯罪道路。过去提起儿子，他们总是抬不起头，觉得低人一等。为此，他们夫妻俩经常吵架。

现在他们的儿子从一个问题学生转变成一个正常学生，可以说是有脱胎换骨的变化，一个新造的人。邻居朋友们都惊讶他们儿子的变化，就问原因。他们说是庄小慧老师救了他们的儿子，救了他们一家。他们特地请人用毛笔写了一封热情洋溢、发自肺腑的感谢信。在学校，他们给小慧下跪，感谢小慧救了他们儿子，同时也救了他们全家。

董校长知道这件事后特别地高兴，在年终总结会上，董校长说：

  过去的一年，我们学校取得了很大的进步。今天我要特地表扬庄小慧老师。庄小慧老师不怕麻烦，不怕辛苦，想办法，动脑筋，用老师的责任感，成功地把一个问题学生转变成一个正常学生，是今年我们学校最大的成绩。

  老师总是希望自己的学生是听话、成绩好的学生，这很正常，无可厚非。但是我们是老师，老师的职责就是教书育人，教育的价值就是能够改变教育对象。庄小慧老师成功地把一个问题学生，转变成一个好学生，这就是教育的力量，也是我们老师最大的成就。

  如果班级里有学生不听话，调皮捣蛋，拿别人的物品，我们不能把所有的责任全部推给学生。因为我们是他们的老师，就要认真反思我们的工作是否有不足之处，需要做出哪些改变。老师不仅要在课堂向学生传授科学知识，更要在教学的过程中和学生们成为好朋友，帮助学生在健康的道路上成长。老师要尊重学生，保护学生，保护学生的自信心。老师要像爱你们自己的儿女一样，爱护你们的学生。什么是师德？热爱学生就是老师最大的师德。一切教育的成功都是建立在老师发自内心对学生的关爱上。我们在给学生传授知识的同时，还要把学生培养成拥有健全人格，拥有正确人生观的人。

年底，小慧被评为先进老师，学校还把小慧的事迹写成材料汇报给市教育局。后来，市教育局发文号召全市老师向小慧学习。

"小强，我班上那个问题学生现在真的变好了。"

"说给我听听，是怎样变好的？"

"我上次和他谈话，我发现他内心有变好的愿望，只是背有'问题学生'的负担。我给他讲道理、鼓信心，后来，这个学生在课堂里不再交头接耳，能专心听讲，还积极举手发言，作业比以前要认真多了。他每每有一点小进步，我立即就给予表扬和肯定。现在这个问题学生，终于变成正常学生了。"

"我们小慧是什么人？能把儿子教育得那么优秀，转变这个问题学生也一定没有问题。"

"说话要实事求是。教育儿子是奶奶的功劳，转变这个学生问题也有奶奶的间接功劳。我把奶奶教育你和儿子的方法用到这个学生身上了。"

"这个消息一定要告诉奶奶，奶奶一定会非常高兴，我爸妈也一定会非常高兴。"

"小强，你知道我还在想一个什么问题吗？"

"什么问题？"

"我想把这件事，写成一个通讯报道，或者写一篇小说。"

"按道理，这件事是可以写成一部好的小说，可以写成一本励志、正能量的小说，但是写小说可不是那么容易的事。每年有那么多的文科毕业生，真正能写出小说成为作家的又有几个。"

"你说得对。国家每年有大量的文科专业毕业生，但真能写出小说成为作家的没有几人。这恰恰说明写小说与作者专业的相关性不密切，学文科并不是写小说的必要条件。"

"那你说说写小说需要有哪些条件？"

"写小说需要哪些条件？"小慧想了想说道，"我想写小说有两个基本条件：一是生活的积累，也是我们平常所说的文学来源于生活；二是有一定的文字素养。文学的基本功可以在阅读中积累，比如背唐诗宋词、看名著等。只要愿意，任何人都可以做到。我在高中时，我的语文成绩一直是名列前茅，当时填写大学志愿时，我爸爸认为把文学当成一种爱好比较好。"

"这也是。"

"我在大学一直就是学校的通讯员，每期的校刊都有我的文章。所以，我的写作能力没有问题。"

"希望皓亮长大后也能像你这样能写。"

"皓亮肯定行。皓亮讲故事的逻辑性特别强，逻辑对写作很重要。奶奶对你和皓亮的最大功劳是给你们俩讲了大量的中国民间故事。这些民间故事可以培养小孩的品质，传承中华文化，你和皓亮两个人都是正直善良的人。"

"在这方面，我特别感谢奶奶。"

"现在小学语文增加了不少唐诗宋词等古文。国家号召大家学习和发扬传统文化，但是传统文化里有大量的典故和历史事件，这是小学生学习传统文化困难之处。所以，学语文最好和学历史同步进行。"小慧发表对如何学习中国传统文化的看法。

"我的语文就是高中生水平。皓亮的语文教育就要靠你这个文学青年了。"

"这是我的强项。在学生时代，我看了大量的小说，还背了不少唐诗宋词。我有个个人经验就是在读古代诗词之前，先要把作者的历史搞清楚，知道作者的历史，你就容易理解他写的诗歌，比如王维。王维是一个非常有名的诗人，他在诗歌上的成就仅次于李白和杜甫。"

"继续说下去，皓亮你也过来听听。"

"王维在20岁出头时参加考试，获得第3名，然后在朝廷做官。他曾经作为朝廷官员，到边疆巡视。在他做官的时候，写的诗歌都是意气风发、激昂向上的诗歌。在边疆巡视的过程中，王维在一望无际、看不到尽头的沙漠，感到宇宙的辽阔和生命的放大，写下一首传颂千古的诗歌《使至塞上》。全文是：'单车欲问边，属国过居延。征蓬出汉塞，归雁入胡天。大漠孤烟直，长河落日圆。萧关逢候骑，都护在燕然。'这首诗共四句，前两句是为第三句做铺垫，第三句写出了只有在大漠中才能见到的宏伟景象。诗句的画面感特别强，烟是向上飘的，河在地面上与烟相互垂直，即将西沉的太阳，更加火红、浑圆，极其壮观美丽。外国人看了这首诗，都说太美了，就是翻译不出来。

"王维做官不久，便遇上安史之乱。在安史之乱的时期，王维没能逃出长安，被安禄山抓住，被迫给安绿山政权干活。安史之乱失败后，王维作为伪政权的工作人员，被投入大牢。后来由他的哥哥做担保，把他从监狱里救出来，在一个远离都城的山村，过着隐居的生活。从此，王维的诗歌大多是写山水田园风光的。偶尔有人生的感悟。在隐居期间，王维创作了一首非常出名的诗歌《终南别业》。全诗为：'中岁颇好道，晚家南山陲。兴来每独往，胜事空自知。行到水穷处，坐看云起时。偶然值林叟，谈笑无还期。'这首诗也是四句，结构和《使至塞上》一样，前两句为第三句做铺垫，第三句是全诗的关键。后来有很多画家把第三句'行到水穷处，坐看云起时'写在画的留白处，还有一些书法家把这句话写出来，挂在家中的大厅里，告诉人们人生的道理，遇到挫折和困难，可能是下一个机会的到来。在把自己的主要思想表达后，王维就用'偶然值林叟，谈笑无还期'做结尾。"

"小慧，你的文学达到专业水准了啊，远远地超过了文学青年。"小强对妻子非常敬佩。

"文学这东西和别的专业不一样，只要你喜欢，什么样的人都可以进来。我有一个梦想，有好几年了。"

"什么梦想有好几年了？说给我听听。"小强问道。

"我想写一部小说，小说的主人公是奶奶。说奶奶用心、用爱带孩子，一心为这个家，奶奶老后全家人为她养老送终。"

"我们家的确这样。只是这篇小说写好后，会吸引读者吗？也就是说会有人看吗？"

"我想过，现在越来越多的家庭请保姆带孩子做家务，但是找到一个满意的保姆很困难，有些家庭一年要换两三个保姆，同时保姆也抱怨东家越来越难伺候。目前这种矛盾非常突出，是社会一个关注的热点。"

"好，我支持你写。"

"我只是有这个想法而已，真正写的时候，有好多的细节要考虑。"

"你语文基础好，做事有韧性，只要你愿意，一定能做成。"小强鼓励妻子。

第19章

温暖

近年来,张守芳体力下降非常明显。过去从家走到小区花园,只要5分钟,现在撑着一根拐杖要走上一刻钟。陈利民鼓励张守芳每天尽可能出去走走,防止肌肉萎缩。

有天上午,张守芳吃过早饭把家里打扫干净后,就拄着拐杖来到小区花园。张守芳一来到花园处,马上就有一些保姆围上来,向张守芳汇报在东家经历的高兴的或不高兴的事,还有人向张守芳讲叙自己家的事。对于她们来说,张守芳就是她们的主心骨。

"卫大妈,这个事情你就不要往心里去,哪个人不受点委屈啊!"张守芳好心劝道。

"我在他们家做保姆都快3年了,平时和他们家相处得非常好。就这一次我在厨房洗碗,他们女儿自己在客厅里头碰到沙发的腿上,有点肿。孩子妈妈冲我发火,那个样子,简直要把人吃了。"

"后来怎样?"

"东家把小孩带到医院检查,幸亏医生说没事。"

"卫大妈，现在家家都把孩子当宝贝养，东家看到女儿头肿了，肯定急得要命，发个脾气可以理解。你上次给我说过，你东家平时待你还可以，这件事过去了，就不要再放在心上了。不过我们做保姆的，工作一定要仔细，把孩子看护好。"

"张奶奶，你看他们会不会扣我的工资？"卫大妈说出自己担心的事。

"我想不会。因为你平时把孩子带得很好，东家一般不会因为一次事情而扣你的钱。在我们小区只有一位东家扣保姆的钱，但是到年终时，东家把扣的钱还给她了。"

"张奶奶，我每个月的钱都是一分一厘算好的。如果扣我的钱，我就麻烦了。"

"卫大妈，你也可以把你的担忧，给东家说说。我想人心都是肉长的，他们应该能够理解你。"

"张奶奶，谢谢你，听你这么一说，我悬着的心就放下了。"

"卫大妈，这点事算什么呀。好好把孩子带好。"张守芳说道。

"一定、一定。"

"赵大姐，你的脸色好像不好啊！"张守芳对新来的赵大姐说道。

"这几天被小孩折腾得够呛，小孩太吵、太磨人，我不想做了。"

"东家怎样？"张守芳问道。

"东家挺好的。"

"赵大姐，你可不能遇到困难就退缩，小朋友有几个是听话的。带孩子一定要有耐心，要忍着。好在你东家还不错，世上没有十全十美的事。"

"张奶奶，我出来的时候，根本就没有想到，带孩子会有这么难。我就是想挣些钱，给儿子结婚用。"

"赵大姐，你现在每个月的工资比你儿子在工厂挣的钱要多。如果不是做保姆，像你这么大岁数的人，到哪里找工作。所以，我们要珍惜保姆这份工作，带好孩子。你说孩子难带，你可以问问别人，看看人家是怎样带调皮的孩子。"

"谢谢张奶奶。经过你这么一开导，我的心结就打开了。"

"带孩子的时候，你不要只看到孩子调皮的一面，多看孩子可爱的一面，这样你就不累了。看着孩子天真的笑脸，一天天地长大，是件多么令人高兴的事，这是我们做保姆这行最大的优点或者长处。做保姆当然要讲究一些方法，但我认为最重要的是保姆要从心底里喜欢孩子，只有心中充满了对孩子的爱，才能做好保姆工作。"张守芳说出她一生的总结。

方丽红去年55岁时退休了，她的母亲患有严重的类风湿关节炎。类风湿关节炎无法根治，只能靠药物延缓疾病的发展。最近两年，方丽红的母亲行走越来越困难，需要坐轮椅外出。方丽红母女俩都是喜欢热闹的人，只要有时间，就会到小区花园转悠转悠。

"你们好。"张守芳和方丽红母女俩打招呼。

"张奶奶好。"方丽红说道。

"你妈妈看上去很不错，气色很好啊！"张守芳说道。

"我妈妈一到外面气色就好了。"方丽红说道。

"我每天就像坐牢一样被关在家里。我昨天在电视上看到有电动轮椅，打算买一个，这样我自己一个人就可以出门了。"老太太赌气地说道。

"不用买，我保证天天陪你出来。"方丽红对母亲说道。

"等到电动轮椅我也用不了的时候，你再来陪我到外面。"方丽红母亲说道。

"妈妈，你不用急着买，哪天我们去商场看看再说。"

"好了，我歇一会儿。"保姆袁阿姨推着轮椅喘着气说道。

"你辛苦了。"张守芳对袁阿姨说道。

"是呀，我的手臂比以前要有劲多了，也变粗了。他太重了。"袁阿姨指着坐在轮椅上的大爷说道。

大爷的年龄应该是80岁朝上了，非常胖，就是因为肥胖、高血压导致脑溢血差点送了命。虽然命保住了，但是遗留下半身不遂的后遗症，老人的情感和智商都受到影响，说话时含糊不清，还不时地流口水。

张守芳看到老人瘫痪的样子，心里泛出无限的同情，联想到自己身体也是一天不如一天，离坐轮椅的那天不远了。

正在这时，小强路过草坪。

"小强，你怎么回来了？"张守芳问道。

"有份材料落在家里了。"

"现在都快11点了，你吃过中饭再回单位。"

"好的。"小强三步并两步来到张守芳身旁，搀扶着张守芳向家里走去，众人都投去羡慕的眼光。

"张奶奶是个有福的人。"

"张奶奶人好，好人有好报。"

"奶奶，你坐着，我把饭菜加热一下。"在家里小强说道。

"我做饭做菜没有问题，就是走路差些。"

"奶奶，你就坐着，一会儿饭就热好了。"

"你小心别烫着。"张守芳提醒小强。

"奶奶，我告诉你一个特别的案例。"

"什么特别的案例？"

"12天前，有位老先生和老太太在郊区公园附近散步，突然有辆大货车冲入人行道，把老先生当场撞死。老先生生前和老太太是高级知识分子，两个人的感情非常好。谁也没有想到老先生被汽车撞死了。"

"真可惜。那老太太要伤心死了。"

"是的，老太太非常伤心，要我们严惩凶手。"

"凶手抓到了吗？"

"肇事司机没有跑，现在被关在拘留所。肇事司机是郊县人，30岁，单身一人，家里很穷，平时和常年生病的老母亲相伴。她的母亲知道儿子闯祸撞死人后，整天以泪洗面。"

"真是可怜，开汽车一定要小心。"

"由于事情的经过比较简单，而且肇事司机完全承认了，我们就把这个案件移交给检察院了。就在今天上午，当时要严惩凶手的老太太突然改变主意，不但不要求经济上的赔偿，还要我们放了他。"

"为什么？"张守芳觉得很奇怪。

"我下午到单位问清楚这件事，晚上回家再跟你说。"

吃晚饭的时候，张守芳问小强案件的具体情况。

"什么事？"舒爱凌想知道什么事引起张守芳的关注。

"12天前，在郊区公园那里发生了一起交通事故，造成一名行人当场死亡。经过现场查看，汽车司机负全部责任。"

"现在走路要特别小心，冷不丁从哪里冒出一辆车，把人吓一大跳。"

"有一对七十多岁的老夫妻，那天在郊区公园附近的人行道行走时，被一辆失控的货车撞倒，老先生当场死亡。肇事司机说，当时他特别困，眼睛都睁不开，汽车失控冲上了人行道，酿成大祸。"

"那个老太太一定伤心死了，年老有个伴多好。"

"是的，当时老太太十分伤心，恨死了那个肇事司机，恨不得亲手把肇事司机杀了。后来，老太太见到了肇事司机，了解到了肇事司机情况。原来这位司机家境十分贫穷，3年前给父亲治疗癌症，几乎用光了家里所有的钱，而他母亲也有心脏病、慢性肾功能不全，丧失了劳动能力。由于受家庭的拖累，司机到了30岁还没有成家。这位年轻司机为了多挣钱，拼命加班，疲劳驾驶导致闯祸。"

"年轻司机要坐牢，他的母亲怎么办？"张守芳想到肇事司机的母亲。

"老太太到肇事司机家看了一次，肇事司机家几乎是一贫如洗，特别是肇事司机母亲一双枯干的眼睛深深刺痛了老太太的心。老太太放弃了赔偿的要求,对肇事司机说要在里面好好地改造,争取早日出来,还说她会定期看他的母亲。就在两天前,这位老太太又去了肇事司机家一趟,给肇事司机的母亲,送去2000元钱。"

"这位大妈真是了不起,真是个好人。"张守芳敬佩地说道。

"是的,一般人肯定做不到,但愿老天保佑她。"舒爱凌说道。

"我想,作为一个好警察,在这起案件中,不是把嫌疑人抓到交给检察院就完事,还要想到受害人的妻子和肇事司机母亲以后怎样生活。"

"小强说得对。"陈利民说道。

"被害人妻子有个女儿在外地,平时和老伴相互依靠。虽然她在经济上没有问题,以后谁去照顾她?还有,肇事司机的母亲是个丧失劳动能力的人,她的生活来源没有了,而且她也需要有人照顾。"小强说出他担忧的问题。

"平时,我们只想到了抓坏人,让坏人受到惩罚,根本没有想到,由此而引发出来的一系列后果。这该死的司机。"舒爱凌说道。

"能不能把这个司机放出来?"张守芳问道。

"不行。他触犯法律,必须受到法律的惩罚。"小强肯定地说道。

"小强,你要到她们的居委会、小区或村里找她们的领导说这件事。"

"我正在想怎么把两位老太太安顿好。"

"有主意了吗?"张守芳问道。

"有了。"小强回答道。

第二天,小强怀着极大的敬意,来到老太太的家,想知道老太太在生活上,有什么困难。小强到她家的时候,她的女儿刚好从深圳赶来。小强首先自我介绍:"我姓陈,叫陈小强,是负责这个小区的治安民警。"

"你好,你请坐。我在深圳工作,回家主要是处理我父亲意外的事件。"死者女儿说道。

第 19 章 温暖

"小丽，是谁啊？"老太太在卧室问道。

"是警察。"

"警察？我正想找他们。"老太太来到客厅，虽然脸上有悲伤，但掩盖不住慈祥和善良。

小强立即站起身说道："奶奶好，我是警察陈小强。"

"请坐下。"老太太客气说道。

"奶奶，我今天来有三个目的。第一是对爷爷意外过世，表示哀悼；第二就是问问你有什么困难，我会尽量帮助您；第三是最重要的，就是来表达对您的敬意。您是一位伟大的奶奶，您所做出的一切，使所有的人都非常感动。本来，今天我奶奶也要来看看您，只是她年龄太大了，腿脚有些不方便没有来。"

"我妈妈一直是个为别人着想的人，是同情心很强的人。在我小时候，我妈经常教育我，要有同情心，要原谅人、宽容人。"老太太女儿说道。

"是的，一看奶奶就是个慈祥的、有高贵品质的人，只有像奶奶这种有高贵品质的人，才会克制自己的巨大悲伤和愤怒，对肇事司机母亲同情和怜悯。"

"那天的车祸，我几乎丧失了生活的勇气。我和我先生感情非常好，万万没有想到……"老太太哽咽得说不出话。

"妈妈你不要太难过。"女儿安慰母亲。

"我当时十分痛恨那个司机，恨不得把他千刀万剐。在我了解到司机是因为要挣钱养老母亲，加班工作，疲劳驾驶导致的车祸，觉得这个司机挺可怜的，当时就有股想帮助他的想法。"

"奶奶您的思想境界真高，您真是个好人。"

"我特地到他家看看他的家庭境况。"

"我妈妈就是太为别人着想。"女儿说道。

"他家的贫穷，简直让人心碎，特别是司机母亲一双枯干凹陷的眼睛，让我心颤。司机的父亲3年前，死于癌症。司机母亲又一身的病，丧失了劳动能力，完全靠儿子养。现在，儿子坐牢，她的生活来源就没有了。想到这些，我就想帮助司机的母亲，我走的时候，给她留下2000元钱，只是希望她不要饿死在家里。我现在最牵挂的就是司机母亲，如果你们要关心我，把司机母亲的生活安排好就可以了。我有退休工资，还有女儿。"

"奶奶真是个大好人，心里时刻惦记着需要帮助的人，请奶奶放心，我一定会安排好司机母亲的生活，绝不会让她饿死在家里。我会到肇事司机的村里，找他们村委会干部，一定要把司机母亲生活安排好。"

"警察同志，你能到司机家去一趟，实在是太好了。了结我的一桩心事。"

"奶奶，您请放心。我一定照顾好司机的母亲。奶奶，您本人有什么需要帮忙的地方吗？"

"我现在身体很好，我有退休工资。暂时，还不需要组织上的照顾。"

"我正和妈妈商量，让她住到我那里去。"女儿说道。

"这是我的电话，如果需要我帮忙，请随时打电话。"

第二天，小强来到司机母亲住的大同村村委会。村长摇头说道："真是作孽，本来家里就十分困难，又坐牢了。陈所长，对不起，是我教育得不好。"

"这与你没有关系。这个司机的本质是好的，我们现在要做的工作就是要把他老母亲的生活照料好，这要麻烦你了。"

"哪里的话，这是村里应该做的事情。"

离开之前，小强来到司机的家，留给司机母亲2000元钱。此后，小强经常打电话询问老人的生活。

2020年，舒爱凌年满60岁，光荣退休。陈利民因为工作需要，经医院领导班子集体讨论，工作年限延长5年，并报上级机关获批准。同样在年底，小强被评为省公安先进，小慧被评为模范老师，还有最小的皓亮，又被评为三好学生。

"今年是我们家最风光、收获最大的一年。首先是皓亮再次被评为三好学生，其次是小强从市先进上升到省先进。小慧的成绩最有意义，教书育人，成功地挽救了一名问题学生，成为全市老师的学习榜样。陈利民嘛，人民的好医生，医院还给他办了延期退休。最后就是我退休了，成为一个没有用的人了。"舒爱凌说着有些伤感，"但奶奶依然是我们家的精神领袖，带领我们全家向前奔跑。"

"小强上学时，我工作正忙，没有能陪小强玩，一直是个遗憾。心想待退休后好好地陪皓亮，哪知道又要我再做5年。5年后，皓亮就成为一名中学生了。"陈利民也伤感地说道。

"爸爸，待到皓亮长大结婚，你可以带重孙子或重孙女。"小强说道。

"你爸爸说的这些话，是为了想安慰我。从繁忙的工作中退下来，总会有些不习惯和失落。一代人老去，新的一代成长，新陈代谢是宇宙间万物的规律。想到这些，我就释怀了。退休在家，正好有时间，照看皓亮和陪陪奶奶。"舒爱凌说道。

"凌凌，很多女同志在55岁，甚至在50岁就退休了。像你这样能做到60岁退休，已经是非常优秀，非常令人羡慕的了。"张守芳安慰女儿。

"是的，妈妈非常优秀。国家规定，企业单位女同志50岁退休，事业和国家单位55岁退休，妈妈做到60岁绝对优秀。"小慧说道。

"凌凌，我们全家人身体都很好，每个人都有一个好的工作，还有皓亮学习好，家里没有一点让你放心不下的事了。退休后，你还能拿那么多的钱，这是上天对你特别的照顾、特别的恩惠。换成别人睡觉都能笑醒。"张守芳说得快了一点，就连咳几声。

"奶奶要是做思想工作，谁也比不过奶奶。"小强说道。

"我们的奶奶是个有智慧的奶奶。别看外面现在有什么博士、硕士，和奶奶相比差得远着呢！"嫁入陈家10年来，小慧发现只有小学文化水平的奶奶是这个家最有智慧的人，是全家的主心骨。小慧一直想以奶奶张守芳为原型，写一本小说。

张守芳越来越老，除思维还清楚外，全身所有的脏器功能均出现不同程度的衰退。行动不仅是迟缓，而且是走两步就气喘。小强看在眼里，痛在心里，他想在奶奶有生之年，尽可能多陪陪奶奶。以前是吃过晚饭就立即回家，现在是吃过晚饭后，陪张守芳聊一会儿。

4月最后一个星期天，天空剔透澄明，蓝得令人心醉。树上花儿大多谢了，绿叶布满了枝头，到处是一派绿肥红瘦的景象。从去年枯草丛中钻出来的碧绿的新草，毫不客气地占据了大地的表面。小强全家逮住这个好天气，向秀山公园进发。

去年市政府为了方便市民游览秀山公园，从山脚下修了一条小路一直通到山顶。小强就让张守芳坐在轮椅上，推着张守芳从山脚来到山顶。一路上一家人有说有笑，享受着春日美景和山上清新空气。山中的小溪清亮照人，清澈见底，河床的鹅卵石以及落在水里的腐叶清晰可见，偶尔可见几条非常小、叫不出名的鱼儿在溪水中欢快地游来游去。在去山顶的路上，皓亮争着要推轮椅，累得气喘吁吁，满头大汗也不肯歇一会儿。

"今天皓亮表现很好，给予表扬。"舒爱凌说道。

"下次来，我要一个人把太奶奶推上来。"皓亮对他爸爸推轮椅很不满意。

"好的，皓亮越来越大了，像个男子汉。"

"以后我老了，我一定让皓亮推我坐的轮椅。"舒爱凌开玩笑说道。

"不行，我一次只能推一个人。"皓亮天真地说道。

山顶的春风轻拂着人面，沁人心脾，提神醒脑，让人十分舒畅。

"这儿真好。"张守芳动情地说道。

天很高、很蓝,为数不多的白云把天衬托得更蓝,偶尔有几只大的鸟儿在天空掠过,放出欢快的啼鸣声。极目远舒,地阔天旷,心旷神怡,让人感到世界的辽阔和生命的扩张。

张守芳忙碌了一辈子,这是她人生第一次感受天地的辽阔,虽然是在她的晚年,她依然感到无比的满足,无限的美好。

"陈所长好。"正在这时,派出所有位年龄近50岁的同事,一家三口来到山顶。

"老周,你们全家也来了。"

"陈所长,你家真是个大家庭啊,浩浩荡荡7个人。"

"这是我奶奶……"小强把全家人向他们一一做了介绍,"我们也是难得有机会,全家人一起出来一次。"

"陈所长,我来给你们全家照张合影,就以这个望江亭为背景怎样?"

"很好。"

"奶奶在中间,所长儿子坐在太奶奶前面,叔叔阿姨站在右侧,局长,你们夫妻俩站在左侧。好,就这样,非常好,看镜头,好的,茄子。"

一张幸福、温暖的全家福产生了。照片中的人,个个笑得都很幸福,看上去特别地温暖。